SOMEONE YOU
won't talk about

TOME 1

Someone you won't talk about

Tome 1

Léa Spreux

Copyright © 2020 Léa Spreux
Crédit photo : © Saeid Anvar
Tous droits réservés.
ISBN : 9798633019476

Parce que sa musique, et celle des quatre autres garçons qui l'ont accompagné pendant cinq ans sont une source d'inspiration inépuisable.

À Harry.

0 | BASTIEN

Vendredi 8 novembre

« *I'm just an arrogant son of a bitch*
Who can't admit when he's sorry »[1]

Harry Styles

L'appartement paraît si vide. Il n'y a plus aucune trace de lui. Les photos de nous qu'il avait tenu à accrocher aux murs ont été jetées à la poubelle. Ses vêtements ne traînent plus sur le sol et c'est putain de douloureux, alors que j'étais le premier à râler pour

---

[1] *Je suis juste un fils de pute arrogant qui n'admet jamais être désolé*

qu'il les range. C'est comme s'il n'était jamais venu. Comme si j'avais imaginé toute notre histoire et que je me réveillais d'un rêve.

Pops est la seule preuve que la folie ne m'a pas encore envahie. Ce chiot qui a créé notre famille à peine deux mois plus tôt, et qui se retrouve avec un unique parent puisque le second l'a abandonné.

Le chiot grimpe sur le canapé et je n'émets aucune objection. Impossible pour moi de lui dire non, de soutenir son regard triste. Il vient lécher ma joue, sa queue remue dans tous les sens. Il semble heureux.

Bordel, j'ignore si je vais trouver la force de prendre soin de lui. Nous étions deux à nous en occuper et maintenant ?

Il finit par se calmer et s'allonge, le museau sur mes genoux et ses yeux noirs rivés sur moi. Il doit se demander où se trouve Eli. Si moi-même je le savais, je pourrais le rassurer. Pops comprend, j'en suis certain. Il est loin d'être idiot.

— Je sais, il me manque aussi.

Je passe mes doigts sur sa tête et son souffle se fait plus calme. La tête rejetée sur le dossier du canapé, le regard fixé sur le plafond, je tente de repousser les larmes qui brouillent ma vue.

Mes sanglots durent depuis des jours sans que ça ne s'arrête jamais. Eli a ouvert quelque chose en moi et depuis, c'est le chaos. Il est arrivé, a tout retourné, m'a fait découvrir ce qu'était l'amour, le grand puis il est parti. Sans doute par ma faute.

Seulement le résultat est le même. Il m'a abandonné.

Someone You Won't Talk About

Il nous a abandonnés.
Et je suis à nouveau seul.

1 | BASTIEN

Samedi 18 mai

« *Lights up and they know who you are* » [2]

Harry Styles

— Bordel je vois plus rien !

Sam a décidé qu'il était l'heure de m'emmerder. Il remue ses fesses devant l'écran de la télé, loin de réaliser qu'il va devenir à l'origine de mon élimination s'il continue. Je bouge de droite à gauche, j'appuie sur les boutons de la manette, désespéré. Bien vite, j'entends le bruit des tirs et celui qui annonce la fin de ma partie. Cet enfoiré m'a fait perdre !

---

[2] *Allume les lumières et ils sauront qui tu es*

— Putain !

Je suspends mon geste, à deux doigts d'envoyer ma manette par terre. Heureusement, je me rappelle que ce truc est fragile et trop cher pour que je sois en capacité de m'en acheter une nouvelle — merci le budget d'étudiant. Sam ricane, jette un coup d'œil au personnage qui m'a tué, célébrant sa victoire avec une danse, puis se laisse tomber à mes côtés.

— J'ai envie de bouger, j'en ai marre de te voir jouer à longueur de journée, se plaint-il.

Je lève les yeux au ciel et tourne la tête vers lui. Mon meilleur ami m'observe de ses yeux marron clair emplis de nuances. Même après des années, je suis toujours autant fasciné et je reste attiré par son regard à la couleur si singulière. Pas étonnant donc qu'il désire en faire profiter tout le monde en offrant sa belle gueule à la vue de tous. Les regroupements étudiants sont idéaux pour ça.

— Tu as besoin de te remettre en selle.

— De quelle selle tu parles ?

Le sourire en coin qui le gagne m'arrache un grognement.

— Non.

— Tu veux une démonstration ? Du genre belle selle, assez grosse…

Les mains sur les oreilles, je me lève et rejoins la cuisine ouverte. Sam n'a pas encore atteint le stade de l'obsession, mais le sexe est important pour lui. Pour ma part, ce n'est pas vital d'y penser à chaque instant de la journée.

— Tu verras, tu y prendras goût tôt ou tard quand tu auras rencontré le mec parfait ! s'exclame-t-il, le cul toujours posé sur le canapé.

— L'homme qui me fera connaître l'extase n'est pas né.

— Tu es un cas désespéré, pourquoi est-ce que je continue d'être ton pote ?

— Tu as déjà pris une bouteille d'eau dans la tête ?

— Ouverte ou fermée ?

Ce mec est vraiment trop con et c'est pour ça que je l'aime autant. Ma vie serait clairement fade sans son humour. J'avale le verre que j'ai rempli sous l'œil de Sam.

— Alors, on peut sortir ?

— Tu ne peux pas y aller sans moi ?

— Tu sais très bien que tout est plus marrant avec toi.

— Jusqu'à ce que tu m'abandonnes pour ton coup d'un soir. Tu fais toujours la même chose.

Il joint ses mains entre elles, me supplie avec cet air de chien battu auquel je suis incapable de résister. Sa lèvre inférieure ressort, ses sourcils blonds sont légèrement relevés.

— Bon…

— Yes !

— Je n'ai rien dit !

Mes mots n'ont aucun effet sur lui, il est déjà parti se préparer. Je me maudis d'avoir cédé aussi facilement, de me plier en quatre dans le seul but de lui faire plaisir, mais je suppose que c'est ce que l'on fait lorsqu'on aime quelqu'un. Dans ma chambre, je ne fais pas d'effort sur ma tenue : t-shirt, jean et baskets, ça suffira pour passer ma soirée à regarder

Sam s'éclater pendant que je boirais les verres sans les compter.

J'ajoute tout de même une pointe de parfum à la vanille, cette odeur que j'aime tant et qui parfois, plaît aussi aux hommes que je rencontre. Sauf à Sam. Vengeance personnelle. Il veut me forcer, il devra assumer.

— Tu te fous de moi, grogne-t-il lorsqu'il me rejoint à l'entrée de l'appartement, le nez froncé.

Je me contente de lui tirer la langue, soudainement de bonne humeur. Une soirée de plus ou de moins, remplie d'étudiants ou non, je peux bien le supporter. Lors du trajet qui nous mène au bar où nous avons nos habitudes, il ferme, ouvre un bouton de sa chemise et ça plusieurs fois. Il ne veut pas tomber dans l'excès, mais assez pour sentir les regards sur lui. C'est ce qu'il aime, et j'adore cette facilité qu'il possède d'être à ce point séducteur.

De nombreuses personnes sont déjà dans le bar quand nous y pénétrons. La musique est forte, quelques jeunes dansent collées les unes aux autres, rendant l'ambiance électrique. Les artistes qui résonnent dans les enceintes sont loin d'être les rappeurs français que j'ai en horreur, c'est ce que j'apprécie le plus dans cet endroit.

Je laisse Sam prendre notre commande au bar et dans la seconde, mon pied tape le rythme, j'observe ce qui se passe autour de moi. Le barman retient mon attention, sa main dépose le martini et le clin d'œil qu'il me lance est sans équivoque : son manège dure depuis des semaines, il me tourne autour, espère que sa carrure d'homme musclé, serré dans son t-shirt me donnera envie de lui offrir une nuit en ma compagnie.

Si seulement j'aimais ça, moi aussi. Me perdre dans les bras d'un inconnu, apprécier une étreinte charnelle, un moment hors du temps. Malheureusement, je suis incapable de me laisser aller si je ne connais pas un minimum la personne, si je ne suis pas attiré. Le seul homme qui parvient à me faire ressentir une légère étincelle est loin d'être parfait et de pouvoir m'offrir beaucoup plus.

— Bon. Jeune, vieux ? me demande Sam après sa première gorgée avalée.

— Aucun.

— Vieux ?

Je grimace et secoue la tête.

— Je vais te tuer si tu essaies. Ce n'est pas mon genre.

— Intermédiaire alors ? Un mec de trente ans ?

— Tu es désespérant.

— Je veux juste t'aider ! se défend-il.

Sa phrase est blessante. Parce que d'un côté, si je lui expliquais sans détour ce qui se passe dans ma tête à chaque fois qu'on me parle de sexe, peut-être qu'il cesserait de vouloir me changer. Mais je n'ai pas envie d'être jugé, de réaliser que j'ai un problème.

Alors, je le laisse continuer sa chasse de l'homme parfait pour moi, jusqu'à ce qu'il trouve quelqu'un d'intéressant à ses yeux et qu'il abandonne toute recherche. Son attention est concentrée sur ce type, il ne manque que le trait de bave pour parfaire le tableau.

J'avale quelques gorgées de mon verre et profite de son bug mental pour m'accorder une pause cigarette. L'été n'est pas encore là, pourtant la chaleur est bien présente dans le Sud et nous ne mourrons plus de froid en sortant le soir. Je trouve un coin loin de la foule amassée devant le bar. Traversant la route pour m'installer en face, je traîne sur mon téléphone, la cigarette allumée entre mes lèvres.

Mes notifications Twitter explosent et je comprends vite lorsque je vois tout le monde me mentionner sur l'actualité d'un chanteur que je suis : son premier album est bientôt terminé.

Isa : T'as vu !!!

Bastien : Je ne vois que ça imbécile. Tu m'as mentionné partout.

Isa : C'était pour être sûre que tu ne le loupes pas. Parce que, qui dit album dit une potentielle tournée. Et toi et moi, on doit aller à cette tournée.

Bastien : Oui, je sais. Attends un peu, tu le connais, il nous donne les choses petit à petit.

Isa : Pourquoi est-ce qu'on le suit, déjà ?

Bastien : Parce qu'il est talentueux, beau, intelligent, ouvert sur de nombreux sujets ?

Isa : Ouais, tu marques un point. T'es fort.

Bastien : Dis-moi une chose que je ne sais pas déjà. Bisous ma belle.

Lorsque je range mon téléphone à la fin de ma

cigarette, Sam apparaît à mes côtés, un grand sourire sur les lèvres.

— Tu peux partir à l'autre bout de la terre, je te retrouverais quand même.

— J'ai juste traversé la route idiot.

Il rigole et appuie sa tête contre mon épaule, ses cheveux blonds chatouillent mon cou.

— Il n'y a rien de bien sympathique à l'intérieur, je suis déçu.

Mensonge. Sam ne me cache jamais rien de sa vie sexuelle, il est toujours prêt à me raconter chaque détail, c'est tout l'inverse lorsqu'il a un réel coup de cœur, et son regard tout à l'heure parlait pour lui.

— Tu veux rentrer ? Ça ne fait même pas une heure qu'on est là.

— Non, t'es fou. Je ne lâche pas l'affaire. Allez, on y retourne.

Sam me dérobe le mégot pour l'écraser et de retour au bar, il nous offre une seconde tournée. Puis une troisième, une quatrième… Je bois tellement que je me retrouve à observer de nouveau le barman sans même m'en rendre compte. Lui en revanche, l'a très bien remarqué.

— Un cinquième verre ? me demande-t-il.

Je ne veux pas le vexer ou pire, l'amener à douter de sa beauté. Il n'est pas mon genre, mais ça ne l'empêche pas d'être magnifique pour un tas d'autres personnes. Alors j'ignore à nouveau ses tentatives d'approche et me contente d'un hochement de tête, esquissant à peine un sourire. J'espère qu'il finira par lâcher l'affaire.

Mon téléphone se met à vibrer. Le barman en

profite pour me servir cet énième verre, mais l'appel cesse avant que je ne puisse répondre. J'ai pourtant eu le temps de lire le prénom sur l'écran.

Je me penche vers Sam pour l'informer de mon envie d'une seconde cigarette et quitte à nouveau le bar.

Par chance, Louis n'est pas du genre à lâcher l'affaire et il m'appelle de nouveau. Cette fois, je décroche sans attendre.

— Salut.

— Bonsoir, je ne te dérange pas ?

Sa voix provoque un long frisson agréable le long de mon dos.

— Non, on est sorti avec Sam. Pas loin de l'appart.

— Oh. Tu es en soirée, me dit-il alors que je l'imagine, les sourcils froncés, les lèvres pincées.

Louis n'apprécie pas quand je sors sans lui. Seulement, il n'a pas d'autre choix que d'accepter. Je m'appuie contre un muret et lève les yeux vers les étoiles au-dessus de ma tête.

— Sam m'a traîné, tu sais ce que c'est.

— Tu n'es pas disponible alors ?

Mon cœur s'emballe dans ma poitrine, l'idée de terminer la soirée en sa compagnie m'oblige à me redresser. D'un point de vue extérieur, cette histoire me ferait passer pour un minable qui en attend trop, un mec contradictoire qui passe son temps à crier que le sexe ne l'intéresse pas, mais qui le réclame avec lui. C'est juste différent, l'attirance que j'éprouve pour lui rend la chose spéciale, sans pour autant paraître unique.

— Toi, tu l'es ? je reprends.

— Si je te le propose.
— Où ?
— Comme d'habitude.
— Je le préviens et j'arrive.
— Je t'attends.

Il raccroche et enfin, je sens que cette soirée peut prendre un tournant sympa. Je dois juste trouver la bonne excuse pour Sam, histoire qu'il n'essaie pas de me retenir. De toute façon, ce n'est pas comme s'il allait rentrer à l'appartement cette nuit et voir que je n'y suis pas…

Je retrouve mon meilleur ami encore au comptoir, mais cette fois accompagné d'un mec à deux doigts de se jeter sur sa bouche. T-shirt légèrement déchiré, cheveux rasés, barbe de quelques jours. Complètement son genre.

— Je vais rentrer, amuse-toi bien, je glisse à son oreille.

— Non, tu restes ici !

— Sam, promis un autre jour tu me choisiras un mec et je passerais la soirée avec lui. Juste, pas maintenant.

Il lève les yeux au ciel, loin d'être convaincu par ma promesse. Seulement, il me connaît, il sait qu'une fois que je suis décidé, rien ne peut changer ma position. Dans un soupir défaitiste, il pose un baiser sur ma joue.

— Très bien. Tu m'envoies un message quand tu es rentré à la maison.

— Oui papa.

Je leur souhaite à tous les deux une bonne soirée et

croise le regard intrigué du barman. Désolé pour lui, il ne sera pas celui qui aura droit à mon corps cette fois.

Je quitte l'ambiance électrique de la grande pièce pour de bon et marche quelques rues plus loin afin d'être sûr que Sam ne puisse pas me voir et commande un taxi. Une fois à l'intérieur ainsi que l'adresse donnée au chauffeur, je laisse ma tête reposer sur la banquette et prends une longue inspiration. Mes doigts tremblent sous l'excitation qui décide d'envahir mon corps.

Mentir est loin d'être une activité que je pratique à longueur de temps, sauf quand ça s'avère nécessaire. Sam ne doit pas savoir dans quels draps je compte m'endormir ce soir.

2 | ELI

Samedi 18 novembre

« *Took some time*
'Cause I've ran out of energy »[3]

Louis Tomlinson

Installé sur la terrasse, guitare posée sur les cuisses, je recommence pour la cinquième fois au moins les accords. Rien ne veut rentrer ce soir, il y a toujours un moment où mon doigt part au mauvais endroit. J'aimerais me dire que ce sont mes mains qui n'en font qu'à leur tête, mais non, c'est mon cerveau qui décide de ne pas coopérer. Plus tôt dans l'après-midi,

---

[3] *Il m'a fallu du temps parce que je n'avais plus d'énergie*

je me suis essayé au piano sans que ce dernier ne soit plus attentif à mon envie de créer.

Impossible de rester concentré aujourd'hui et pourtant, je ne lâche pas l'affaire. Abandonner n'appartient pas à mon vocabulaire, encore moins lorsqu'il s'agit de mon travail. Je ne me bats pas depuis des années, je n'ai pas bossé nuit et jour pour me reposer dès un minimum de succès atteint. Je suis capable de me surpasser, je le sais.

Mon téléphone s'allume sur la table à mes côtés sans que je n'y prête attention. Il ne manquerait plus que je me laisse happer par les réseaux sociaux et là, ce serait vraiment terminé.

Allez, Eli. Tu vas finir par réussir et après, tu auras le droit à une pause. Une toute petite.

L'écran ne cesse de s'activer sous mes yeux, je tente de nouveau les accords mais continue de me louper. Et ce foutu objet qui se met maintenant à vibrer ne m'aide pas à y arriver ! Je pose la guitare près de moi dans un long soupir avant de le prendre.

Un message de ma mère, ça m'aurait étonné.

Maman : Coucou mon ange, tu es dispo pour dîner ce soir ?

Eli : Maman j'ai des choses à faire.

Maman : Une heure de ton temps, je ne pense pas que ce soit trop te demander ?

Eli : Sauf que j'ai du boulot et tu le sais très bien.

Maman : S'il te plaît. 21 h, ça te va ?

Eli : OK.

J'abdique. M'épuiser à lui tenir tête ne réussira qu'à m'irriter davantage. Je suppose que je lui dois ma ténacité. Nous sommes tous les deux obstinés et quand aucun de nous ne veut lâcher l'affaire, parfois, ça provoque des étincelles. Son sermon habituel : « Tu t'acharnes trop Eli » me rend fou. J'aime ce que je crée, j'apprécie particulièrement que chanter soit devenu mon métier, mais pour ma mère, rien ne justifie le fait de travailler autant. Peu importe si tout le temps que j'y passe m'aide à vivre de ma passion, peu importe si je ne tombe pas dans les extrêmes. Je continue de voir mes amis, de sortir, je sais gérer mon temps et ne pas me renfermer sur moi-même.

Mais pour elle, ça n'a aucune valeur et parfois, c'est éreintant de lui tenir tête.

Je m'accorde un dernier regard sur la vue depuis ma terrasse étroite. En face, des immeubles dont la construction a été arrêtée depuis quelques mois, en bas, une grande route passante avec quelques restaurants. C'est un endroit animé qui stimule ma créativité, mais qui, parfois, m'exaspère et me donne envie de tranquillité. Tout fermer et me terrer dans mon salon ne parvient pas à stopper ces bruits. Ce soir, pour ma santé mentale, j'ai besoin de calme.

Je tourne la tête vers ma guitare, observe mes doigts striés par les cordes. Ouais, je fais bien d'arrêter.

♫♫♫

À vingt et une heures précises, la maison familiale se dresse sur ma droite. Enfin, c'est surtout les arbres qui cachent la devanture que je vois en premier. Ces mimosas imposants plantés il y a quelques années qui grandissent comme bon leur semble et qui font râler ma mère à cause de toute la luminosité perdue à l'intérieur.

Cet endroit, c'est mon chez-moi, quitté un an plus tôt pour mon désir d'indépendance et de couper le cordon qui m'a trop étouffé à certains moments. La musique est devenue mon échappatoire, mon premier gros salaire m'a permis de trouver cet appartement au nord de Bordeaux. Ça ne m'empêche pas de trouver refuge entre ces murs qui m'ont vu grandir.

Je verrouille ma voiture et passe le portail, remontant l'allée recouverte de cailloux. Pas besoin de frapper une fois devant la porte, ma mère m'ouvre aussitôt, m'ayant sûrement guetté par la fenêtre de la cuisine et me serre fort dans ses bras. Ses doigts glissent entre mes mèches, un geste apaisant répété durant toute mon enfance.

— Bonsoir, maman, moi aussi je suis heureux de te revoir.

Elle claque un baiser sonore sur mon front, m'arrachant un sourire. Même si elle est trop tactile, trop envahissante, trop maternelle... Elle reste ma mère. La femme de ma vie, capable de me comprendre mieux que personne.

Elle me laisse entrer et la bonne odeur de lasagnes réveille instantanément mon ventre affamé.

— J'ai cuisiné ton plat préféré. J'ai déjà mis une

portion de côté.

— Comme si ton fils n'avait pas de cuisine chez lui.

Mon père apparaît en haut des escaliers et m'offre une accolade une fois arrivé à notre hauteur. Ma mère lève les yeux au ciel. Elle n'aime pas quand son mari la contredit, mais ça ne l'empêche pas de l'observer d'un regard amoureux, et ça, même après trente ans de mariage.

— Bonsoir fiston.

— Salut papa.

C'est tellement étrange et à la fois réconfortant de remarquer les habitudes que nous gardons, le rituel de dresser la table ensemble, d'embêter ma mère sur ses plats toujours parfaits une fois dans la cuisine. Cette dernière se met à raconter sa journée comme elle le fait chaque soir avec mon père, m'incluant dans la discussion. Elle nous sert, nous confie les ragots dans le voisinage.

— Maéva est venue mercredi, elle voulait te féliciter ! Elle a vu les affiches sur des panneaux publicitaires de la ville.

— J'adore admirer ma grosse tête dessus ! j'ironise en prenant une première bouchée.

Je suis conscient qu'il s'agit d'une part de la promo, mon manager insiste beaucoup là-dessus : à ses yeux, plus on me voit, plus on m'adore. Pour ma part, j'ai surtout peur que ça soit considéré comme de l'abus et qu'il fasse fuir de potentiels fans. Mais bon, il sait ce qu'il fait, c'est son domaine.

— Tout le monde est au courant pour ton album. Nous sommes fiers de toi.

Ces mots venant de mon père me touchent en plein cœur. Moins démonstratif que ma mère, le peu de fois où il me le montre, j'en suis tout retourné.

Ce que je vis s'avère un véritable coup de chance. Les gens se sont mis à écouter mes covers en ligne, à partager mes vidéos en masse jusqu'à me demander des créations originales. C'est grâce à ça que mon manager m'a repéré et a tout mis en œuvre pour me pousser à sortir ma première chanson. Puis, devant l'engouement, la maison de disque a demandé un album. C'est si impressionnant. Mieux, c'est un rêve éveillé et entendre mes parents dirent qu'ils sont fiers de moi devient la plus belle des récompenses.

Le repas défile au rythme de nos discussions. Les moments à table dans le silence complet, très peu pour nous. Nous avons toujours quelque chose à nous raconter, surtout quand nous ne nous sommes pas vus depuis plusieurs jours. Même après le dîner, installés dans le salon, nous discutons encore.

Ma mère m'informe que Sébastien, un des enfants qu'elle garde commence enfin à marcher et je l'écoute parler avec un brin de fierté dans la voix et les yeux emplis d'étoiles. Elle est passionnée par son métier, devenir assistante maternelle a toujours été son but alors, j'ai grandi avec la maison débordante de jouets et des enfants de tout âge évoluant à mes côtés. Je ne veux pas me vanter, mais avoir des copains de jeux tout en étant fils unique était une chance unique.

— Je vais bientôt vous partir, je finis par intervenir.

— Tu ne veux pas rester dormir ? Tu as tout de même bu deux verres de vin.

— J'ai déjà conduit avec beaucoup plus que ça

maman.

Mon père et moi éclatons de rire sous ses yeux écarquillés.

— Ne riez pas ! Un jour il provoquera un accident !

— Ne m'attire pas le mauvais œil et arrête de dramatiser.

Ma mère se renfrogne et les doigts de mon père s'agrippent aux siens, les tirant vers lui pour poser ses lèvres sur sa peau.

— Il serait temps de laisser ton fils gérer comme il le sent.

— C'est ce que je fais ! Je n'interfère pas dans sa vie.

— Maman…

Je suis déjà exaspéré par cette discussion et elle s'en rend vite compte. Elle rend les armes dans un soupir et, ses bras croisés contre sa poitrine, le menton relevé, elle lance :

— C'est juste mon instinct qui est un peu trop présent.

— Un peu beaucoup. Mais je ne t'en veux pas, promis.

Elle me sourit, totalement consciente que, parfois, elle devient étouffante. C'est dans sa nature et ce qui est arrivé il y a quelques années ne l'aide pas à me laisser prendre mon envol. Je ne me rebelle jamais concernant ce sujet. Je peux bien la laisser continuer d'exercer cette emprise sur moi, tant que ça ne tombe pas dans l'excessif.

Mon père démarre une nouvelle discussion, mais je sens bien que, si je ne me lève pas maintenant, je suis parti pour rester là toute la nuit. Or, j'ai des heures de sommeil à rattraper.

— J'adore vos histoires, mais cette fois, je dois vraiment y aller.

Mes parents hochent la tête à l'unisson et la boule qui s'installe au creux de mon ventre me dérange lorsque je les embrasse. Plus encore quand ma mère me fourre le reste des lasagnes entre les mains en me rappelant de faire attention sur la route. Elle n'oublie pas de me préciser, comme chaque fois, d'envoyer un message pour les prévenir de mon arrivée. Ils se moquent que ce ne soit qu'à un quart d'heure en voiture, ils désirent être rassurés et je ne leur en tiens pas rigueur, mais ça ne fait que rendre mon départ difficile.

Après avoir connu la chaleur d'un foyer tel que celui de mes parents, c'est toujours compliqué de retrouver un appartement vide de personnes et de bruit. C'est trop silencieux et les voisins désagréables ne savent que gueuler quand j'ose allumer mon enceinte pour remplir l'espace.

Mais, comme toujours, je prends sur moi et après un dernier baiser et un léger signe en guise d'au revoir, je m'installe derrière le volant.

À peine arrivé chez moi, je mets le plat au frigo et fonce droit dans ma chambre. Le matelas accueille mon dos, je lâche un soupir de soulagement. Je suis content d'être enfin dans mon lit et je me dis que, plus vite je m'endors, plus vite une nouvelle journée commence. Me concentrer sur la musique m'aide à ne pas penser à la solitude qui me pèse.

Je m'accorde un rapide tour sur les réseaux sociaux

qui me met du baume au cœur. Je lis chaque commentaire, chaque mention avec un sourire indélébile sur les lèvres. Tous les artistes disent ça et pourtant, je le pense sincèrement, ma communauté est belle et respectueuse.

Je finis par poser mon téléphone lorsque mes yeux commencent à piquer et tombe dans les bras de Morphée, des mots réconfortants plein la tête.

3 | BASTIEN

Dimanche 19 mai

« *Lights fading, I'm changing
Overthinking, I don't know what to do* »[4]

Niall Horan

Le lendemain lorsque je retrouve l'appartement, Sam n'est pas là, comme je l'avais prédit. Et heureusement. S'il me voyait avec les cheveux dans tous les sens, l'air fatigué et les lèvres encore marquées par les nombreux baisers de Louis, il me tuerait. Je n'ai abordé le sujet Louis qu'une seule fois

---

[4]*Les lumières s'éteignent, je change / Je réfléchis trop, je ne sais pas quoi faire*

avec mon meilleur ami, et cette seule fois a suffi pour qu'il me dise que c'était une mauvaise idée.

Depuis, il fait comme si mon amant n'existait pas et ça me dérange. Notre relation est bien réelle. Elle est compliquée, cachée et à haut risque, mais elle me fait du bien. L'adrénaline que je ressens aux côtés de cet homme me fait vibrer.

Histoire d'effacer ma nuit agitée, je fais un saut dans la douche et retrouve le canapé du salon. J'ai encore la tête ailleurs, les images des dernières heures tournent en boucle dans mon esprit. La nuit a été longue, mon corps en porte les traces, mais ce n'est pas ce que j'ai adoré. Parfois, après avoir couché ensemble, nous restons allongés l'un contre l'autre et nous parlons de tout et de rien. C'est mon moment préféré.

La console allumée, je joue quelques parties sans me rendre compte du sourire qui bouffe la moitié de son visage. C'est ce dont j'avais besoin en ce moment, une dose de légèreté. Une demi-heure plus tard, la porte d'entrée s'ouvre.

— Quelle belle journée !

Sam apparaît dans mon champ de vision, sourire béat sur les lèvre et cou marqué par de larges suçons.

— Très bonne soirée à ce que je vois.

— Tu as loupé quelque chose.

Je rigole et il m'embrasse la joue avant de s'asseoir au bar qui sépare le salon et la cuisine. J'arrête mon jeu et m'installe en tailleurs, prêt à entendre tous les détails dont il voudra bien me faire part. Sam aime faire un débriefing des moments qu'il passe avec des hommes. Peut-être qu'il espère me donner envie ?

— Allez, j'attends.

Un nouveau sourire, plus énigmatique. Comment arrive-t-il encore à attiser ma curiosité alors qu'il me raconte inlassablement la même chose ?

— Déballe !

— Nan !

— Comment ça non ? lui demandé-je, sourcil arqué.

— Je ne vais rien te dire aujourd'hui.

Ses yeux brillent et, merde, je devine très bien. Le mec qui est derrière sa bonne humeur est celui qui a attiré son attention au bar. Apparemment, le sexe n'est pas le seul domaine où il semble doué.

— Je rêve. Tu vas vraiment garder le silence ?

Sam se mord la lèvre et hausse les épaules.

— Je préfère t'en parler si ça va plus loin. Je n'ai pas envie de me faire de faux espoirs et tu me connais. Si je t'en parle une fois, je vais le faire tout le temps, je vais m'emballer, penser à lui à chaque instant et tomber de haut quand je verrai que ça ne marche pas.

Bien vite, je le rejoins et passe mes bras autour de sa nuque pour l'amener contre moi. Sam est sans doute le plus mature de nous deux, le plus fort, le plus protecteur. Mais bien trop souvent, j'oublie que la vie ne lui a pas fait de cadeaux en amour et qu'il espère qu'il aura un jour le droit à une relation saine, stable et tranquille. Son ex était un enfoiré de première, violent et toxique que j'ai toujours détesté.

— Je suis certain que tu trouveras une perle rare,

même si ce n'est pas ce mec, je murmure à son oreille.

— Merci.

Sam se recule, m'offre un long regard entendu et finalement, mon ventre décide de se réveiller et de gargouiller entre nous. Nous éclatons d'un rire sonore et mon meilleur ami secoue la tête.

— Je crois que je vais te faire à manger.

— Merci, t'es le meilleur.

# # #

Louis : J'ai passé une très bonne soirée.

Bastien : Moi aussi, tes bras me manquent déjà. Quand est-ce qu'on remet ça ?

Louis : Je ne peux pas te dire à l'avance et tu le sais.

Bastien : Tu peux me prévenir quand Jason s'absente pour le boulot.

Louis : En ce moment il est beaucoup à la maison. J'essaie de faire comme je peux.

Bastien : Je sais. C'est juste qu'on ne se voit plus aussi souvent et, ouais, tu me manques.

Louis : Je dois te laisser, Jason vient de rentrer. Salut.

Je fixe mon téléphone. Je ne devrais pas accorder autant d'importance à ça, mais c'est tout mon problème avec lui. Il ne me contacte pas pendant plusieurs jours, j'arrive à l'effacer de ma mémoire et dès que j'accepte une nuit avec lui... Je l'ai tout le temps dans la tête, dans la peau et l'envie de le retrouver encore et encore me tord les tripes.

Sa douceur et sa tendresse, je suis incapable de m'en défaire. J'ai beau être un pauvre homme qu'il voit en cachette, je ne me suis jamais senti aussi précieux et aimé que dans ses bras.

Je finis par mettre l'écran en veille et me concentre de nouveau sur mes cours. Les derniers partiels commencent bientôt et j'essaie de passer le plus clair de mon temps à réviser. Ça marche la plupart du temps, lorsque Sam ne vient pas me déranger ou quand mon téléphone ne vibre pas à cause des notifications d'Isa.

D'ailleurs, je n'ai eu aucun message aujourd'hui. Elle m'envoie toujours une photo d'Eli trouvé sur Internet ou une lamentation sur son boulot, ça ne loupe jamais.

Merde, il faut que je révise.

— BASTIEN !

Sam cri mon nom depuis la cuisine et je le maudis. Il va vouloir me parler, ça va me déconcentrer et c'est mort pour ce soir, je ne vais plus parvenir à me concentrer sur mes révisions.

— BOUCLETTE !

Je grogne et ferme mon ordinateur avant de quitter

la chambre, claquant la porte histoire de lui faire comprendre qu'il me dérange.

— Qu'est-ce que tu me veux ? Je te rappelle que j'ai des examens dans quelques jours et que toi aussi d'ailleurs.

— J'ai fait une pizza maison.

— Si tu me prends par les sentiments aussi…

Je suis faible face aux talents de cuisinier de mon meilleur ami. Parfois, je me demande s'il ne s'est pas trompé de voie avec tous les plats qu'il arrive à me concocter. Il m'ordonne de m'installer sur un tabouret et je m'exécute, salivant déjà aux verres de coca qu'il nous sert.

— On se fera une journée à la bibliothèque demain si tu veux.

— Si c'est le seul moyen pour qu'on parvienne à se concentrer.

Sam ricane et dépose la pizza entre nous deux. Quand je vais pour attraper une part, il tire l'assiette en me regardant droit dans les yeux. Il ne me faut pas longtemps pour comprendre qu'il désire me parler de quelque chose. Ou plutôt m'engueuler. Mais je n'ai rien fait de mal ces derniers jours… ? Et impossible qu'il sache pour Louis.

— Quoi ? Donne-moi la pizza, j'ai faim.

— Pas avant que tu m'aies dit.

— Dire quoi ?

— Cette fille, Isa. Elle te plaît ?

Mon cœur reprend un rythme normal et je me mets à rire nerveusement. Ce n'est que ça.

— Isa est une amie.

— Une amie avec qui tu parles souvent.

— Parce que nous avons beaucoup de points communs et que nous suivons les mêmes artistes.

— Moi je pense plutôt qu'elle te plaît et que c'est pour ça que tu n'es pas réceptif quand je te cherche un mec.

J'ai de nouveau envie de rire, mais je me retiens. Il devinerait aisément que ça n'a rien avoir avec Isa.

— Sam, si j'avais un crush quelqu'un tu serais le premier au courant. Promis !

Ses yeux se plissent, pour déceler la vérité. Je ne bouge pas, j'attends qu'il cesse son cinéma. Ce qu'il finit par faire en poussant un long soupir.

— Ta vie est vraiment trop ennuyeuse.

— Bah merci, c'est sympa.

Il remet la pizza au milieu et m'invite à manger. Sauf que je n'ai plus faim. Je sais qu'il ne dit pas ça pour me blesser, que ça sort tout seul sans filtre, mais il a raison. Je n'ai pas une vie palpitante, j'en suis même très loin. Je galère à trouver un but pour me lever le matin, je n'ai pas de réels projets sur le long terme.

Tant que j'ai la santé, une famille aimante et des amis, ça devrait me suffire. Et ça me suffit, quand je pense à la vie dans quelques mois. Si je me mets à réfléchir à l'avenir, c'est la panique totale et le constat est flagrant : je n'ai foutrement aucune idée de là où je vais.

— Ça va Bastien ?

Je relève les yeux vers mon meilleur ami. Je l'envie. Il rêve depuis le début d'être un psychologue présent auprès des personnes âgées, il aspire à créer une grande famille, à retourner habiter dans le nord de la France. Moi, je n'en sais rien. Je ne sais pas où je veux vivre, je ne sais pas ce que je veux faire même si les études que je partage avec Sam vont m'amener dans un secteur similaire au sien.

Il manque cette étincelle. Ma poitrine devient d'un coup douloureuse et comme à chaque fois que je réfléchis à quelque chose auquel je ne peux apporter aucune réponse, je sens l'air me quitter.

— Excuse-moi.

Je quitte précipitamment la cuisine, cours m'enfermer dans ma chambre. Je me jette sur mon lit et attrape mes écouteurs d'une main tremblante avant de mettre une vidéo sur mon téléphone. Je sais comment calmer ces angoisses et généralement, penser à autre chose m'aide à aller mieux.

4 | BASTIEN

Mardi 21 mai

« *Tell me what you want because you know I want it too* »[5]

Niall Horan

Bastien : Quand est-ce qu'on se voit ?

Isa : Je ne sais pas quand je redescends sur Bordeaux.

Bastien : Rapidement j'espère. On a plein de trucs à faire.

---

[5]*Dis-moi ce que tu veux parce que tu sais que je le veux aussi*

Isa : Réussis déjà tes examens, on verra plus tard.

Bastien : Vous me prenez tous la tête avec ça.

Isa : Peut-être parce que c'est important ?? Tu vas aller où si tu n'as pas ton diplôme ?

Bastien : Qu'est-ce qui te dit que je vais trouver un boulot avec mon master ? Peut-être que c'est un diplôme haut niveau ouais, et encore. T'as vu la galère que c'est ? T'as eu du mal toi aussi.

Isa : En même temps j'ai qu'un CAP.

Bastien : C'est déjà bien.

Isa : Bref, arrête de parler et va réviser. Sinon je te bloque.

Bastien : T'es pas marrante comme fille.

Isa : C'est pour ça que tu m'aimes. Promis je te harcèle s'il y a un truc avec Eli. Mais là, tu vas poser ton téléphone, ouvrir ton PC et apprendre tous tes cours pour déchirer et avoir ton master c'est clair ?

Bastien : Oui maman.

Isa : Dégage !!!

Je ris bêtement et augmente la musique dans mes oreilles. Bercé par la voix apaisante d'Eli, je tourne à l'angle de la rue. J'ai compris que travailler à l'appartement allait être mission impossible avec Sam dans les parages, alors j'ai pris les choses en main. Le casque enfoncé sur la tête, je m'isole dans un café pour réviser en paix. Et ça fonctionne : je termine plusieurs leçons, je lis des dizaines et des dizaines de pages tout en notant les éléments importants dans un cahier à côté de moi — la seule méthode qui me permet de retenir toutes ces informations.

Les paroles d'Isa tournent en boucle dans mon esprit. Je sais que je dois faire de mon mieux. Je le *dois*.

Mes parents seront fiers de moi et si je parviens à dégotter un boulot qui paye bien, je pourrais les gâter. Prendre soin d'eux comme ils ont pris soin de moi depuis mon enfance. C'est la seule chose qui peut me motiver un peu. Le seul semblant de but dans ma vie.

Alors je continue de bosser. Je ne fais plus attention à l'heure ni au mal de crâne qui pointe le bout de son nez. Mes yeux irrités me supplient d'arrêter, mais je ne peux pas. Je prends le maximum d'avance avant de devoir retrouver l'appartement.

La musique de ma playlist s'est éteinte depuis une bonne demi-heure lorsque la sonnerie dans mes oreilles me fait sursauter. J'attrape mon téléphone et décroche sans regarder le prénom sur l'écran.

— Allô ?

— Dispo ce soir ?

Je suspends mes gestes sous la surprise. Je pensais qu'il ne pourrait plus être aussi présent avec Jason dans les parages ? De plus, ce n'est vraiment pas le moment.

— Bastien ?

— Je dois réviser pour mes cours, je l'informe en

refermant mon stylo, le temps de me concentrer sur cette discussion.

— Ce n'est pas important, tu peux reporter ça. Je ne sais pas quand je vais avoir un nouveau moment de libre.

— Comme d'habitude, répliqué-je, un peu amer.

— Je suis déjà bien gentil de t'accorder du temps.

Mes sourcils se froncent et j'abaisse l'écran dans mon ordinateur. Pourtant, je ne parviens pas à être totalement énervé. Louis a raison de me rappeler à quel point je suis insignifiant dans sa vie, ça me permet de garder les pieds bien ancrés au sol.

J'attrape mon téléphone pour rapprocher le micro de ma bouche.

— Ne fais pas ça Louis. Mes partiels sont importants et même si j'aime être avec toi, si j'aime que tu prennes tous ces risques afin que nous puissions vivre une histoire, je ne vais pas tout laisser tomber sous prétexte que tu es disponible.

Je tente de lui faire comprendre les choses, de lui montrer que je suis reconnaissant, mais seul un silence me répond, suivi des « bip » de fin d'appel. Il m'a tout simplement raccroché au nez. Comme ça. Parce que je l'ai vexé. Parce qu'il n'est pas le centre de mon univers comme il le croit. Je lâche un soupir de défaite et masse mes tempes du bout de mes doigts.

Je déteste lorsqu'il s'amuse à souffler le chaud et le froid. Je déteste sa manière de me faire culpabiliser, de me rendre dépendant de lui tout ça parce qu'il est le premier avec lequel je me sens un minimum bien. Je ne veux pas perdre ça.

Alors j'abdique. Je range mon ordinateur au fond de mon sac et quitte le café après avoir réglé ma note. Un coup d'œil à l'application GPS m'indique que je ne suis qu'à quelques minutes de l'hôtel où nous avons toujours rendez-vous. Il y est, c'est certain, il m'appelle uniquement lorsqu'il s'y trouve déjà. Sur le chemin, je regarde mon téléphone : je n'ai aucune nouvelle de sa part. Quand j'allume la WIFI, je reçois une notification d'Isa qui demande si je vais bien. Ouais, mais pas autant que je l'aurais voulu. Si elle savait que j'arrêtais de bosser pour le rejoindre, elle me tuerait, ou elle ordonnerait à Sam de le faire.

Arrivé devant la chambre 331, je range mon téléphone dans la poche arrière de mon jean. J'observe ce numéro, joue avec mes doigts devenus tremblants avec le stress. Je sais bien que toute volonté me quittera à peine un pied dans cette pièce et je l'accepte. Je prends une longue respiration et frappe contre la porte. Aucune réponse, il est vraiment vexé. Je frappe plus fort et finis par l'appeler.

— Louis, ouvre-moi.

L'oreille penchée afin de distinguer les bruits à l'intérieur, j'entends finalement des pas et le verrou s'ouvrir sur cet homme plus vieux que moi. Louis est là, chemise ouverte, une cigarette entre ses doigts et ses yeux rougit. Merde, il est si beau. Ses trente années sont loin d'avoir marqué son visage, son regard gris est toujours aussi éclatant et son corps est entretenu sans être dans l'excès.

— Je croyais que tu devais réviser, me dit-il avec une once d'ironie dans la voix.

Je passe à côté de lui, laisse tomber mon sac près

du lit et pique une cigarette dans son paquet. Installée entre mes lèvres, je l'allume et l'observe s'approcher de moi, une boule coincée dans ma gorge. Sa démarche, cette façon de poser son regard sur moi, de m'examiner comme si la seule chose qu'il désirait était de m'enlever mes vêtements. Avec lui, les préliminaires sont électriques. Il sait attiser le feu en moi, me donner envie de plus sans que ce plus soit un feu d'artifice, en tout cas pour moi.

— Tu as fini de bouder ? lui demandé-je, une fesse appuyée sur le bureau, une jambe pendant dans le vide.

— J'ai une tronche à bouder ?

— Me raccrocher au nez n'est pas digne de ton âge.

Il ricane et s'appuie contre le mur en face de moi, la tête légèrement penchée vers le sol. Ses cheveux noirs ne cessent de pousser et tombent presque devant ses yeux dans cette position.

— C'est quoi, ce qui est digne de mon âge hein ? Un mari, ce que j'ai actuellement ? Un mari qui me trompe dès que j'ai le dos tourné ? Je préférerais avoir ton âge.

— C'est ce que tu fais aussi. Tu le trompes Louis.

— Il a commencé.

— Je suis un simple moyen de te venger ?

Son regard s'adoucit alors qu'il tire sur sa cigarette. La fumée s'extirpe de ses lèvres tandis que je laisse la mienne se consumer. Je n'en ai même pas envie, c'est juste un réflexe. Un foutu réflexe.

— Tu es loin d'être ça.

— Et qu'est-ce que je suis ?

Cette question me brûlait les lèvres. Je ne compte plus les mois qui nous séparent du début de notre relation, mais jamais nous n'avons abordé ce sujet. Se retrouver ici, baiser, discuter un peu. C'est le contrat. Seulement, toutes les discussions que nous avons entre ces murs, tout ce que nous apprenons sur l'autre au fil des jours ne peuvent pas être du vent. J'aimerais qu'il me dise plein de choses. J'aimerais qu'il me dise ce que j'ai envie d'entendre. Sauf que ce ne serait que des mensonges, nous le savons tous les deux.

J'écrase ma cigarette et me lève pour m'approcher de lui face à son silence. Mes mains écartent les pans de sa chemise et mes doigts retrouvent la sensation de toucher cette peau halée, ses muscles qui m'ont fait saliver plus d'une fois.

Si seulement Louis n'était pas marié, si seulement je pouvais me contenter d'un homme avec qui le sexe est bien, sans pour autant être merveilleux. Si seulement nous n'étions pas nous. J'attrape ses hanches et l'attire contre mon torse. Sa respiration est déjà hachée, ses yeux me dévorent et son membre tendu sous le tissu de son boxer s'appuie contre mon bassin. Un simple regard sur moi suffit à l'exciter. Son mari doit être un piètre amant.

— Je n'ai pas envie de toi Louis, murmuré-je sans y mettre plus de conviction.

Pourquoi ? Parce que j'espère qu'il fera taire mon avis en plaquant sa bouche contre la mienne, en emmenant mon esprit plus loin que je ne pourrais l'imaginer ? Parce que j'aimerais qu'il me fasse comprendre que je ne suis pas un trou où il a pris l'habitude de se vider ? Pourquoi suis-je comme ça, putain !

— Pourquoi ? se plaint-il.

— Je n'ai juste pas envie.

Il soupire et me repousse loin de lui. Bien sûr, Louis ne me suppliera jamais. Il ne fera jamais ce que je désire. J'abandonne et retire mes vêtements qui me donnent trop chaud. Allongé dans le lit, je l'observe faire les cent pas dans le petit espace.

— Viens avec moi, lui demandé-je doucement.

Malgré tout ça, je suis accro à ce mec. J'ai besoin de le sentir contre moi. Il hésite un instant, tire nerveusement sur sa cigarette, mais cesse de lutter pour se blottir dans mes bras.

Aucun de nous ne peut se défaire de l'autre et ça se finira probablement mal. Mais comment mettre un terme à une relation en pensant au pire alors que pour le moment, nous arrivons à en tirer du positif ?

Perdu dans mes pensées, je sens la bouche de mon amant traîner sur mon cou et le haut de mon torse. Finalement, il semblerait que Louis en ait autant envie que moi ce soir. Je lâche prise, baisse la tête et cherche ses lèvres avant de les lier aux miennes. Je sens qu'il sourit. Un grand sourire parce qu'il a ce qu'il voulait. Et moi, je vais me détendre après une après-midi entière à réviser. Chacun y gagne quelque chose.

5 | Eli

Mercredi 22 mai

« *Same stress, same shit to go through
I'm just like you, if you only knew* »[6]

Louis Tomlinson

Je n'ai pas l'habitude des grands repas de famille. J'ai des proches un peu partout aux alentours, mais nous sommes surtout soudés avec mes parents et mes grands-parents. Les retrouvailles avec les autres sont plus rares, lors d'occasions importantes telles qu'une fête, un Noël ou un mariage. Aujourd'hui, ce n'est

---

[6]*Le même stress, la même merde à traverser / Je suis comme vous, si vous saviez*

rien de tout ça. Ma tante a décidé que ça faisait bien trop longtemps qu'elle ne nous avait pas vus et a organisé un repas – obligatoire, sans possibilité d'annuler – afin que nous puissions tous nous réunir, dans la joie et la bonne humeur. Ironie, quand tu nous tiens.

À mes yeux ça reste une énorme contrainte. J'ai vraiment mieux à faire que de perdre une journée à manger avec des personnes qui, même si elles sont de mon sang, vont surtout parler de mon succès grandissant, alors qu'ils ne s'intéressaient pas à ma vie avant ça.

Agir à l'inverse de l'homme que je suis n'est pas une de mes qualités. J'ai un visage trop expressif, un avis trop tranché sur les gens que je côtoie. Mais maman a insisté jusqu'à me faire craquer et je ne pouvais pas affronter un énième combat avec elle en si peu de jours. Voilà pourquoi je me retrouve devant la porte à attendre que ma tante Hélène se décide à nous ouvrir.

Le soleil me tape sur la tête, les rayons qu'il envoie commencent à devenir insupportables lorsqu'elle apparaît.

— Bonjour ! Entrez, la chaleur est étouffante !

Son air enjoué pourrait presque me faire lever les yeux au ciel, ce que maman ne manque pas de remarquer. Son coude qui s'enfonce sans douceur entre mes côtes dans un avertissement m'arrache une grimace. Très bien, j'ai compris le message, je vais en entendre parler si je ne fais pas un minimum d'effort alors, j'affiche un faux sourire sur mon visage et suis mes parents à l'intérieur.

Je salue à ma tante et retrouve mes cousins déjà installés à la grande table du salon. Henry a mon âge et le même désir que moi d'être ici. Pour preuve, ses écouteurs sont enfoncés au creux de ses oreilles et son attention est absorbée par une vidéo se jouant sur son portable. Louis lui, est un peu plus vieux. Cinq ans de plus que moi pour être exact, et il est bien loin de ressembler à un homme de trente ans, ce que j'ai toujours envié chez lui. Il est d'une beauté parfaite depuis que nous sommes enfants et j'en ai souvent complexé.

Je trouvais mon nez plus gros que le sien, je détestais le peu de graisse sur mon ventre face à celui, plat et gonflé par les abdos qu'il aimait exhiber. Même si nous avons tous les deux grandi et évolué, Louis a toujours senti ma jalousie et moi je n'ai fait aucun effort pour la cacher.

— Je suis tellement heureuse de vous revoir, installez-vous !

Nous obéissons et ma tante, vêtue d'un tailleur lilas qui ne la met pas vraiment en valeur s'occupe à remplir nos verres d'alcool en tout genre sans nous demander notre avis. J'écope d'un whisky-coca et le léger silence qui s'installe me gêne. Forcément, nous n'avons rien à nous dire et mes cousins ont compris comme moi que ça ne servait à rien de faire semblant de s'intéresser aux autres. Nos parents sont les seuls à y parvenir.

— Je suis heureuse de vous avoir à la maison.

— C'est vrai que nous n'étions pas venus depuis la fin des travaux, remarque mon père, un sourire poli sur les lèvres.

J'avale une gorgée de mon verre sans plus attendre, écoutant d'une oreille distraite la conversation. Je m'empêche de prendre mon téléphone, de me laisser absorber par les réseaux sociaux. Louis lui, n'a pas eu la même volonté que moi. Il tape sur son clavier, un air béat sur le visage. Je suis ravi de voir qu'il ne s'est pas encore lassé de son mari. Même si nous nous retrouvons une fois par an, ses frasques sont connues de la famille. Son passe-temps favori ? Voyager de garçon en garçon. Lorsqu'il nous a appris la nouvelle de son mariage, j'ai failli m'étouffer tellement je riais. J'ai eu le droit à des remontrances derrière, mais c'était si drôle de le voir se poser. Je suis donc heureux pour lui qu'il tienne ses engagements. Henry lui, fixe à présent le plafond sans ouvrir la bouche.

Ce repas va être long. Trop long.

Ramenez-moi chez moi avec ma guitare, tellement de travail m'attend.

Ma mère s'est lancée dans une grande discussion avec Hélène, je profite qu'elle ne puisse pas me rattraper pour m'éclipser et retrouver la terrasse, mon verre à la main. Les rayons du soleil effleurent mon visage, j'en soupirerais presque. Grandir dans le Sud m'a aidé à apprécier chaque jour où les nuages s'écartaient pour laisser cette lumière briller. Aujourd'hui, je serais tout bonnement incapable de m'en défaire.

Mais le tête-à-tête avec le soleil se termine plus tôt que je ne l'aurais pensé. La baie vitrée s'ouvre et se referme dans mon dos, et lorsque je tourne la tête, je découvre Louis en train d'allumer une cigarette. Il se laisse tomber sur un vieux transat près de moi et m'offre un léger sourire.

— Ça se passe comme tu veux ? me demande-t-il, le menton levé vers le tatouage présent sur mon poignet.

Cesse de pleurer, le combat n'est pas terminé.

Les premiers mots de ma toute première création originale. Mes pensées se dirigent vers une seule personne à chaque fois que je les lis, mais ce n'est pas le moment de me plonger dans un passé encore trop douloureux.

— Ouais, je finis pas répondre en comprenant qu'il parle de la musique. Et toi, avec Jason, tout ça ?

Louis affiche un faible sourire avant que ses lèvres ne se pincent.

— C'est le bordel.

— Ah ouais ?

Je fais mine de m'y intéresser, même si la spécialité de mon cousin – à savoir se plaindre – m'est servie à chaque repas.

— J'ai rencontré un mec.

— Un mec ? Tu veux dire, un mec autre que ton mari ?

Là, ça devient intéressant. Non, je n'ai aucun remords à prêter attention à ses lamentations lorsque ça peut m'apporter un intérêt. Dans le cas présent, du divertissement et peut-être de l'inspiration pour mes chansons. Je suis ouvert à tout,

— Ouais. C'est la merde, il me répond dans un rire nerveux.

Il tire tellement fort sur sa cigarette qu'il se met à tousser en devenant rouge sous l'afflux de fumée. J'attends la suite de son histoire, mon attention dirigée vers lui.

— Il s'appelle Bastien. C'est… une bouffée de légèreté. De renouveau. Il m'apaise, dans tous les sens possibles. Être dans ses bras, c'est génial. Le cul est encore mieux, enfin surtout le sien.

Je grimace. OK, j'ai envie de savoir, mais pas ce genre d'informations. Sauf que Louis n'a aucune pudeur. Je ne compte plus le nombre de fois où il m'a raconté ses parties de jambe en l'air avec tous les détails qui m'ont, à une époque, valu des cauchemars. Sur ce plan, il est assez particulier.

— Depuis combien de temps ça dure ?

— Quelques mois. On s'est rencontrés sur une application.

— Tu traînais sur une application en étant marié ?

— Je sais, j'ai fait de la merde, se lamente-t-il, le visage entre ses mains.

— Carrément.

— Je ne sais pas comment agir.

— D'après ce que j'ai compris, ce Bastien te fait beaucoup plus de bien que Jason.

— Mais j'ai enfin réussi à construire une relation stable !

Louis relève la tête et cette fois son regard est dur, sa mâchoire est contractée. Il est en colère contre lui-même et je ne comprends que trop bien ce qu'il ressent. Moi aussi je me suis détesté pour avoir fait n'importe quoi à une époque. Alors j'essaie de trouver les mots.

— Peut-être que la stabilité ne te convient pas, ça ne sert à rien de lutter. Si tu prends ton pied en changeant d'amant très souvent, c'est ainsi. Il y a des gens qui ne sont pas compatibles avec la vie de couple accompagnée d'enfants et d'animaux de compagnie, ne cherche pas à te ranger parce que c'est la norme.

— Les garçons, à table !

L'intervention d'Hélène par la baie vitrée ne laisse pas à Louis le temps de me répondre. Je suppose que, de toute façon, mes mots sont entrés et sortis par l'autre oreille. À chaque fois que je tente de lui donner des conseils, il répète les mêmes erreurs.

Nous rejoignons le reste de la famille pour le repas et les conversations sans importances reprennent. Cette fois, j'essaie d'y prendre part et le sourire qu'arbore ma mère m'indique qu'elle en est heureuse. Ça dure ainsi jusqu'au dessert, jusqu'au moment où la question que je redoutais le plus finit par être posée :

— Alors Eli, la musique ? On te voit partout ! Ça doit être tellement bien. Tu côtoies des gens célèbres dis-moi ? Tu devrais nous emmener un jour, sur scène.

Son ton enjoué ne me plaît pas. Pas plus que ses yeux brillants d'envie. Elle représente le mauvais côté de ma célébrité. Pendant des années, elle ne m'a pas souhaité mon anniversaire ou même la bonne année. J'ai beau être le fils de sa sœur, ma tante est du genre centrée sur elle-même et sur Louis et Henry qu'elle considère comme les dernières merveilles du monde.

Mais maintenant que je réussis dans ce que j'entreprends, je deviens intéressant. Parce que je commence à avoir de l'argent, de la notoriété qui pourrait lui être utile. Tout pour elle, et si elle n'était pas un membre de ma famille, j'aurais ouvert ma gueule depuis longtemps. Seul le respect que j'ai par ma mère me retient.

Même si ça devient de plus en plus compliqué.

— Ça marche bien, j'ai une petite communauté.

— Ne nous oublie pas quand tu seras un chanteur célèbre.

Putain, elle me file la nausée avec son sourire aussi faux que son intérêt pour moi. Je lui accorde la même authenticité, les poings serrés sous la table et n'attends plus qu'une chose : la fin du repas. À ma plus grande joie, il se termine plutôt vite et je suis le premier à m'enfuir hors de cette maison.

Quand ma mère me rejoint, elle me donne une légère tape à l'arrière de mon crâne.

— Hé !

— Tu n'as pas été très poli !

— Mais je n'ai rien dit !

— Ton regard parlait pour toi, me gronde-t-elle comme si j'étais un petit garçon.

— Elle m'a emmerdé. Je ne vais pas jouer au faux-cul et tu le sais très bien, grogné-je.

— Je te demande juste d'être poli. Ils sont de ta famille.

— C'est un mot magique ça, famille. Ma famille c'est toi, papa, papy et mamie. C'est tout.

— Il n'a pas tort…

Mon père intervient pour me sauver la mise, mais sa remarque fait râler ma mère et elle part dans un monologue ou elle nous explique l'importance de sa sœur et des liens du sang et bla-bla-bla. Je n'écoute plus, j'attends qu'elle cesse son discours et finis par les embrasser avant de rejoindre ma voiture.

La journée est loin d'être terminée, et mon premier vrai sourire prend place sur mes lèvres à l'idée de retrouver mon piano et ma guitare.

6 | BASTIEN

Vendredi 24 mai

« *Of who I am, and all I've ever known
Lovin' is the antidote* »[7]

Harry Styles

Les partiels sont devenus une routine depuis ma première année de licence. Une montée de stress les jours d'avant, jusqu'à devoir se mettre devant la copie, les doigts croisés afin d'espérer que toutes nos révisions auront porté leurs fruits. Aujourd'hui, lorsque je quitte la salle et que je retrouve Sam,

---

[7]*De ce que je suis et de tout ce que j'ai toujours connu / L'amour est l'antidote*

appuyé contre un mur en face de moi, je suis soulagé. J'ai su répondre à toutes les questions et ça me donne le courage d'affronter la semaine d'examens qui se profile.

— Alors, comment ça s'est passé ? me demande mon ami au regard si clair, un bras prenant place autour de mes épaules quand j'arrive à sa hauteur.

— Les doigts dans le nez. Et toi ?

— La même. Je ne peux pas croire que nos derniers partiels soient aussi faciles.

— Ne t'emballe pas trop non plus, lui dis-je avant d'enchaîner. J'ai faim. Tu n'as pas oublié le McDo que tu m'as promis ?

— Comment l'oublier ? ricane-t-il avant de se reculer, sa main ébouriffant mes cheveux au passage.

Je râle pour la forme et le suis hors du bâtiment. Quelques minutes de tram et une commande bien garnie plus tard, nous nous installons sur des banquettes collées à la vitre. L'odeur de frites fait gargouiller mon ventre affamé. Sam a beau être un Roi en cuisine, manger gras est mon péché mignon et je ne pourrais jamais m'en passer.

D'ailleurs, ce dernier me fixe depuis que nous sommes assis alors qu'il sait à quel point je déteste ça.

— Si tu as quelque chose à me dire, dis-le tout simplement.

Il hausse un sourcil et appuie son menton sur la paume de sa main.

— Je n'ai rien fait, se défend-il.

— Alors pourquoi tu me regardes comme ça ?

— Comment ?

Un demi-sourire se dessine sur son visage. Il sait de quoi je parle, mais il adore me prendre pour un idiot, ce que je ne suis pas.

— Sam, je grogne, les lèvres pincées.

— OK, OK. Où es-tu passé vendredi soir ?

Le fameux moment. Le week-end dernier, Sam est parti tôt le samedi matin afin de rejoindre ses parents à Lille et n'est revenu que tard dans la soirée. Il n'a donc pas pu satisfaire sa curiosité et me demander pourquoi j'étais rentré à minuit passé la veille de son départ.

— Je suis juste sorti.

— Tout seul ? Alors que je dois te forcer pour t'emmener ?

— Peut-être que c'est ta compagnie qui me déplaît, lui dis-je pour le taquiner.

Il n'a pas le temps de me répondre qu'une serveuse nous amène nos plateaux. Nous la remercions et je me jette sur mon Big Mac qui n'attend que moi et mon estomac criant famine. D'accord, peut-être que c'est aussi pour éviter la discussion qui me guette. Sam m'observe, cherche à déceler la vérité sur mon visage. Je sais qu'il ne va pas tarder à trouver, ce n'est qu'une question de minutes.

— Raconte-moi, arrête de vouloir créer du suspens.

— Même si ça risque de ne pas te plaire ? je ne peux m'empêcher de marmonner après ma première bouchée avalée.

— Bastien, tu te fous de moi ?

— Je n'ai encore rien dit !

— Tes yeux crient Louis.

Il n'y a plus de retour possible. Je porte mon attention sur mes frites, cherchant les mots justes. D'un côté, je me dis que j'aurais dû me montrer plus attentif, ne pas me perdre dans les bras de Louis et rentrer avant que Sam ne s'aperçoive que je n'étais plus du tout dans mes révisions, plutôt en train de m'envoyer en l'air. De l'autre, j'aimerais pouvoir partager avec quelqu'un ce que je vis avec Louis. J'aimerais pouvoir en parler au lieu de tout garder dans ma tête comme si je devais avoir honte de cette relation.

— Explique-moi ce que tu fais encore avec ce bouffon.

— Ne dis pas ça, le prévins-je d'un ton dur.

— Mais il l'est ! Il n'y a que toi pour ne pas le voir !

Sam se racle la gorge après avoir haussé la voix et attiré des regards sur nous. Je lui demande de manger et il obtempère tandis que je me lance :

— On passe juste du bon temps ensemble, c'est sans prise de tête et sans attache. Il ne pourra pas me briser le cœur, je ne lui en laisse pas la possibilité.

— Il y a toujours quelque chose qui se crée Bastien. Tu n'es pas un garçon insensible.

— Mais je suis adulte ! Si jamais je sens que la situation m'échappe, j'arrêterais tout. Je te le promets.

Ça ne lui convient pas, mais c'est tout ce que je peux lui donner. J'adore mon meilleur ami et je ne doute pas de ses intentions envers moi, son unique but est de me protéger. Seulement, je n'aime pas lorsqu'on me dicte mes actes. Si je dois me casser la gueule, je le ferais et j'aurais appris de cette relation.

— Bon, on arrête de parler de sujet qui fâche, OK ? On mange et on se détend.

Sam abdique dans un hochement de tête, sachant pertinemment qu'il ne me fera pas changer d'avis. Nous avons déjà eu cette discussion dans le passé et, de toute évidence, nous ne pourrons jamais nous accorder là-dessus.

— Oh merde.

— Quoi ?

Mon meilleur ami cache d'un coup sa tête avec ses mains, il tente de paraître tout petit sur la banquette sans que je ne comprenne rien à ce qui est en train de se passer. Je regarde autour de nous, mais aucun visage familier n'apparaît.

— Sam ? Tu as vu un fantôme ?

— Chut ! Tu ne connais pas mon prénom, je ne suis même pas là.

J'avale la dernière bouchée de mon burger en roulant des yeux. Mon meilleur ami est un homme étrange. Au bout d'un certain temps, il murmure :

— Il est parti ?

— Mais qui ça ?

Il souffle, comme si je devais deviner de qui il parlait et relève enfin la tête pour analyser la salle du fast-food. Lorsqu'il semble ne plus voir le fameux fantôme, un soupir de soulagement lui échappe, tandis qu'il se redresse.

— C'est bon, tout va bien.

— Toi aussi tu me caches des choses, j'attaque d'emblée.

Si je lui laisse une minute pour s'évader, il ne s'ouvrira pas à moi.

— Mais non…

— Mais si. Allez, j'écoute.

Bras croisés contre mon torse, sourcil haussé, je lui montre que je suis prêt à entendre tout ce qu'il a à me dire.

— Bon, tu te souviens samedi dernier, tu es parti et un homme m'accompagnait au bar.

— Ouais ?

— Je ne suis rentré que dimanche.

— Tu peux arrêter de faire phrase par phrase et te lancer dans une vraie tirade s'il te plaît ?

— Bien, chef.

Il boit dans son gobelet sans éviter mon regard. Puis, il se lance enfin :

— J'ai passé la nuit avec ce mec, Matt. Ça a été… une explosion de plaisir. Un truc de dingue. Et au lieu de me virer de chez lui, il m'a laissé dormir dans son lit. Le lendemain, il a attendu que je me réveille et on a discuté pendant une bonne heure de tout et de rien. Ce n'était pas forcément intéressant, mais la façon dont il me regardait… Puis il a voulu me donner son numéro. J'ai accepté, je lui ai envoyé un message pour qu'il ait le mien et il a essayé de me joindre plusieurs fois sans que je ne réponde.

— Pourquoi tu n'as pas répondu ?

— Parce que c'est flippant. Il est vraiment très… bien. Et j'ai peur que ça ne dure pas. Ou que je fasse tout foirer, termine-t-il dans un murmure, son attention portée sur son plateau vide.

La colère qui m'envahit ressemble à celle qui m'a retournée lorsque j'ai découvert mon meilleur ami dans une relation loin d'être saine. Ce putain d'enfoiré a réussi à immiscé le doute dans la tête de Sam qui, depuis, pense que l'échec vient de lui à chaque fois qu'un homme ne désire pas aller plus loin. C'est la raison pour laquelle il ne désire pas partager sa vie amoureuse. Il est terrifié à l'idée que je lui dise que le problème vient de lui.

— Propose-lui un date.

— Pourquoi je ferais ça ?

— Pour avoir une partie de jambe en l'air intense et passer un merveilleux moment avec lui.

Sam lève les yeux vers moi, il ne peut voir sur mon visage qu'un sourire encourageant. Il finira par le comprendre, mais il mérite un homme qui saura prendre soin de lui. Il mérite de connaître le bon dans une relation. Une lueur d'hésitation traverse son regard avant qu'il ne prenne son courage à deux mains. Il attrape son téléphone et je l'observe écrire le message, jusqu'à ce que son doigt se fige au-dessus de la touche « envoyer ». Alors, je me penche pour appuyer à sa place. Il a seulement besoin d'un coup de pouce.

Il pose l'appareil à côté de lui, jetant un œil dessus

toutes les minutes afin de ne pas manquer le SMS qu'il attend. Le mien vibre dans ma poche plusieurs fois, je crois à un appel avant de remarquer les messages d'Isa.

Isa : Bastien !!

Isa : Eli !!!!

Isa : VITE !!

Isa : Bordel quoi ! Ouvre ton téléphone !!! Tu vas le louper !!!

Isa : Il est à BORDEAUX ! BORDEAUX ! Chez tooooooi !!

On devrait retirer l'usage du point d'exclamation à cette fille, c'est une addiction. J'appuie sur les photos qu'elle m'a envoyées. Eli a été vu dans les rues de Bordeaux, ce qui n'a rien d'étonnant puisqu'il habite ici. À quoi me sert cette information ? Je ne compte pas lâcher Sam et partir jouer les stalker. Si je dois un jour rencontrer Eli, je n'ai pas envie ce soit lorsqu'il préfère rester incognito.

Vu sa casquette doublée par la capuche sur sa tête, je ne suis pas certain qu'il aimerait que les fans viennent l'embêter maintenant.

Bastien : Tu veux que je fasse quoi de cette info ? Puis tu sais que c'est normal sa présence ici ?

Isa : Il est souvent en déplacement à Paris, tu le sais aussi bien que moi. Pour une fois qu'il se promène à Bordeaux !

Bastien : Ça ne change rien, je ne compte pas aller le chercher.

Isa : C'est ta chance ! À ta place je serais déjà en train de courir ! Allô ! On se réveille !!!!

Bastien : Mais arrête ! Ce n'est pas la dernière fois qu'il sortira ici.

Isa : Tu me désespères parfois. C'est quoi ce Bastien terre à terre ? Pas fun du tout.

Bastien : Bastien respectueux.

Isa : Bastien qui va louper le coche pour voir son artiste favori parce qu'il veut se donner un genre.

Bastien : Tu me saoules, à plus.

— Un problème ?

Je secoue la tête pour mon meilleur ami. Je ne me donne pas un genre, j'essaie seulement de me mettre à sa place. De toute façon, qu'est-ce que je pourrais bien lui dire si je l'avais en face de moi ? Je perdrais mes moyens et j'en deviendrais ridicule. La dernière chose dont j'ai envie, c'est qu'Eli me prenne pour une personne bizarre. Très peu pour moi.

— On va faire un peu de shopping ? proposé-je

pour ainsi me changer les idées.
— Avec plaisir.

7 | Eli

Vendredi 24 mai

« *I never understood, what love was really like
But I felt it for the first time looking in your eyes* »[8]

One Direction

L'une des choses les plus emmerdantes lorsque l'on devient un tant soit peu connu, c'est la disparition de l'anonymat. Impossible de sortir autour de Bordeaux sans me cacher un minimum. Des dizaines de kilomètres plus loin par contre, au bord de la mer ou ailleurs, je peux respirer en étant libre. C'est mon

---

[8] *Je n'ai jamais compris ce qu'était vraiment l'amour / Mais je l'ai senti pour la première fois en te regardant dans les yeux*

échappatoire, quand mes nerfs menacent de me lâcher, épuisé de ne pouvoir aller faire quelques courses sans que des dizaines de personnes s'amusent à me photographier « discrètement ». Le pas plus pressé, j'ajuste la capuche sur ma tête.

Heureusement, je n'ai qu'une petite communauté, je n'ose imaginer les réelles stars avec des millions de fans. Je les adore, j'ai aimé les concerts que j'ai donnés et quand je ne suis pas en train d'acheter des légumes, j'adore les croiser et discuter avec eux.

Seulement, à certains moments, je préférerais être invisible. Avoir les bons côtés de la célébrité sans les inconvénients. La vie serait trop facile si c'était le cas.

J'entends une personne crier mon prénom et cette fois, je comprends que c'est foutu. Je vais devoir m'arrêter, je ne peux pas jouer les égoïstes plus longtemps. J'en suis incapable.

Je retire ma capuche et les fans qui pensaient me suivre sans que je ne les aie remarqués sortent de leur cachette.

— Je ne mords pas, vous savez ? leur dis-je sur un ton mi-amusé, mi-désireux de me dépêcher.

J'ai le droit à des cris, à des murmures, à des personnes timides qui n'osent pas m'approcher. Je tente de mettre tout le monde à l'aise, je discute avec eux même si l'attroupement que nous formons au milieu de la rue commence à me gêner.

— C'est vrai pour ton album ?

— Oui c'est vrai, il arrive bientôt, vous serez vite informés.

— Tu ne peux pas nous donner une exclue ?

— Non désolé, je m'excuse avec un léger sourire.

Ils paraissent déçus, mais c'est tout ce que je peux leur accorder.

Je ne gère pas les annonces, ce n'est pas moi qui décide de ce que je peux leur offrir comme info et quand. Ils passent très vite à autre chose heureusement, parce que je ne suis pas le premier chanteur qu'ils suivent et qu'ils commencent à comprendre comment marche l'industrie de la musique, même sans être aux premières loges.

— Je vais devoir vous laisser, j'ai des choses à faire. Ça m'a fait plaisir de vous voir.

— Merci d'avoir pris du temps pour nous, me remercie une fille du groupe pour parler au nom de tous.

Je les serre dans mes bras tour à tour et je sais que je l'aurais regretté si je ne m'étais pas arrêté un instant pour eux. Les rencontrer fait partie des choses que nous n'avons pas envie de faire quand nous ne sommes pas décidés. Mais une fois que ça arrive, c'est une bouffée d'amour et d'air frais.

Après un dernier salut, je reprends ma marche direction le supermarché le plus proche. Sans encombre cette fois, il ne me faut qu'une petite heure avant de ressortir avec mes provisions pour la semaine.

Sur le chemin du retour, j'entends de nouveaux chuchotements derrière moi. Je me tourne et croise le regard de deux jeunes hommes qui s'immobilisent. Celui à droite, yeux marrons et cheveux blonds en bataille sur la tête, me fixe sans aucune gêne. Celui à gauche devient vite rouge et ses prunelles bleues me fuient. Je l'entends marmonner.

— Je te l'avais dit que c'était une mauvaise idée Sam. Viens, on s'en va.

— Je peux vous aider ?

Que je prenne la parole n'arrange en rien le malaise du garçon de gauche tandis que celui de droite, Sam, je présume, se met à sourire. Moi, les sourcils froncés, arrêté en plein milieu de la rue avec mes sacs que je porte à bout de bras, je dois avoir l'air con.

— Salut ! Moi c'est Sam et lui c'est Bastien ! Il est super fan de toi.

— Oh bordel, je te déteste.

Sam s'avance alors que Bastien, lui, reste planté à quelques mètres de moi, les mains dans les poches de son hoodie et les épaules baissées.

— Il te suit depuis le début.

— Et il ne sait pas parler tout seul ? lui demandé-je avec un sourire, sans aucune once de méchanceté.

Bien souvent, il m'arrive de rencontrer des fans qui sont poussés par leurs amis pour venir me parler, mais une rencontre avec un chanteur que l'on admire ne doit pas être forcée.

Bastien relève la tête et ose finalement s'approcher de moi, une main sur sa nuque.

— On ne voulait pas te déranger…

— J'ai encore le temps de parler un peu avec toi si tu veux, ça ne me dérange pas.

J'avoue que mes sacs sont lourds et que je n'ai

qu'une envie, rentrer chez moi et me reposer sur le canapé après la nuit blanche que je viens de passer à composer. Mais ce garçon serait déçu, et je l'aurais sur la conscience. Il paraît encore plus gêné et je comprends d'un coup d'œil la raison : son ami, les yeux rivés sur nous, un grand sourire sur les lèvres.

— Sam… lui dit doucement Bastien.

— Ouais ?

Il se tourne vers lui.

— Rentre à la maison, je te rejoins.

— Mais…

— S'il te plaît.

Son ami blond me regarde et obtempère.

— Désolé. Salut !

Il part aussi vite qu'il est arrivé et Bastien se mord la lèvre.

— Je suis sincèrement désolé. Tu dois avoir d'autres choses à faire, j'ai dit à Sam que je ne voulais pas te chercher dans la ville, mais il n'en a fait qu'à sa tête et maintenant je me retrouve en face de toi sans savoir quoi dire parce que je ne pensais pas que le jour où je te rencontrerai serait aujourd'hui, sur un trottoir.

Son air paniqué m'attendrit. Ce n'est pas la première fois et pourtant, sa réaction me donne envie de le rassurer. Je ne veux pas qu'il ait un mauvais souvenir de ce moment.

— C'est OK, ne t'en fais pas.

— Tu peux y aller, tu sais. J'aurais d'autres occasions de te voir, il me dit en montrant mes sacs.

Je baisse les yeux et décide de les poser, pour lui prouver que tout va bien, et qu'il doit simplement profiter.

— Oui j'étais occupé, mais il n'y a pas de soucis, vraiment.

— Sauf que je ne sais pas quoi te dire, il m'avoue, les joues de nouveau rouges.

Le moment est un peu étrange, je l'admets. Je n'ai pas envie qu'il soit plus longtemps mal à l'aise alors je lui offre un sourire et lance la première chose qui me passe par la tête :

— Tu n'as qu'à faire comme si je n'étais pas moi.

— Tu rends la situation encore plus bizarre.

Son rire me secoue le temps d'une seconde, mais je me reprends très vite.

— Hm, je suppose que nous nous verrons un autre jour alors. La ville reste petite.

— Peut-être, ouais. Désolé de t'avoir embêté.

— Ne t'excuse pas, c'était un plaisir. À bientôt Bastien.

— À bientôt.

Il m'adresse un signe de main et je fais demi-tour afin de retrouver mon appartement. Cette rencontre était pour le moins étrange, et même lorsque je range mes courses, le sentiment de malaise me tord toujours les tripes. Ce n'était pas comme avec les autres. Je ne sais pas. Même si nous étions tous les deux gênés, incapables de trouver les mots pour démarrer une conversation, il y avait un petit je-ne-sais-quoi en plus.

Ne pas parvenir à le définir me prend la tête et je

décide de me changer les idées en attrapant ma guitare. Tant pis pour la petite sieste qui m'aurait fait du bien. La musique, c'est tout ce qui peut me détendre. Je joue les accords de mon prochain single et je soupire presque de soulagement de voir que cette fois, j'arrive à jouer sans accroc. Mes doigts suivent le rythme et à la fin de la musique, je suis plutôt satisfait malgré mes doigts douloureux.

Il suffit seulement de persévérance.

Je repose mon instrument favori et attrape le cahier où j'inscris toutes mes idées, toutes mes chansons. L'inspiration me frappe, le besoin de me vider la tête et de coucher toutes mes pensées sur le papier se fait de plus en plus fort. C'est avec mon cœur que j'écris chaque parole. Et si j'en crois le succès qui m'accompagne, je dois continuer sur cette voie.

8 | BASTIEN

Vendredi 24 mai

« *I need a new angel*
A touch of someone else to save me from myself »[9]

Niall Horan

Bastien : ISA !!!

Bastien : ISA BORDEL

Bastien : JE VAIS MOURIR

---

[9]*J'ai besoin d'un nouvel ange / Une touche de quelqu'un d'autre pour me sauver de moi-même*

Bastien : IL EST SI BEAU SI MAGNIFIQUE ISAAAAAA

Isa : Quoi ??? Qu'est-ce qui se passe ???

Impossible de décrire mon état par SMS, elle a besoin de le voir et de l'entendre de ses propres yeux. Alors quand je rentre, je m'enferme dans ma chambre, le cœur en palpitation, ma tête sur le point d'exploser et je l'appelle en vidéo.

Je tiens le téléphone devant moi, incapable de ne pas trembler. C'est surréaliste. Eli est surréaliste. Et c'est le mec le plus parfait que je n'ai jamais vu.

Isa ne se fait pas attendre, elle me répond dès la seconde sonnerie et même avec la qualité médiocre, elle parvient à distinguer mon sourire béat et mes yeux qui brillent d'étoiles. J'ai rencontré mon idole. Bordel, c'est réel.

— J'y crois pas.

— Si.

— J'y crois pas !

— Si bordel !

Ma respiration s'accélère et c'est dans ce genre de moment que je déteste la distance. Parce que si elle avait été en face de moi, j'aurais pu la serrer dans mes bras jusqu'à l'étouffer. Mais je dois me contenter de la regarder à travers un écran, les larmes aux yeux. Isa lâche un cri, l'image devient floue quand elle se met à sauter sur place.

— T'AS VU ELI ! T'AS VU ELI !

Si elle continue comme ça, elle va déranger tout

son immeuble, mais ni elle ni moi, n'y faisons attention. Moi aussi j'ai envie de hurler mon bonheur.

— Pince-moi je rêve.

— Je ne peux pas te pincer, mais je sais que tu ne rêves pas.

Elle pose une main sur son cœur et m'observe, fière, heureuse. Elle ne me jalouse pas et c'est pour ça que je l'aime autant.

— Raconte-moi.

— C'était le moment le plus gênant de ma vie.

Et je lui livre tous les détails.

Sam qui m'a traîné de force, qui a fini par repérer Eli dans la rue en ayant cherché des indices sur les réseaux sociaux. Sam qui a eu la bonne idée de le suivre comme s'il était un suspect que nous prenions en filature. Puis le moment où Eli s'est retourné et où j'aurais aimé disparaître six pieds sous terre. La timidité m'empêche de faire le premier pas vers un inconnu, donc le faire avec mon idole, l'homme que j'adore par-dessus tout et qui m'impressionne par définition a relevé de l'effort surhumain.

D'un côté, j'en veux à mon ami, mais de l'autre, je sais que sans lui, je n'aurai jamais eu le cran de l'aborder. Je l'aurais aperçu à un concert ou croisé en ville sans oser m'approcher, de peur de me ridiculiser.

Bon, au final c'était très étrange et dérangeant.

J'ignore pour lequel des deux ça l'était le plus.

— Il a été cool ?

— Un ange, alors qu'il aurait pu nous envoyer bouler. Tu l'aurais vu, avec ses sacs de courses. Je me sentais trop mal.

— Comment il est en vrai ?

— Magnifique. Il avait sa capuche sur la tête et ses cheveux retombaient sur son front. Et ses yeux… Je ne me suis jamais senti aussi chanceux d'avoir la même couleur que lui.

— Ils sont si bleus que ça ?

— Un bleu à faire pâlir l'océan. Je te jure, il était à tomber.

Mon sourire s'agrandit de plus en plus. Son visage en vrai, c'est une œuvre d'art et je suis complètement niais d'avoir vu la personne que j'admire à quelques mètres de moi. J'aurais pu le toucher, le serrer dans mes bras, lui demander une photo, mais j'étais déjà tétanisé à l'idée de l'aborder, alors être près de lui… Impossible !

— Je suis tellement contente pour toi. Tu le mérites Bastien. Et je suis certaine qu'il t'a adoré.

— N'importe quoi, je grogne en ramenant mes jambes contre mon torse.

J'appuie mon menton sur mes genoux. Nous ne parlons plus, nous nous regardons seulement et ça suffit pour savoir ce que l'autre pense. C'est notre lien spécial, à Isa et moi.

— Je vais devoir te laisser, Sam va me demander un rapport détaillé.

— Ouais, pas de soucis. Je t'aime Bastien.

— Moi aussi je t'aime.

Je lui envoie un bisou et raccroche, laissant mon téléphone tomber sur le lit. Je serre mes jambes, sourire indélébile sur les lèvres. Je déteste ma façon de réagir, d'avoir les yeux pétillants comme une petite fille devant une glace au chocolat. C'était juste tellement inattendu. Jamais je n'aurais pensé en me levant ce matin que je rencontrerais enfin Eli. Qu'il saurait qui je suis.

Il m'oubliera sans doute rapidement, c'est presque sûr même, puisque je ne suis pas le seul fan qu'il ait vu aujourd'hui. Mais pendant un instant, c'est moi qu'il a regardé dans les yeux. C'est à moi qu'il a parlé, c'est à moi qu'il a accordé un moment dans sa journée. Alors même s'il m'oublie, j'aurais eu la sensation de paraître unique au moins quelques minutes.

La porte d'entrée me fait sursauter, je dois me ressaisir. Sam est mon meilleur ami, mais Isa est la seule avec qui je peux être moi-même concernant Eli, parce qu'elle me comprend. Elle se met dans les mêmes états que moi lors de la sortie d'une chanson, de nouvelles de lui.

Sam ne me jugerait jamais, mais je reste prudent. Je n'ai pas envie qu'il me prenne pour un hystérique.

— Bastien ! Ramène ton cul !

Je prends une grande inspiration et quitte ma chambre. Sam m'attend dans le salon, main sur les hanches et sourcils levés.

— Verdict ? Il est tombé fou amoureux de toi ?

— Tu racontes n'importe quoi.

— Nan, mais sérieux, tu te serais vu ! Tu aurais pu être comme ça devant ton crush.

— C'est un homme, un artiste dont j'apprécie le travail. Forcément qu'il m'impressionne et que je me suis retrouvé comme un con quand tu m'as forcé à le suivre !

Je passe à côté de lui pour me servir un verre de coca.

— Je ne t'ai pas mis un couteau sous la gorge non plus. Ça te démangeait.

— Mais tu l'as vu, il sortait des courses, il avait mieux à faire que de me parler.

— Il l'a quand même fait.

Dans mon dos, Sam pose ses mains sur mes épaules et les masse doucement.

— Je suis désolé si tu trouves que c'était déplacé, ce n'était pas mon but. J'ai remarqué que tu avais envie de le rencontrer, mais que tu n'osais pas, j'ai juste voulu donner un coup de pouce. Je n'aurais peut-être pas dû.

J'avale une grande gorgée avant de me retourner vers lui.

— On oublie d'accord ? C'est fait maintenant.

— Tu es quand même heureux ?

J'esquisse un sourire, plus timide que les autres.

— Ouais. Merci Sam.

— À ton service.

Mon besoin de tendresse se fait ressentir alors, je me jette dans les bras de mon meilleur ami. Je le remercie à nouveau en le pressant contre mon cœur de longues minutes, appréciant sa main dans mes cheveux qui se fait plus douce que ce matin. Mes doigts accrochés dans son dos, sa respiration calée à la mienne, je profite. Sans le savoir, il m'a offert ce petit quelque chose qui manquait à ma vie. Cette petite étincelle de bonheur.

Cet homme que je considère comme mon frère ne cessera de m'impressionner de jour en jour. Je me sens chanceux.

# # #

Le week-end qui s'achève n'a pas été le plus amusant que j'ai connu. Chacun dans une chambre, nez dans les bouquins ou sur l'écran de l'ordinateur, à sortir uniquement pour manger, autant dire que je suis vite redescendu du petit nuage sur lequel j'étais installé depuis vendredi après-midi. Étrangement, ça n'a pas altéré ma motivation, au contraire, je me suis senti chanceux d'avoir eu un instant privilégié avec Eli et, si l'excitation est passée, le bonheur de l'avoir rencontré est inscrit profondément en moi.

Si bien qu'après des heures à réviser, nous nous accordons notre première pose, installés sur notre balcon exigu. Posséder une telle ouverture sur l'extérieur est une chance dans le centre de Bordeaux, et le verre de vin blanc que Sam vient de nous servir rend ce moment plus qu'agréable.

— Matt m'a répondu, m'informe mon meilleur ami après quelques minutes de silence.

— Ah ?

Son crush s'est fait désirer, sans doute pour lui retourner les jours de silence auxquels il a eu le droit.

— Il m'invite à sortir après les partiels.

— Il est étudiant ?

— Nan, il travaille dans une boutique à Talence. Mais il sait que les examens se déroulent cette semaine donc il préfère attendre…

Sam cache ses lèvres relevées avec son verre et j'en rigole.

— Quel gentleman ce type.

— Il l'est.

— Donc si je n'étais pas intervenu, tu aurais laissé ce mec filer ?

Il m'accorde un sourire énigmatique et un hochement d'épaule qui me fait secouer la tête. Ce garçon me désespère.

— Tu es irrécupérable.

— Sois flatté, ça prouve que ton aide m'est précieuse.

Nous nous mettons tous les deux à rire et j'avale gorgée après gorgée le liquide transparent. Je suis plus qu'heureux que Sam ait enfin décidé de se bouger le cul, de tenter sa chance. Il ne le réalise pas encore, mais j'ai la certitude que cet homme lui offrira ce qu'il désire, que ce soit pour quelques semaines ou toute la vie.

— Tu le mérites Sam, je reprends d'un ton plus sérieux.

Son sourire se fane, il m'observe longuement. Il

comprend mon changement d'attitude et je tente, sans ouvrir la bouche, de lui transmettre tout ce qu'il sait déjà, tout ce que je pense à son sujet. Son ancienne relation ne le définit pas. Il finit par sourire de nouveau, un sourire sincère qui me met du baume au cœur et je me dis que, même si je n'ai pas vraiment de but dans ma vie, rendre heureux les gens que j'aime devient une maigre consolation.

9 | ELI

Lundi 27 mai

« *Yeah I paid the price and own the scars
Why did we climb and fall so far?* »[10]

Niall Horan

J'ai trouvé son compte Twitter. J'ignore par quel moyen. J'ai tweeté, j'ai regardé les différentes réponses et quand je suis tombé sur son profil, que j'ai remonté sur ce qu'il avait posté, j'ai vu qu'il mentionnait notre rencontre.

J'ai trouvé le compte Twitter de Bastien et j'ignore

---

[10]*Oui j'ai payé le prix et récolté les cicatrices / Pourquoi montons-nous et tombons si bas ?*

quoi faire de cette information. Dois-je le suivre, lui parler ? Mais dans quel but ? Ce n'est qu'un simple fan et je ne comprends pas pourquoi cette rencontre me marque plus que les autres. Est-ce que c'est sa timidité ? Non, j'ai connu beaucoup plus hésitant que ça. Est-ce que ce sont ses yeux émerveillés, son sourire éclatant ? Définitivement pas. Alors, merde, pourquoi est-ce qu'avoir la possibilité de prendre contact avec lui me fait autant d'effet ? Pourquoi lui et pas un des dizaines d'autres que j'ai rencontré peu avant lui vendredi ?

Il faut que j'en discute avec quelqu'un et je connais déjà la personne vers qui je veux me tourner, parce qu'il est toujours présent.

Je frappe à sa porte, une fois arrivé devant chez lui, la boule au ventre et les mains moites.

La réflexion que je suis un mauvais ami me traverse les pensées. Ça fait des semaines que je ne l'ai pas vu, que je n'ai pas pris de ses nouvelles et je me pointe telle une fleur parce que j'ai besoin de lui. Seulement, parfois, le regarder dans les yeux me rappelle tout ce que nous avons vécu, et certains souvenirs sont loin d'être heureux.

Il m'ouvre au bout de quelques secondes et ses sourcils se froncent en me voyant sur le pas de sa porte.

— Eli ?

— Salut James.

— Ça fait longtemps.

— Ouais, je suis un pauvre mec, tenté-je de m'excuser, penaud.

James ne sourit pas, mais je sais qu'il n'est pas blessé. C'est une des nombreuses raisons pour lesquelles je l'aime autant.

— Entre, m'invite-t-il en se décalant, comme si ces jours passés sans nouvelles n'avaient aucune importance.

Sa maison est un vrai havre de paix. Remplie de photos en tout genre, de toutes les tailles, de tableau, des objets tous plus colorés les uns que les autres. James est à son image. Tout l'inverse de chez moi, où il n'y a pratiquement aucune décoration. Ma mère adore dire que je vis dans un appartement-témoin. Nous prenons place sur le canapé du salon et mon meilleur ami me sert une bière.

— Merci.

— Qu'est-ce qui t'amène ?

Je porte la bouteille à mes lèvres avant de me mettre à parler.

— J'ai un truc qui me trotte dans la tête, mais je me suis également rendu compte que je n'avais pas pris de tes nouvelles depuis trop longtemps, et je me suis senti vraiment très con. J'suis désolé mec.

— C'est pas grave, tu as une vie en dehors de moi, m'excuse-t-il avec un regard bienveillant.

— T'es mon meilleur pote et je refuse que tu penses que la célébrité me monte à la tête. C'est complètement faux. Je dois être plus présent pour toi.

— Je ne dénigrerais jamais ton succès. Grâce à ça, je peux avoir toutes les personnes que je veux en leur disant que je te connais.

James me tape sur l'épaule et je grogne, les yeux rivés sur ma bière. Sa touche d'humour me déculpabilise un peu.

— J'suis sérieux.

— Ça va. Je sais pourquoi t'as du mal à venir.

Nous en connaissons la raison tous les deux, mais ce n'est pas une excuse. C'était il y a des années, je dois surpasser tout ça, pour lui, pour notre amitié. Mon regard dans le vide l'alerte, il prend ma bouteille et la pose sur la table. Il ne me laisse jamais partir trop loin dans mes pensées, sans quoi il risquerait de me perdre sans possibilité de me retrouver.

— Alors, qu'est-ce qui se passe ? La hotline est ouverte. Deux euros la minute.

Je souris et m'appuie sur le dossier. Comment commencer ? Comment lui expliquer le fond de ma pensée alors que j'en ignore moi-même les raisons ?

— Je crois qu'un fan m'a tapé dans l'œil.

Simple, direct. Et complètement absurde.

— Ah ouais ?

— Hier j'ai voulu faire des courses, mais on m'a reconnu plusieurs fois. J'ai été arrêté par un petit groupe avant, et après, ce sont deux gars qui sont venus vers moi, ou qui m'ont suivi, je sais pas trop. Enfin bref, tu vois le truc. Le premier n'a pas hésité à entamer la discussion, mais le second, Bastien, il était gêné. Je pense que c'était un vrai fan, sinon il n'aurait pas été dans cet état.

— Et quoi ? Énorme coup de foudre, tu t'es noyé dans ses yeux, tu as eu envie de t'emparer de sa bouche ?

Nous éclatons tous les deux d'un rire sonore face à ses paroles absurdes. J'oublie que James aime un peu trop la romance clichée.

— T'es con, c'est pas ça. Je n'ai même pas pensé à lui jusqu'à ce que je tombe sur son Twitter et j'en sais trop rien en fait, je termine dans un haussement d'épaules.

— T'as trouvé un moyen de communiquer avec un fan que tu as croisé et ? Quel est le problème ?

— Bah j'en sais rien ! C'est banal ! Mais si c'était si banal, je ne me prendrais pas autant la tête en me demandant si je dois lui écrire ou pas.

— Pourquoi tu devrais lui écrire ?

La frustration qui s'empare de moi m'arrache un grognement, j'attrape un coussin et le broie entre mes bras. C'est possible de se sentir à ce point ridicule ?

— Eli. Si tu as envie de lui parler, ne te retiens pas.

— Mais c'est un fan.

— Et ?

Je l'observe, dubitatif. Lui me fait comprendre qu'il ne remarque aucun problème, moi je le prends pour un imbécile qui ne devine pas ce qui me paraît évident.

— Et rien ne peut découler de bon. Si on devient ami, il y aura toujours cette sorte d'admiration envers mon travail, et si c'est plus, si je couche avec lui ce sera pire. Tout le monde sera au courant et je serais vu comme le mec qui ramène ses fans dans son lit. Ce n'est pas moi ! Je veux juste chanter.

James roule des yeux et décide de finir ma boisson à ma place sous mon cri de protestation.

— Faut toujours que tu penses au pire !

— Je suis réaliste.

— Si tu es autant flippé alors ne cherche pas à le contacter et puis voilà. Pourquoi tu te prends la tête ?

Je me renfrogne et croise les bras contre mon torse. Il a raison et je déteste quand ça ne va pas dans mon sens. Peut-être que j'aurais aimé qu'il me dise que je devais le faire parce qu'au final, ce n'est rien. Suis-je vraiment en train de dire que j'ai besoin qu'on me tienne par la main ? De mieux en mieux.

— Eli.

— Quoi ?

— Tu as envie de parler avec ce mec ? me demande-t-il, son regard plongé dans le mien.

— Ouais.

— Alors fais-le.

Son sourire encourageant me donne mal au ventre. Ouais, je vais le faire. Finalement, j'avais juste besoin de son approbation, de voir que, dans ses yeux, il n'y a pas d'alerte qui voudrait dire : « Eli, tu vas te brûler les ailes ».

— Tu es vraiment trop bien pour moi.

— Je sais. Tu restes dîner ?

— Si je ne m'impose pas.

Il ébouriffe mes cheveux et se lève pour aller dans la cuisine. Pendant ce temps, j'attrape mon téléphone en inspirant légèrement. Je crois que je suis autant flippé parce que je suis à l'origine du premier pas. Jusqu'à présent, je n'ai jamais eu envie de discuter avec un fan plus de quelques minutes.

Répondre sur les réseaux sociaux est devenu une habitude, je veux qu'ils sachent que je suis loin d'être le mec snob qui n'est pas capable de leur accorder de l'attention. Là, c'est différent. On ne parle pas d'une réponse banale, on parle d'une conversation. D'une réelle envie d'échanger et d'apprendre à connaître un fan.

— Arrête de penser et viens m'aider à choisir la pizza !

— Je croyais que tu comptais me préparer un délicieux plat cinq étoiles ?

— Faut pas trop m'en demander non plus.

♪♪♪

Je n'ai pas touché à mon téléphone de la soirée. Je me suis forcé à me détendre et j'en avais besoin. J'ai passé mon temps à rire avec James, à me remémorer tout ce que nous avions vécu ensemble, que ce soit à deux ou à trois. C'est mon plus vieil ami. Nous nous connaissons depuis le collège et je n'ai eu une telle complicité qu'avec lui et Oliver, le garçon qui a inspiré mon tatouage.

Je finis par rentrer assez tard dans la nuit et lorsque je retrouve mon lit, le téléphone entre mes doigts, j'ignore pourquoi, mais je me dis que c'est le meilleur moment.

Alors je lui envoie un message sur Twitter.

Qui reste sans réponse.

10 | Bastien

Samedi 1er juin

« *When the night is coming down on you
We will find a way through the dark* »[11]

One Direction

Les partiels sont enfin terminés. Si tout se passe bien, ce sont les derniers examens de ma scolarité et je ne trouve pas les bons mots. Cette sensation de liberté, de savoir qu'il n'y aura plus jamais de journées entières consacrées à apprendre, de dire adieu aux études, satisfait d'avoir les connaissances appropriées pour notre futur métier. Cette seconde partie fait

---

[11]*Quand la nuit s'abat sur toi / Nous trouverons notre chemin*

remonter l'angoisse tapie tout au fond de moi, cette peur de l'avenir, mais je n'ai pas le temps de m'y arrêter, parce que depuis lundi, ou plutôt depuis mon réveil mardi matin, c'est un autre genre de poids qui pèse sur mes épaules.

Eli : Bonsoir. J'ai trouvé ton Twitter et je voulais savoir si tu t'étais remis de tes émotions ?

Lire ces mots avec un œil ouvert, les pensées enchaînées à mes examens et rien d'autre, ça m'a complètement retourné.

Alors, je l'ai laissé en « vu ». J'ai laissé mon idole en « vu » parce que je ne parvenais pas à comprendre et que je ne voulais pas être déconcentré et tout foirer. Maintenant que mon esprit est déchargé de toute responsabilité – au moins pour les prochains jours, je le mérite –, je sais qu'une réponse s'impose, seulement j'ignore laquelle. Mais comment lui envoyer un message en l'ayant ignoré et surtout, pourquoi est-ce qu'il est venu me parler ? S'il a trouvé mon profil, il est forcément allé voir mes tweets et il a forcément dû lire tout ce que je raconte à son propos. À quel point je dis de la merde, surtout ! Putain, c'est possible de mourir de honte ?

Je n'en ai informé personne. Ni à Sam et surtout pas à Isa. Par peur de paraître pour un fou qui invente un truc aussi gros, ou tout simplement parce que je ne veux pas qu'ils réfléchissent au pourquoi du comment. Je préfère… deviner par moi-même.

Depuis la fin de mon dernier partiel, je fixe la

conversation où son message apparaît. Eli est connu, il ne doit pas avoir l'habitude qu'on le fasse patienter. Et s'il ne voulait plus me répondre ?

Je souffle pour moi-même, exaspéré par mes pensées débiles et tire longuement sur ma cigarette allumée. Puis, je me lance.

Bastien : Salut. Je suis désolé, j'ai eu des examens toute la semaine et j'étais focus sur ça, j'espère que tu ne m'en veux pas.

En me relisant, je passe pour un mec désespéré, mais c'est trop tard, c'est envoyé. J'ai su me retenir et ne pas taper en majuscule ou hurler par écrit, c'est déjà ça. Désormais, je n'ai plus qu'à attendre de ses nouvelles, même si je ne lui facilite pas la tâche. Qu'est-ce qu'il peut répondre à ça ? Bordel, c'est presque aussi difficile que de devoir trouver les mots lorsqu'il est en face de moi.

Le téléphone rangé au fond de ma poche après un SMS envoyé à ma mère afin de la prévenir que tout s'est bien passé, j'attrape le premier bus pour rentrer à l'appartement.

Mon attention se porte sur le paysage de Bordeaux qui défile. Je ne vois plus que les rues, les passants, les familles, tous ces gens à la fois différents et complémentaires. Une société où chaque individu à sa place. Je me demande si un jour, je deviendrais utile. Si mon existence vaudra quelque chose, si mes cinq années d'études vaudront quelque chose. Bizarrement, cette pensée ne me fait pas suffoquer. J'ai beaucoup plus de mal avec mes idées sombres lorsque la nuit est tombée. Un simple coup d'œil vers l'avenir peut me mettre à terre, mais en pleine journée, même si la sensation d'inconfort me supplie de me concentrer sur autre chose, je parviens à me contrôler.

De plus, ce n'est pas l'heure de laisser la tristesse m'envahir. Sam a prévu de sortir tout à l'heure pour fêter ça. Il y a toujours des soirées étudiantes le jeudi et monsieur ne veut pas manquer une occasion de boire à volonté. Peut-être qu'avec un peu de chance, Louis parviendra à se libérer et qu'une fois la nuit avancée, je pourrais retrouver ses bras. Je l'ai un peu négligé cette semaine, refusant à deux reprises de le voir ce que, bien évidemment, il m'a reproché. Si je parviens à me faire pardonner, ma journée deviendra parfaite.

Un quart d'heure plus tard, j'arrive à l'appart et quand j'active la WIFI, je scrute mon téléphone.

Aucune notification. C'est normal, Eli n'a pas que ça à faire, il doit travailler sur son album. Répondre à un fan ne fait pas partie de ses priorités. Me répéter ces mots devrait réduire mon impatience.

Sam ne va pas rentrer tout de suite alors, je m'échoue de tout mon long sur le canapé et allume la télé ainsi que ma console. J'ai mérité quelques parties afin de me détendre. Mon meilleur ami passe l'après-midi avec Matt, ils ont préféré se faire une sortie insolite, du genre accrobranche plutôt qu'un simple verre. Je revois Sam, plus excité par son date que par son dernier examen ce matin et j'en souris. J'ai hâte de connaître tous les détails. Merde, je viens de mourir comme un nul dans ma première partie. Il faut que je me remette à niveau !

#

Ce n'est qu'une heure plus tard que mon téléphone émet la vibration tant attendue quand je me lève pour aller fumer.

Eli : Salut. Aucun problème. Qu'est-ce que tu étudies ?

La scène est surréaliste. Absurde. J'en souris comme un con devant mon écran avant de me dire que je n'aurais de toute façon pas de réponse sur son envie subite d'engager une conversation avec moi. En tout cas, pas tout de suite. Alors je vais lâcher prise et tenter d'oublier que je parle à mon idole.

Bastien : La psychologie. C'est ma seconde année de master, normalement j'ai terminé les études.

Eli : Félicitations.

Bastien : Merci. Et, désolé pour mes tweets. Je suppose que tu les as regardés. Je veux dire… Je t'admire beaucoup. Tu es un modèle. Mais je ne suis pas un hystérique…

Eli : Si tu savais, j'ai déjà vu des choses pires que ça. Tu es resté très soft, et mignon.

Je crache mes poumons. La fumée est très mal passée ou alors c'est mon cerveau qui n'assimile pas le mot « mignon » et qui envoie le message à mon corps. Je suis certainement rouge et je mets quelques instants à retrouver une respiration correcte.

Bastien : J'avais besoin de me défouler après…

Eli : Je suis une personne normale, tu sais ?

Bastien : Pas tout à fait. Techniquement oui. Mais tu es très différent de « nous ». Ta carrière explose, tu vis de ta musique et tu t'éclates. Des milliers de personnes te suivent. On a beau dire, nous ne sommes pas du même monde.

Eli : Je ne suis pas différent. J'ai une passion devenue un métier, certes, comme beaucoup de gens. Je ne suis pas supérieur.

Bastien : Tu ne l'es pas non. Simplement, tu imposes une sorte de respect. Tu es impressionnant, et beaucoup perdent leurs moyens devant ça. Comme moi.

Eli : Tu veux dire, dans la ruelle ?

Bastien : Sam m'a forcé à te suivre. J'étais vraiment mal à l'aise de te déranger.

Eli : Tu l'as quand même fait.

Bastien : Désolé.

Eli : Ne le sois pas. Si je t'ai contacté, c'est parce que j'ai bien aimé ce qu'il y a eu entre nous.

Bastien : Ce qu'il y a eu entre nous ?

Eli : Une sorte de connexion. Un bon feeling.

Merde alors ! Eli a ressenti quelque chose de particulier et ça me retourne l'estomac. Est-ce que survivre à un échange avec cet homme est possible ? Mes doigts sont suspendus au-dessus du clavier, ma cigarette tout juste terminée. J'ai l'impression de vivre une fanfiction, où le fan et la star vont finir ensemble. Ça semble tellement surréaliste. Et en même temps, je dois m'emballer. C'est sans doute un feeling amical.

Eli : Bastien ?

Bastien : Ouais, désolé. Je ne veux pas paraître fou et te dire que j'éprouve la même chose parce que… j'ai forcément ressenti la même chose puisque je t'admire.

Eli : Il te faut peut-être un temps alors, pour décider si c'est un truc entre toi et moi, Eli et Bastien, ou entre un fan et un chanteur ?

Bastien : Sans doute, oui.

Eli : Peut-être autour d'un verre ?

Bastien : Tu n'as pas peur que je sois un malade ?

Eli : Pourquoi ?

Bastien : Je pourrais être un admirateur transi d'amour. Une personne qui cherche par tous les moyens de se rapprocher de toi en jouant le gars timide ?

Putain, je suis en train de me ridiculiser.

Eli : Je me trompe rarement lorsque j'ai un avis sur quelqu'un. Et mon avis sur toi est plutôt positif.

Bastien : Hm, si tu le dis. :)

Eli : Alors, OK pour un verre ?

Bastien : OK pour un verre.

Eli : Cool. Je regarde quand je peux et je te redis ?

Bastien : Pas de soucis ! Salut :)

Encore sur la terrasse, à la vue de tous, je me retiens. Mais une fois à l'intérieur, le cri que je lâche pourrait alerter tous les voisins. Bon sang, je ne rêve pas. J'ai un rendez-vous avec Eli. Mais je ne dois pas passer pour un malade, je dois m'intéresser à lui. Et j'ai envie de m'intéresser à lui. Eli et Bastien comme il l'a dit.

Je pousse un nouveau cri de victoire avant de me figer. Sam vient juste de franchir la porte de chez nous et me fixe avec des yeux ronds. Mes joues prennent feu, j'ouvre la bouche :

— Hey. Salut. Ça va ?

— Moi oui, mais toi ? Tu fais une crise ?

Sam se débarrasse de ses chaussures et s'approche, avec son regard qui parviendrait à me faire avouer tout et n'importe quoi. Oh non, non, non.

— Je dois appeler Isa, lui raconter tout ça. À tout à l'heure !

Sans lui laisser le temps de répliquer, je m'enfuis rapidement pour m'enfermer dans ma chambre. J'ai besoin d'assimiler ce qui m'arrive. Ensuite, on verra si je décide d'en parler. Parce qu'il est évident que je ne compte pas appeler Isa. Je ne suis pas débile, elle lirait tout de suite l'excitation sur mon visage.

Chaque chose en son temps.

11 | Eli

Samedi 1er juin

« *We don't know where we're going
But we know where we belong* »[12]

Harry Styles

En plein milieu de la nuit, je me réveille en sueur, essoufflé, le cœur qui ne demande qu'à sortir de ma cage thoracique pour aller s'écraser contre le mur de ma chambre. La lumière que j'ai allumée me brûle les yeux, mais j'en ai besoin afin de rester lucide, afin de m'assurer que ce n'était qu'un cauchemar et que là, je suis dans la réalité.

---

[12] *On ne sait pas où l'on va, / Mais on sait d'où l'on vient*

— Putain, je lâche dans un souffle en passant mes mains sur mon visage.

Il me faut un certain temps pour recouvrer mes esprits et parvenir à me lever sans que mes jambes ne tremblent trop pour me supporter. Je me dirige tel un automate vers la cuisine, j'allume toutes les lampes au passage, vieille habitude qui m'empêche de sombrer. J'avale un verre d'eau d'une traite avant de me laisser tomber sur une chaise.

La route est un bruit qui s'amenuise au fil des minutes, l'heure tardive, même à Bordeaux rend l'appartement beaucoup trop silencieux à mon goût. Je cherche ma guitare des yeux, la trouve adossée contre le canapé, sa place habituelle. Je me lève, la prends et me mets à jouer. Je ne sais pas quel morceau me vient à l'esprit à cet instant précis, mais j'ai besoin de laisser mes doigts parcourir le manche. J'ai besoin de bruit. Que mes oreilles soient occupées, que ma tête ne se concentre que sur le réel. Sur moi qui joue de la musique.

Et pas sur cette nuit qui hante souvent mes rêves, bien plus que je ne le voudrais.

Je gratte peut-être pendant une heure, voire deux, jusqu'à sentir le picotement familier dans mes doigts, jusqu'à remarquer la marque des cordes. Jusqu'à m'apaiser, complètement.

Je repose l'instrument près de moi, ferme les yeux et inspire profondément. C'est terminé, je suis revenu à moi. Pourtant, je sais que je ne retrouverais pas le sommeil. Dehors, le soleil commence à se lever. Ma mauvaise habitude d'oublier de baisser les volets me fait du bien aujourd'hui.

La nuit est finie.

Je rejoins la chambre pour prendre mon téléphone et ma première envie, c'est d'envoyer un message à Bastien.

Ne me demandez pas pourquoi, moi-même je l'ignore.

Eli : Salut. Il est peut-être un peu trop tôt. Mais je suis libre ce soir, si tu as envie. Voilà. Bonne journée.

Comme un gamin, je laisse volontairement le téléphone à sa place pendant ma douche. J'y mets même plus de temps qu'à l'accoutumée, mais l'eau brûle ma peau et je finis par en sortir. Lorsque je m'habille, je me force à faire durer le suspens un peu plus longtemps. Une fois sec, des vêtements sur le dos, je m'autorise enfin un pas vers ma table de chevet. L'écran est éteint, je le prends pour l'allumer et lis la notification.

Bastien : Salut. Oui, ce soir si tu veux. On se retrouve quelque part ? Ou, je sais pas. Tu n'as peut-être pas envie qu'on se rencontre dans un lieu public ? Je peux comprendre.

Ça ne m'a pas traversé l'esprit une seule seconde. J'étais tellement en boucle sur mon attirance sortie de nulle part pour Bastien, que j'en ai oublié que rien ne pouvait se passer normalement à cause de ma célébrité. Je m'en veux et me sens particulièrement con.

Qu'est-ce que je suis censé lui répondre ? Impossible de lui proposer de venir chez moi, nous ne nous connaissons pas et il trouverait ça déplacé. Je me laisse tomber en arrière sur le matelas et tiens le téléphone au-dessus de ma tête.

Eli : Tu me trouves bête si je te dis que je n'y ai pas réfléchi ? Je ne veux pas te mettre mal à l'aise et qu'on nous dérange.

Bastien : On pourrait aller dans une autre ville ? Un endroit bien paumé où les gens ne te reconnaîtront pas ?

Eli : Je ne suis pas si connu que ça, ça ne devrait pas être difficile.

Bastien : On fait ça alors.

Eli : Où est-ce que je peux venir te chercher ?

Bastien : Je t'attendrai à la gare.

Eli : J'y serais pour 20 h alors. À ce soir :)

♪♪♪

Il n'est pas là. Il est en retard de quinze minutes et

je commence à me demander s'il ne va pas me poser un lapin. Mes doigts frappent le volant, le regard fixé devant moi, garé à la va-vite sur le côté de la route. Je déteste cette sensation, mon cœur qui bat trop vite dans ma poitrine, mes mains moites et mon envie d'aller me terrer au fond de mon lit si jamais Bastien ne se pointe jamais. Peut-être qu'il a réfléchi, que voir son idole comme il l'a si bien dit est trop compliqué à gérer pour lui. Voilà que mon égo décide d'apparaître.

Ce matin, je me sentais con. Là, je me sens vraiment comme le dernier des idiots. Pourquoi est-ce que j'y ai cru ?

Bastien : Pardon pour mon retard. Tu peux me dire où tu es ou le modèle de ta voiture ?

Le sourire béat qui me gagne à la lecture de ce message efface toutes mes incertitudes. Il est là. Je jette un œil autour de moi avant de lui indiquer la couleur de ma voiture et la marque. Je quitte l'habitacle, ajuste mon t-shirt un peu trop remonté à force d'en triturer le bas. Je n'ai pas voulu en faire trop, mais assez tout de même. Un pantalon cintré gris aux chevilles et à ma taille, un haut uni, simple. Par contre, j'ai légèrement relevé mes cheveux afin de dégager mon front. Pour l'avoir lu sur Twitter, certains fans adorent lorsque je fais ça. Peut-être que Bastien aussi ?

— Salut.

La voix dans mon dos m'oblige à me retourner et le Bastien qui apparaît devant moi ne ressemble en rien à l'homme rouge de timidité que j'ai croisé pour la première fois vendredi. Certes, il a de nouveau ce sourire gêné et n'ose pas affronter mon regard, mais son apparence est tout autre. Il a troqué son hoodie pour une chemise blanche qui épouse le haut de son corps. Ses bras musclés captent mon attention et je crois qu'il va me prendre pour un fou si je ne cesse pas immédiatement de l'analyser.

— Salut, finis-je par lui répondre, sortant de ma contemplation.

Je refuse que le malaise s'installe, qu'aucun de nous deux ne parvienne à passer le cap du premier pas alors je prends les choses en main et contourne la voiture pour lui ouvrir la portière côté passager, où il s'assoit après un nouveau sourire. OK, je crois que son sourire est ce que je préfère chez lui.

Une fois enfermés dans cet espace clos, une odeur de vanille effleure soudainement mes narines et je comprends sans mal qu'il s'agit du parfum de Bastien lorsqu'il se penche pour s'attacher. Mon regard sur lui lui fait lever un sourcil et, pris sur le fait, je me racle la gorge et m'empresse de démarrer la voiture.

Heureusement, Bastien ne laisse pas le silence s'installer de nouveau :

— Alors, où est-ce que tu m'emmènes ?

— Ça te fait peur si je te dis qu'il y a un peu plus d'une demi-heure de route ? Je voulais être sûr… Enfin tu vois.

Je prie afin qu'il ne décide pas de quitter la voiture sans attendre que je m'arrête. Je prie pour qu'il ne prenne pas peur, parce que plus j'y pense, et plus je suis certain que vu d'un œil extérieur, il serait jugé inconscient.

— Le plus important, c'est ce que tu te sentes à l'aise.

J'aimerais le regarder, lui sourire, afin qu'il puisse comprendre à travers mes yeux que ça me touche. Et que je n'ai pas l'habitude de gérer ce genre de chose. Ma dernière relation remonte à deux ans, bien avant que je ne connaisse un minimum de célébrité, j'ai sans doute perdu les codes habituels.

— Merci.

— De rien.

J'augmente légèrement la radio, le point commun que je suis certain de partager avec lui. Je crois apercevoir un sourire fugace sur son visage et très vite, le son de sa voix me parvient. Il chantonne par-dessus la musique et je décide de le rejoindre.

L'habitacle est bercé par des notes de piano et nos voix à l'unisson sur celle du chanteur. Je suis incapable de trouver les mots pour décrire ce moment. C'est fort, en un instant un lien s'établit entre nous et ça me tord violemment le ventre.

Au point que lorsque je me gare au lieu choisi, je regrette la fin de cet instant spécial. Le moteur éteint, nous nous dévisageons de longues secondes, puis Bastien jette un œil à la devanture.

— Tu m'emmènes dîner ?

— Je trouvais ça plus sympa qu'un verre. On sera au calme pour discuter, loin de l'agitation.

— J'aime bien l'agitation.

— Moi aussi. Mais pas pour faire connaissance.

Il me sourit et hoche la tête.

— Ça me va.

Nous quittons la voiture pour entrer dans le restaurant. Je demande la table que j'ai réservée, volontairement à l'écart par précaution, et suis le serveur pour m'installer.

Bastien prend place en face de moi et je le surprends en train d'observer chaque détail autour de lui avec la plus grande minutie.

— J'adore les restos italiens.

— Promis, je ne le savais pas.

Ses yeux s'illuminent lorsqu'il les posent sur moi. Cet homme est beau. Pense-t-il la même chose que moi ? Ou est-ce qu'il ne voit que le chanteur en face de lui ? Cette simple pensée me refroidit et j'essaie de ne pas la laisser prendre le dessus sur notre soirée.

Il se détache de mon regard afin de lire la carte et je fais de même. Il y a un léger bruit de fond dans le restaurant, des discussions, des couverts qu'on entrechoque, des notes de guitare. Assez pour qu'une gêne ne s'installe pas entre nous si nous n'ouvrons pas la bouche.

Ce que je finis tout de même par faire, après avoir choisi une pizza semblant délicieuse.

— Tu dois trouver ça bizarre.

Autant aller droit au but et découvrir son point de vue sur la situation. Bastien cesse de prêter attention à la carte pour m'observer, avant de m'offrir un sourire et un haussement d'épaules.

— Que le garçon que j'admire m'invite à dîner ? Ouais, beaucoup même.

— Je ne voulais pas te mettre mal à l'aise, surtout par rapport à ça.

— C'est étrange au début, parce que je ne te connais pas et que tu es une star. Mais comme tu l'as dit, nous allons nous découvrir.

J'ai l'impression de respirer à nouveau. Bastien est loin d'être un fanatique, au contraire, il remarque ce qui peut se trouver derrière la célébrité et ça me plaît. Peu de gens en sont capables, ou plutôt, beaucoup n'en n'ont pas envie. C'est tellement plus facile de ne pas chercher à creuser.

— Je peux te jurer que tu ne le regretteras pas.

— Pourquoi moi ? me lance-t-il.

Mes sourcils se froncent, j'entrouvre les lèvres.

— Je n'en sais rien, je lui avoue en toute franchise.

— Je veux dire, ce n'est pas mon attitude. Beaucoup de tes fans ont dû être comme moi, pétrifiés par leur timidité. Alors qu'est-ce qui a retenu ton attention ?

J'essaie de trouver. Je fouille dans ma tête, retrouve le moment où je l'ai surpris dans la ruelle près du supermarché. Mais rien ne me vient. C'est juste ainsi. Il n'y a aucune raison valable et même maintenant, de nouveau en face de lui, je n'ai toujours pas de réponse.

— Le jour où je trouve pourquoi, tu seras le premier au courant.

Son sourire est à la fois rassurant et éclatant. Ses

yeux sourient également.

Je vais passer une merveilleuse soirée, j'en suis certain.

12 | BASTIEN

Samedi 1er juin

« *You don't have to be afraid*
You can go ahead and unload it »[13]

Niall Horan

Eli est une personne incroyable. Je suis incapable de mentir, de cacher la boule qui s'était installée au fond de mon ventre peu avant le rendez-vous. J'ai même retardé mon départ, quitte à me demander si le rejoindre était une bonne décision.

Maintenant que je suis assis en face de lui, je suis

---

[13]*Tu n'as pas à avoir peur /Vas-y et lâche-toi*

certain que ça aurait été une grossière erreur de ne pas venir. Il n'y a pas une seule de ses paroles qui ne me plaît pas. Il est intelligent, sait me parler de lui sans pour autant monopoliser toute l'attention.

Mais parfois, il a dû mal à me regarder dans les yeux. Il fixe plutôt son assiette ou il joue avec sa serviette. Des deux, je devrais être le plus intimidé, pourtant, j'ai l'impression que c'est l'inverse. C'est OK. Parce que nous avons dit qu'ici, nous étions Eli et Bastien, deux hommes.

— Tu veux un dessert ?

Je termine ma dernière bouchée de pâtes et secoue la tête en posant une main sur mon ventre.

— Je ne pense pas, je crois que je vais exploser. Mets-toi à l'abri.

Eli rigole et – mon dieu – son rire ! Il est si précieux, il provoque des vibrations dans chaque petite partie de mon corps et me donne l'irrésistible envie de l'entendre à l'infini et surtout, d'en être la cause. La fossette qui se crée sur le côté droit de son visage termine de m'achever. La beauté de cet homme n'est pas à prouver, je veux dire, tout le monde le sait, tout le monde le dit. Seulement, là, je le découvre avec mes propres yeux. Pas ceux d'un fan.

— Préviens-moi deux secondes avant et j'irai me cacher.

— Ça marche.

Nous nous sourions et cette fois, c'est moi qui triture le bout de ma serviette. Le serveur vient nous débarrasser et Eli attend son départ pour me demander :

— Tu as passé tes derniers examens alors ?

— Oui. J'aurais les résultats dans quelques jours.

— Tu me tiendras au courant ?

Je hoche la tête et cherche une question à lui poser pour entretenir la conversation. C'est à cet instant que je comprends que je sais énormément de choses sur lui, grâce aux médias, aux différentes interviews. Je mords ma lèvre, tire dessus avant de me racler la gorge.

— Tu as fait des études toi ?

Je connais déjà la réponse, et ça me désole.

Il secoue la tête.

— Je me suis arrêté au bac. J'ai tenté une licence, mais ce n'était pas pour moi. Heureusement que la musique a marché, sinon je ne sais pas où je serais à l'heure actuelle.

— Rien ne t'a jamais donné envie ?

— Non. Ma mère est assistante maternelle, je devrais adorer les enfants, mais elle a gardé des terreurs qui m'ont traumatisé. Mon père travaille dans un supermarché. Je n'ai jamais désiré faire les mêmes choses qu'eux et je n'ai jamais eu quelque chose qui m'a passionné autant que la musique, il termine dans un haussement d'épaules.

Je prends mon verre pour le finir. Le métier de ses parents, je connaissais, mais pas son avis par rapport à ça.

— D'accord.

— Qu'est-ce que font tes parents ?

— Ils gèrent un restaurant du côté de Bergerac.

— Tu ne viens pas d'ici ?

— J'ai débarqué à Bordeaux pour étudier, j'ai construit ma vie de jeune adulte dans ces rues, mais je reste très attaché à l'endroit où j'ai grandi.

— Je te comprends. Il y aura toujours un lien spécial avec nos origines.

Je souris, parce qu'il semble posséder les mêmes valeurs que moi.

Le serveur revient afin de nous proposer un dessert, Eli décline en demandant l'addition à la place. Je me redresse sur ma chaise, peiné à l'idée que la soirée se termine aussi rapidement. Plongé dans le bleu de ses yeux, je n'ai pas vu le temps passer. C'est tout juste si je me souviens quel plat j'ai avalé.

— Je vais payer ma part, j'interviens.

— Non, je t'invite.

— Ça me gêne.

— Laisse-moi faire. Tu m'inviteras la prochaine fois.

Évoquer la possibilité d'un second rendez-vous me retourne le ventre. Je suis certain d'être rouge et, au passage d'être ridicule.

Eli rejoint le comptoir pour régler après m'avoir offert un sourire et je ferme les yeux, histoire de me reprendre. Tout s'est bien passé, ce n'est pas le moment de tout gâcher.

— Tu viens ?

Ne voulant pas qu'il se rende compte de ma petite

absence, je m'empresse de le suivre hors du restaurant. Nous nous installons dans sa voiture et arrive le moment que je redoutais tant.

La fin de soirée.

Il va me ramener chez moi, je vais rentrer et devoir accepter de ne pas le revoir tout de suite.

Parce que je sais qu'encore une fois, il n'a pas que ça à faire.

— Est-ce que je parais fou si je te propose un dernier verre chez moi ?

— Oui, même carrément fou. Tu n'as pas peur que je divulgue ton adresse, que je vienne avec toutes mes amies fans de toi camper devant ?

— Je ne pense pas me tromper si j'affirme que tu n'es pas de ce genre-là et que je peux te faire confiance.

Son regard me demande de lui confirmer qu'il a raison et moi, je me retrouve sans savoir quoi dire. Parler de confiance est un mot trop grand pour le moment, même si j'ai aimé plus que tout ce rendez-vous avec lui.

Sans réponse de ma part, il se pince les lèvres et allume le moteur.

— Je suis désolé. Je n'aurais pas dû te proposer ça.

— C'est juste… On ne se connaît pas. Je n'ai pas envie de rentrer chez moi, mais je trouve que c'est prématuré de m'emmener chez toi.

Son poing se serre sur le volant et j'ai l'impression que, dans sa tête, il s'insulte de tous les noms. Par ma faute. Merde, j'ai vraiment repoussé Eli ?

— Je suis désolé je… Je ne voulais pas que tu penses à ça. À aucun moment je ne t'ai proposé ce dernier verre dans le but de te mettre dans mon lit.

— Je ne le pense pas non plus, je tente de le rassurer.

Il tourne la tête vers moi, me jaugeant afin de deviner si je mens ou non. Mon sourire lui suffit et il lâche un soupir avant de s'engager sur la route.

— D'accord. Excuse-moi. Faut toujours que je gâche tout à un moment.

— C'est OK, Eli.

L'ambiance devient légèrement tendue, Eli plongé dans un mutisme suite à ces dernières paroles alors, je décide de changer ça. Je me permets la liberté de connecter mon téléphone au Bluetooth et de lancer une playlist. Un regard dans sa direction m'indique que mon initiative le surprend, mais qu'il apprécie ma musique.

Comme à l'allée, je me mets à fredonner. Je suis loin de posséder une belle voix et je me ridiculise sans doute face à lui et son talent. Mais je ne peux pas m'en empêcher. Il faut toujours que j'accompagne les paroles.

Et Eli me rejoint.

Mon cœur bat plus vite alors que nous chantons de nouveau à l'unisson. C'est aussi spécial que tout à l'heure et ça me donne envie de passer ma vie à chanter à ses côtés. Et surtout, à l'écouter. Je n'avais jamais entendu sa voix en vrai avant aujourd'hui et obtenir ce privilège, ce bonheur de pouvoir être le seul à profiter de ça, me provoque un sourire.

C'est mille fois mieux que sur une plateforme de streaming, mille fois mieux que le son d'un téléphone. C'est lui, à côté de moi. Sa voix, mes oreilles. Sans rien pour faire la liaison.

Sans que je ne le remarque pas, Eli se gare près de la gare. Cette fois, c'est vraiment terminé. Fin de la soirée de rêve. Il coupe le contact et se détache, se tournant vers moi.

— Merci d'avoir accepté ce dîner.

— Merci à toi.

— C'était… important pour moi. Parfois, j'oublie de faire des choses normales comme tous les garçons de mon âge. J'ai des rendez-vous pros pour la musique, j'écris, je compose, je passe mon temps à gratter. Je ne m'en plains pas, j'aime ce que je fais et je pourrais y passer des heures sans m'arrêter. Seulement, quand je vois mon meilleur ami, je me rends compte que j'oublie ma vie d'avant, ma vie posée ou ma vie d'adulte. J'oublie de sortir, de profiter, de prendre du temps pour ma vie sociale. Je me voile la face en assurant que je continue de le faire, mais une fois que je réfléchis, je réalise que ça fait des mois que je ne me suis pas accordé de pause.

Ses mains s'agitent pendant qu'il parle, c'est une chose que j'ai remarquée ce soir. Il s'exprime avec des gestes et j'ignore pourquoi, mais lors du repas, j'ai adoré prendre une seconde pour l'admirer en l'écoutant d'une oreille distraite.

Là, j'ai tout entendu, même en me laissant un instant pour l'observer.

— Il n'y a pas de vie normale. Tu es comme tout le

monde, tu as une carrière et à côté ta vie sociale, beaucoup de personnes sont comme toi et n'ont pas le temps pour ça.

Eli hausse les épaules, ses yeux se posent un peu partout, sauf sur moi. J'aimerais qu'il puisse lire la sincérité dans mon regard parce que, de toute évidence, il a un réel problème de ce côté-là.

— C'est surtout le décalage qui me dérange. Le fait de porter des dizaines de responsabilités sur les épaules aussi tôt, sans pouvoir les partager avec qui que ce soit parce qu'à part mes parents, les gens que je côtoie sont en études ou commencent tout juste à travailler. Personne ne comprend vraiment.

— Je ne pensais pas… Enfin, on ne connaît jamais sur le bout des doigts nos idoles, tu as beau partager beaucoup de choses avec nous, tu as un jardin secret, ta vie privée, que les fans ne connaissent pas. Mais je ne savais pas que ça pouvait te déranger.

Eli porte son attention sur la rue devant nous, il regarde défiler les quelques personnes encore présentes à cette heure tardive. J'ignore ce qui tourne dans sa tête.

— Eli ?

— Hm ? souffle-t-il, ses yeux s'arrêtant enfin sur moi.

— Je pourrais t'aider à faire des choses que tu penses être normales. Te rappeler de temps en temps que tu as le droit, malgré la musique, de prendre une minute pour toi. Pour le Eli adulte et pas le Eli chanteur.

— Je ne pensais pas avoir des fans aussi posés et

intelligents.

— Sympa pour nous.

Nous rions tous les deux et je mords ma lèvre en penchant légèrement la tête sur le côté. J'attends une réponse à ma proposition, qui met quelques secondes à arriver.

— Ça me plairait, que tu deviennes mon point d'ancrage à la réalité.

Son regard me confirme ce qu'il dit et mon corps est pris d'une soudaine chaleur, et d'une fierté à peine dissimulée lorsque je souris.

— Cool. On fait ça alors. Tu veux bien me passer ton téléphone ?

Il semble hésiter un instant avant que je ne le rassure.

— C'est simplement pour te donner mon numéro… Ce sera plus pratique que Twitter.

Eli acquiesce et finit par me le tendre après l'avoir déverrouillé. J'enregistre mes coordonnées et lui rends.

— Je vais y aller. Merci encore pour cette soirée.

— Merci à toi.

Il me sourit et j'hésite une seconde en me demandant si j'ai le droit d'embrasser sa joue ou si je dois quitter la voiture avec un signe de main.

Eli décide à ma place et, avant même que je ne comprenne ce qu'il m'arrive, ses lèvres atterrissent ma joue. C'est furtif, trop rapide à mon goût, mais assez pour que mon cœur s'emballe.

Quand il se redresse, je ne peux que lui accorder un sourire tremblant et lui murmurer un « bonne nuit » qui en dit long sur mon état. Je quitte sa voiture après un dernier regard et marche vers l'appartement, la tête complètement retournée et encore avec cet air merveilleux.

13 | BASTIEN

Dimanche 3 juin

« *Counted all my mistakes and there's only one
Standing up on a list of the things I've done* »[14]

One Direction

J'en suis à ma troisième cigarette matinale. Il est bientôt midi et Sam n'est toujours pas rentré. J'appréhende son retour, ses questions sur ma soirée d'hier. Il est au courant de mon escapade, ce qu'il ignore, c'est avec qui. Il doit être persuadé qu'une fois encore, j'ai rejoint Louis. Lorsqu'il apprendra que

---

[14]*J'ai compté toutes mes erreurs et il n'y en a qu'une / Qui sort du lot de tout ce que j'ai fait*

mon rendez-vous était en réalité avec Eli, j'ai peur de sa réaction.

Je pensais qu'avoir du temps pour réfléchir m'aiderait à prendre une décision. Lui mentir, le décevoir en lui affirmant que je n'ai aucun remords à voir un homme marié ou lui dire la vérité sans savoir s'il pourrait me croire ou être heureux.

La cigarette à peine écrasée, j'en allume une autre, ma jambe tressautant sur le sol. À ce moment précis je regrette de ne pas avoir mis Isa dans la confidence. Elle serait la plus à même de me conseiller, mais je dois me débrouiller seul, prendre une décision comme un grand. Dans tous les cas, il y aura un moment de flottement, que ce soit avec Sam ou Isa. Mes deux amis vont mettre du temps avant de comprendre et d'accepter que je puisse me rapprocher d'un homme qui paraît inaccessible. Alors, autant tout lâcher sans plus attendre parce que, merde, je suis heureux de ce qui arrive et j'ai besoin de le partager.

Je rejoins la cuisine à la fin de ma clope et me décide à préparer un repas à mon meilleur ami. Enfin, des pâtes et du jambon, la seule chose que je sais réaliser sans parvenir à brûler quelque chose. Même avec ça, j'ignore comment la nouvelle de mon rencard — est-ce que je peux qualifier notre sortie ainsi ? — avec Eli sera prise.

La porte d'entrée s'ouvre et se referme quand j'égoutte les pâtes. J'entends Sam se débarrasser de ses chaussures qu'il range dans un coin et sa tête apparaît dans l'embrasure de la cuisine. Il a la tronche d'un mec qui a pris son pied une bonne partie de la nuit et ça me fait marrer.

— Je ne te demande pas comment s'est passé ton samedi soir ?

— Vaut mieux pas, sinon je vais devoir te raconter la dizaine d'orgasmes que j'ai eus.

— Tu es surhumain, je dis dans une grimace alors qu'il éclate de rire.

Il me rejoint et passe un bras autour de mes épaules avant de claquer un baiser sonore sur ma joue.

— Et toi ? Petit rendez-vous dans une chambre d'hôtel, petite partie de jambe en l'air sans goût et un retour à la maison ?

— Désolé de te décevoir, mais je n'ai pas couché hier soir.

— Tu vois Louis sans te le faire ?

— Je n'ai pas vu Louis.

La bombe est lâchée.

Du coin de l'œil, je remarque sa façon de me fixer avec insistance. Je m'affaire à remplir nos assiettes alors que Sam attend, bras croisés, que je développe. C'est juste tellement difficile de me lancer.

— Tu peux répéter ?

— J'étais avec un autre homme hier soir.

— C'est qui ? Je le connais ? Depuis quand tu vois un mec sans me le dire ? Tu l'as rencontré où ?

Mode interrogatoire activé. Je lui fais signe de s'installer en face de moi sur le bar, mais il préfère rester debout, à m'observer comme s'il pouvait lire la réponse sur mon visage.

— Sam, viens t'asseoir s'il te plaît.

— C'est si important que ça ? me demande-t-il en finissant par m'obéir.

— Eli a trouvé mon compte Twitter et il est venu me parler, je balance sans plus attendre.

Il y a un moment de blanc puis sa question :

— On parle bien d'Eli ? Eli le chanteur ?

En discuter avec quelqu'un rend la chose réelle. Ce n'est plus dans ma tête, ou entre Eli et moi. Tout mon corps est crispé, le stress me prend aux tripes à l'idée de tout avouer à mon ami. Son avis est important, même si je sais pertinemment que s'il juge Eli comme Louis, je n'arrêterai pas pour autant de le voir. J'espère seulement que, pour une fois, il ira dans mon sens.

— Ouais. Le même. Il m'a envoyé un message mardi et je ne lui ai pas répondu à cause des partiels et parce que j'avais eu l'impression d'avoir rêvé. Il… Il voulait juste discuter avec moi, apprendre à me connaître et il m'a invité à sortir hier soir.

Je joue avec les pâtes dans mon assiette. Mon appétit a disparu, mon ventre est noué en repensant à ces événements. À la chance presque surréaliste d'avoir pu attirer l'attention d'un homme tel qu'Eli.

— Donc quoi, quand il t'a vu dans la rue la dernière fois il a eu un coup de foudre ?

— Non ! Enfin… il m'a bien aimé. Il a senti quelque chose entre nous.

— Bastien… Est-ce que ce n'est pas une technique pour t'amener dans son lit ?

— Quoi ? Il peut coucher avec n'importe qui ! Avoir une relation avec un fan est au contraire un grand risque. Si ça se savait, si dans la presse on se mettait à dire qu'il s'amusait à coucher avec des fans, ce serait très mauvais pour sa carrière.

— C'est surréaliste, soupire Sam, une main passant sur son visage.

Ma gorge se serre douloureusement alors que je crache, amer :

— Je ne suis pas assez bien pour qu'il ait envie de s'intéresser à moi ? C'est ça qui te brûle la langue ? Quelle image tu dois avoir de moi ! Un pauvre mec qui n'est capable que de se taper un homme marié et qui est complètement con de croire qu'une personne qu'il admire puisse lui trouver quelque chose ?

— Je n'ai jamais dit une telle chose Bastien ! s'exclame-t-il, les sourcils froncés.

Son air outré me fait mal, comme si j'étais l'unique responsable. Comme si tous mes choix étaient merdiques face aux siens. Son regard dur m'indique de ne pas continuer sur ma lancée, d'oublier mes pensées absurdes. Je ne suis pas fou. Au contraire, j'ai tout compris.

— Je vais prendre l'air.

Impossible de rester plus longtemps dans le même endroit que lui alors, je me dirige vers l'entrée. J'ai d'abord besoin d'encaisser, de me calmer sinon je risquerais de dire des choses que je ne pense pas. Seulement, Sam ne l'entend pas de cette manière et me bloque le passage.

— Non, tu restes ici et on en discute. Si tu m'en as parlé, c'est bien pour entendre mon avis !

Je relève la tête et pointe un doigt accusateur dans

sa direction.

— Non ! Si je t'en ai parlé, c'est pour partager ma joie avec mon meilleur ami ! Parce qu'hier, j'ai vécu une des plus belles soirées de ma vie avec un homme que j'ai senti sincère et agréable. Il n'y a absolument rien de mal là-dedans. J'étais heureux ! Et toi, tu viens tout gâcher !

— Ne me fais pas passer pour le rabat-joie de service Bastien. C'est mon rôle de te mettre en garde.

— Mais me mettre en garde contre quoi ? Tu ne le connais pas !

— Justement ! Eli n'est pas comme nous ! Il est célèbre, il peut prendre ce qu'il veut, quand il veut, tout lui réussit dans la vie ! Vous n'avez pas les mêmes projets ni les mêmes attentes.

— On ne parle pas d'un putain de mariage, on parle d'un moment parfait que j'ai passé avec un homme bordel. Sois juste heureux pour moi et abstiens-toi de tout commentaire.

Même si je l'aime de toutes mes forces, c'est trop. Il ne doit pas se montrer si virulent sans le connaître. Je le pousse de la porte sans qu'il n'émette aucune résistance et quitte l'appartement.

Je dévale les marches dans une course folle et, une fois en bas, mes mains se mettent à trembler sous la colère. L'envie d'y retourner, de lui hurler encore plus dessus pour me décharger est beaucoup trop forte. J'ai l'impression que tout l'air frais que je peux inspirer ne parviendra pas à me faire recouvrer mon souffle. Putain, je ne sais même pas où aller. Un dimanche, peu de choses sont ouvertes même dans notre grande ville et ça ne fait qu'accroître mon envie de tout casser.

Je me pince l'arête du nez et me force à cesser d'être énervé contre la terre entière. Je n'arriverais à rien ainsi. Soudainement, j'ai besoin de revoir Eli. Retrouver cette bulle dans laquelle j'étais plongé, certain que c'est la seule solution pour m'apaiser. Lorsque mon téléphone se met à sonner dans ma poche, mon cœur loupe un battement, je le sors le plus rapidement possible et lis le nom qui s'affiche.

Louis.

La déception secoue tout mon corps, je m'insulte moi-même d'avoir pu penser qu'il puisse me contacter aussi vite. Je laisse passer le premier appel, puis le second. Qu'il cherche à me joindre en pleine journée est anormal, et même si je n'ai pas envie de le laisser envahir mon esprit, ma curiosité me pousse à répondre au bout du troisième appel.

— Allô ?

— Tu es dispo ?

— On est dimanche après-midi.

— Et je suis libre, où est le mal ?

— Je n'ai pas envie aujourd'hui, désolé.

— Tu te fous de moi ? Ça fait des jours qu'on ne s'est pas vus et quand je te propose encore, tu n'as juste pas envie ?

— Louis, s'il te plaît. Je ne suis pas d'humeur, je le supplie presque en me laissant tomber sur les marches à la sortie du hall.

Un long silence s'installe, je me demande même s'il

ne m'a pas raccroché au nez comme la dernière fois.

— Je ne suis pas qu'un moyen de te taper des orgasmes. Je peux aussi t'écouter et être là pour toi, il reprend avec une voix beaucoup plus douce.

Je pourrais foncer dans le panneau. Croire qu'il y pense sincèrement, mais je sais très bien qu'au fond, il dit ça pour m'amener entre ses draps.

Et je suis un homme faible qui ne sait pas résister.

— Je prends un taxi et j'arrive.

— Merci. Je vais prendre soin de toi.

Nouveau mensonge qui dissipe ma colère pour laisser place à une immense tristesse. Mes yeux deviennent humides lorsque je raccroche, et je ravale difficilement un sanglot. Ce n'est pas grave. Un jour, je trouverais le courage de dire stop à tout ça. D'arrêter de lui servir d'escapade, de piment dans son mariage qui ne lui convient plus. Un jour, j'arriverais à affirmer que cette situation ne me broie pas chaque jour un peu plus en morceaux, que je ne suis pas attaché à lui et que je peux tout contrôler. Oui, un jour.

14 | ELI

Mercredi 5 juin

« *I could feel your blood run through me
You're written in my DNA* »[15]

Louis Tomlinson

— Tu es sûr d'avoir tout réservé ?

— Oui papa. Tout est prêt, tu peux respirer.

Mon père hoche la tête, assis dans le canapé en face de moi. De là où il est, il peut voir la cour de la maison et il n'attend qu'une chose : apercevoir la

---

[15] *Je peux presque sentir ton sang couler dans mes veines / Tu es encrée dans mon ADN*

voiture de ma mère.

Elle est partie depuis un peu plus d'une heure chez le coiffeur et depuis, mon père ressemble à une vraie pile électrique, comme chaque année le jour de l'anniversaire de sa femme. Pourtant, il est dépourvu d'imagination concernant les surprises et depuis quelques années maintenant, je l'aide toujours à organiser la soirée.

— Elle met longtemps quand même.

— C'est comme ça chaque fois qu'elle va là-bas.

Il acquiesce en se pinçant les lèvres. Ses doigts tapent dans un rythme incessant sur le bord du canapé et sa tête continue de se dresser vers l'extérieur. Il me fait rire. J'extirpe le téléphone de ma poche pour patienter, beaucoup moins stressé que mon cher père.

Je n'ai pas encore contacté Bastien. Depuis samedi soir, j'ai longtemps regardé son numéro, hésité à lui envoyer un message, mais je n'ai pas eu le cran de le faire. Je suis terrifié à l'idée qu'entre temps, il se soit rendu compte que notre rendez-vous était absurde et ne pouvait mener à rien.

Disons clairement les choses : j'ai aimé ce qu'il m'a laissé apercevoir de lui et je serais déçu si tout s'arrêtait aussi rapidement.

— Elle est là !

Mon père se lève d'un bond et passe une main sur sa tête qui ne possède plus de cheveux depuis des années.

— Ça va ? Comment je suis ?

— Tu es très beau papa, et maman est déjà tienne alors on se détend.

— Elle est peut-être à moi, mais je dois tous les jours la séduire. Prends note, fils.

Comme si j'avais besoin de ses conseils pour apprendre à séduire quelqu'un. Mon père se redresse un peu plus lorsque la clef se fait entendre dans la porte. Un instant plus tard, ma mère est près de nous, les cheveux coupés au carré et une couleur noire à la place des quelques mèches grises qui commençaient à apparaître.

— Chéri, ta mâchoire se décroche, dit-elle en regardant son mari dans les yeux avec un sourire amusé.

C'est vrai qu'il est complètement bouche bée et il fait quelques pas pour la prendre contre lui et embrasser ses lèvres.

— Tu es magnifique. Chaque jour tu es magnifique.

Ils se dévorent littéralement des yeux et je me dandine sur mes pieds en me raclant la gorge pour leur signifier que je suis toujours présent, et que voir mes parents manifester un désir quelconque peut me traumatiser.

— Tu es encore là Eli ?

— Dites-le si je dérange, je ricane et ma mère se décide à quitter son homme pour me prendre dans ses bras.

— Tu es vraiment très belle maman.

— Merci mon ange.

— Je vais vous laisser profiter, encore un bon anniversaire.

— Et mon cadeau alors ?

Elle s'éloigne de moi, croise ses bras contre sa poitrine afin de manifester son mécontentement.

— Je croyais que le plus beau cadeau c'était l'amour de ton fils ?

— Tu n'as quand même pas cru ça ?

J'éclate de rire et marche vers mon sac à dos posé dans l'entrée. Bien sûr que je n'ai pas oublié. Venir à la maison pour fêter ce jour spécial sans cadeau, elle aurait pu me renier pour ça.

— J'espère que c'est à la hauteur au moins !

Ma mère, cette femme pas comme les autres, qui ne va pas faire semblant d'apprécier un présent si ce n'est pas ce qu'elle aime pour ne pas blesser son fils. Heureusement que je suis le plus imaginatif de cette famille.

Je reviens vers elle avec une petite boite et un grand sourire.

— Ne te fie pas à la taille.

Elle observe, d'abord sans un mot, puis elle l'attrape entre ses doigts et soulève le couvercle qui contient une clef.

— Une clef de voiture ?

— Oui maman.

Son regard s'accroche au mien et tout s'illumine en moi. Durant des années, je l'ai entendu se plaindre de sa voiture, des frais qu'elle occasionnait tous les mois.

De la vieillesse, de son envie de changement, de pouvoir s'offrir une voiture neuve à cinquante ans passés.

Je ne suis pas riche, je suis loin de le devenir, mais depuis que la musique me rapporte de l'argent, j'économise et mon père m'a aidé pour en arriver à ça : acheter une voiture à ma mère. La remercier de m'avoir encouragé à suivre mon rêve.

— Eli, ce n'est pas drôle.

— Ce n'est pas une blague mon ange, intervient mon père, un bras passé autour de sa taille, ses lèvres posant un baiser sur sa tempe.

D'un coup, elle s'effondre. Elle se fiche bien de son maquillage qui va être ruiné, elle pleure parce qu'elle est heureuse. Enfin, je crois.

Elle se jette contre moi, sanglote contre mon oreille et c'est plus fort que moi, je me mets à pleurer à mon tour. Mes parents sont les piliers de ma vie, je ne suis rien sans eux et parfois, l'amour que je ressens pour eux me fait craquer.

— Eli, tu ne dois pas m'offrir ce genre de choses. C'est ton argent, tu as travaillé dur pour le gagner.

— Je m'en fiche. Je veux faire plaisir aux gens que j'aime. Et je t'aime plus que tout au monde.

Ma mère pose ses mains sur mes joues, ses yeux rouges de larmes me font sourire.

— Tu es le plus beau, le plus parfait de tous les garçons. Je crois que j'ai fait du bon travail.

Je ris doucement et blottis mon visage contre son cou en inspirant son odeur qui me rassure tant. Elle est la femme de ma vie et je suis fier de parvenir à rendre son anniversaire encore plus magique.

— Allez, tu dois te remaquiller pour sauver les apparences et moi, je dois bosser.

Ses doigts qui ébouriffent mes cheveux et je retrouve ma mère pétillante de bonheur.

— Merci Eli.

— De rien maman.

J'embrasse mes parents, leur souhaite un bon dîner tout en évitant de m'attarder sur le regard qu'ils s'échangent, annonciateur d'une soirée mémorable.

Une fois rentré chez moi, je ne perds pas une minute de plus pour contacter Bastien. On ne m'a pas appris à vivre dans l'attente et encore moins dans la peur. Ce n'est pas aujourd'hui que ça va commencer.

Eli : Salut :) Comment tu vas ?

Bastien : Tu te rappelles que j'existe ?

Sa réponse est immédiate et au lieu de me vexer par le ton qu'il semble employer, je souris et tape sans le faire patienter :

Eli : Déjà accro ?

Bastien : Ahah :/. Je crois que j'attendais un peu trop de voir un numéro inconnu s'afficher sur mon téléphone ? Excuse-moi, je ne voulais pas être méchant.

Eli : Ne t'inquiète pas. Désolé d'avoir mis du temps. J'ai été pris et j'avoue que j'avais peur d'envoyer le premier message. J'aurais dû te donner mon numéro aussi pour ne pas être le seul dans cette situation.

Bastien : C'est fait maintenant… Je suis content d'avoir de tes nouvelles. Même si le Eli chanteur est actif sur Twitter.

Eli : Ici c'est le vrai Eli dont tu peux avoir des nouvelles.

Bastien : Ça me convient. Raconte-moi, qu'est-ce que tu as fait depuis samedi ?

Eli : Pas grand-chose, à part bosser. Je dois finaliser les derniers détails de l'album.

Bastien : Quand est-ce qu'on va avoir plus d'infos ?

Eli : Ne crois pas que tu vas avoir des trucs en exclusivités…

Bastien : Même pas en échange d'un second rendez-vous ?

Eli : Ah ouais, tu es de ce genre-là.

J'ai des crampes aux joues à force de sourire. Je regarde mon téléphone, je vois qu'il écrit, qu'il est en ligne et que, comme moi, il veut répondre à nos messages le plus vite possible. Une petite voix dans ma tête, que j'essaie de repousser, tente de me dire que c'est mauvais signe s'il utilise notre relation dans l'unique but de satisfaire sa curiosité de fan.

Bastien : Carrément. Alors, deuxième rendez-vous en échange d'une petite info que je promets de garder pour moi ?

Eli : Ça dépend ce qu'est le second rendez-vous.

Bastien : Laisse-moi réfléchir et je reviens vers toi.

Eli : Ça marche. Bonne soirée Bastien.

Bastien : Salut ;).

15 | Eli

Jeudi 6 juin

« *Thought we were going strong*
Thought we were holding on »[16]

One Direction

Bastien : Je suis un génie, appelle-moi le grand génie.

Eli : Bonjour ? Pourquoi je devrais t'appeler comme ça ?

Bastien : Parce que j'ai trouvé où je peux t'emmener.

Eli : Dis-moi tout.

---

[16]*Je pensais qu'on devenait fort / Je pensais qu'on tenait bon*

Bastien : En boite.

Eli : Tu veux que je dise que tu es un génie parce que tu as l'idée (vraiment nulle au passage, désolé) de m'emmener en boite ?

Bastien : Bah oui ! On va, comme pour le restaurant, aussi loin que possible et à minuit, dans un endroit sombre, des personnes qui ne voient plus très clair avec les verres, je peux t'assurer que tu seras incognito.

Eli : Je ne suis jamais allé dans ce genre d'endroit.

Bastien : C'est cool, pour danser et boire, sans plus. Mais c'est un bon date. C'est la seule chose que j'ai trouvée :/.

Eli : Je suppose que je peux tester. Quand est-ce qu'on y va ?

Bastien : Demain soir, si tu es libre ?

Eli : Bien sûr que je suis libre.

Bastien : Alors on fait ça. Je me charge de trouver le lieu et toi tu viens me chercher à la gare comme la semaine dernière ?

Eli : Ouais, on fait comme ça.

Bastien : Cool :) Je dois te laisser, à demain.

Eli : À demain.

— Tu parles avec ton fan ?

— Ne l'appelle pas comme ça…

James me tend la tasse de café qu'il a préparée et s'assoit à côté de moi sur la terrasse de sa maison. Sa vue, je ne m'en lasserais jamais. Une maison reculée, avec rien d'autre devant nous que la forêt. Le pied et le calme absolu.

— C'est pourtant ce qu'il est, juge-t-il bon de préciser.

Comme si je n'étais pas au courant.

— C'est un homme avant tout. Et lui me voit de la même manière.

— Ça marche vraiment ce truc ? Oublier que tu es un chanteur et que lui admire ton travail ? Je veux dire, vous apprenez à vous connaître, et justement ces deux choses font partie de vous…

— J'attends le deuxième rendez-vous pour le savoir.

— Il y a un second rencard ?

Je me cache avec ma tasse, sentant très bien son regard sur moi. J'ignore encore à quel moment nous sommes venus à parler de date. Un date, c'est quand deux personnes se plaisent, non ? Merde.

— Hm, ouais. Demain.

— Tu ne perds pas de temps.

Je grogne et avale une gorgée avant de reposer la tasse sur la table. Mes mains restent dessus, je la fais tourner lentement. Je suis plus que prêt à l'idée de le revoir. De partager un nouveau moment avec lui.

— Enfin, si ça te convient, ça me convient aussi.

— Merci.

— Je serais vraiment un mauvais ami si je n'étais pas à cent pour cent derrière toi. Je peux te donner des conseils, mon avis, mais je ne suis personne pour te forcer à faire quoi que ce soit. Si jamais ça se passe mal, je serais là.

— C'est pour ça que tu es mon meilleur ami.

— Arrête, je vais pleurer.

James me donne un coup d'épaule et je passe mes bras autour de lui pour le serrer contre moi. J'en ai besoin, il en a besoin. Parfois, ça m'arrive d'oublier que ce lien qui nous unit était partagé avec une troisième personne avant. Il l'est toujours, mais d'une manière qui fait que nous devons nous entraider, juste tous les deux.

Il se détache de moi et me fait un faible sourire.

Fini le sujet léger. Il est l'heure de parler de la raison de ma venue.

— C'est bientôt.

— Je sais.

— Comment tu le sens ?

— J'ai le droit de dire mal ?

Son sourire triste m'arrache un soupir. Nous savons tous les deux ce qui approche et ça ne sera pas une partie de plaisir. Loin de là. Je suis terrifié à l'idée d'affronter cette vague qui nous fonce droit dessus.

— Tu peux le penser. Je le pense aussi. Mais nous devons être le plus fort possible, n'oublie pas pour qui on le fait.

— Jamais je ne l'oublierais.

James hoche la tête et sort son paquet de cigarettes pour s'en allumer une. Je décline, comme à chaque fois qu'il me le propose et me lève pour dégourdir mes jambes. J'ai soudainement besoin de faire des allers-retours, de faire quelque chose histoire d'arrêter de me torturer avec mes pensées.

— Une fois que ça sera passé, ça ira mieux, reprend-il.

— Et si le jugement est de nouveau reporté ? Et si la maladie le rattrape ?

— Tu peux faire des dizaines de suppositions Eli, mais ça ne servirait à rien.

— Je n'accepte pas tout ce qui lui tombe dessus. Même s'il s'en sort, que la maladie s'évapore et que le juge le libère, ça le poursuivra toute sa vie. Ça a déjà bouffé toute sa jeunesse James.

— Alors il aura sa vie d'adulte. Il pourra tout construire à nouveau.

— Tu es si optimiste.

J'arrête de marcher. Si je fais un pas de plus, je pourrais bien m'écrouler sous toute la tristesse que je retiens depuis des années. Oui, j'essaie d'être fort pour Oliver, parce que nous ne sommes pas ceux à plaindre. Mais parfois, c'est compliqué. James semble le comprendre puisqu'il se lève et m'attire dans ses bras auxquels je m'accroche sans attendre. J'ai beaucoup plus besoin de sa présence que je ne l'imaginais.

— J'essaie. Parce que ça va nous bouffer et on doit se soutenir. Tout finira par s'arranger, je te le jure.

Les larmes que j'ai trop gardées dévalent en de longs torrents le long de mes joues. Merde, ça n'aidera personne. Je me recule, essuie mes yeux levés vers le ciel dégagé tout en prenant une grande inspiration. Ça va le faire. Nous attendons ce procès depuis des mois, des années. Ce n'est pas le moment de flancher.

Je parviens à lui offrir un sourire tremblant, le même s'affiche sur le visage du beau blond tatoué.

— Voilà. Je préfère quand tu souris.

— Merci.

— Ne me remercie pas. C'est normal d'avoir un coup de moue, mais nous arrivons au bout du tunnel.

— Je l'espère tellement.

James reprend sa place autour de la table et tire sur sa cigarette. Moi, je me tourne vers la forêt où mon regard se perd. L'envie que tout mon être parvienne à faire la même chose, que ces arbres m'accueillent pour un instant de repos devient forte.

Pour beaucoup, la forêt est synonyme d'angoisse. Merci les films d'horreur et récits remplis de meurtres et de disparitions. Pour moi, c'est un lieu apaisant. Des animaux libres et sans danger quand elle est interdite aux chasseurs, des arbres en tout genre. Les feuilles et les branches qui servent de toit.

Je crois que j'adore ça, parce que mon père aimait beaucoup partir en randonnée quand il ne travaillait pas. Il m'emmenait avec lui et je finirai les journées sur ses épaules ou endormi dans son dos.

Nous devrions trouver le temps pour refaire ça, même si nous connaissons pas cœur les lieux qui entourent notre maison.

— Tu veux rester manger ?

— Si je peux piquer une tête dans ta piscine ouais.

— Tu n'as pas pris ton maillot.

— Parce que ça m'a déjà arrêté ? je lui demande en me tournant vers lui.

James se contente de rire et d'acquiescer avant d'écraser sa cigarette dans le cendrier. Je retire mes habits un à un, gardant mon boxer pour plonger la tête la première dans cette eau toujours aussi bonne.

Je nage sans voir le temps passer, merci la piscine immense. Cette fois, je me vide l'esprit pour de vrai. La seule chose à laquelle je pense, c'est ma respiration régulière et prise à chaque fois que ma tête sort de l'eau.

Je m'arrête seulement lorsque mes bras me tirent, force est de constater que mon corps n'est plus habitué à toute forme de sport. James m'attend sur le bord de la piscine et je plaque mes cheveux en arrière en sortant. Il me tend la serviette qu'il avait posée sur la chaise longue et je la noue autour de ma taille, me débarrassent ensuite de mon boxer trempé.

Bordel, j'ai l'impression d'être un nouvel homme et d'avoir laissé mes problèmes se noyer au fond de l'eau.

Nu sous la serviette, je suis mon ami à la table qu'il a installée pour notre repas. Sans parvenir à m'en empêcher, je jette un œil sur mon téléphone qui m'indique qu'une heure est passée. Et que je n'ai pas de notification de la part de Bastien.

— Tu regardes si tu as des nouvelles de lui ?

— Non, je n'en suis pas accro à ce point-là, je tente de me défendre avec un rire gêné.

— Tu me diras comment ça s'est passé ?

— Je te raconterais tout dans les moindres détails.

— Je compte sur toi pour te taire si jamais ça va trop loin, merci.

Il me tend une bière que j'accepte avec un grand sourire, et entrechoque sa bouteille avec la mienne.

— Allez, bon appétit.

16 | Bastien

Vendredi 7 juin

> « Don't know how much I can take
> Only got one heart, I don't know how much it can break »[17]

Liam Payne

Depuis dimanche soir, je suis seul à l'appartement. Après avoir passé la soirée avec Louis, à m'abandonner dans ses bras, Sam n'était plus là quand je suis rentré. Il n'y avait qu'un mot sur la table de la cuisine, où il m'informait qu'il partait à Lille.

---

[17]*Je ne sais pas combien je peux supporter / Je n'ai qu'un cœur, je ne sais pas combien il peut se briser*

Ça m'a fait mal au cœur de réaliser qu'il quittait notre appartement à l'improviste à cause de notre désaccord. Que penseraient ses parents, de voir leur fils échapper à son colocataire ? Je sais que Sam ne raconte jamais nos petites histoires, mais j'ai à cœur d'être apprécié par sa famille. J'ai à cœur d'être apprécié par toutes les personnes de mon entourage, je ne veux pas refléter une mauvaise image de moi.

Enfin bref, j'ai passé ma semaine seul, à jongler entre regarder la télé, jouer à la console, essayer de cuisiner ou finir par abandonner pour utiliser la livraison à domicile des fast-foods. Quand il m'a envoyé un message hier soir afin de m'informer de son retour ce matin, je me suis senti soulagé.

Le laisser partir en étant en colère a été compliqué à supporter.

Sous la douche, je prends mon temps, histoire de m'occuper, mais des pas dans l'appartement me font accélérer. Je me presse pour me rincer m'essuyer et m'habiller avant de débarquer dans l'entrée, les cheveux dégoulinant dans mon dos.

Sam m'observe, sourcil levé en l'air en se débarrassant de sa veste pour l'accrocher.

— Salut.

— Salut.

— Ça va ?

Je hoche la tête, sans parvenir à masquer que cette discussion de courtoisie ne nous ressemble pas et m'horripile.

— J'suis désolé, je lâche sans plus attendre lorsqu'il passe à côté de moi.

Il installe sur le canapé et son regard ne quitte plus le mien. Mon meilleur ami est du genre à prendre la vie du bon côté, à voir le verre à moitié plein et à apprécier chaque petit instant depuis sa dernière relation. Il se gorge de chaque parcelle de bonheur et c'est ce qui le rend si joyeux.

Mais quand on s'en prend aux siens ou qu'il s'inquiète pour une personne qu'il aime, ce n'est plus le même homme. Je ne vois que très rarement cette façade de lui, et je préférerais que ça reste ainsi.

— Désolé de quoi ?

— Que nous nous soyons quittés ainsi, d'être parti de la maison énervé. Je sais que tu n'aimes pas ça.

— Si tu as senti qu'à cet instant tu ne voulais plus me voir, tu as eu raison de partir. Je ne t'en veux plus.

— Promis ?

Sam lève son petit doigt et je lâche un soupir de soulagement. J'avance le mien et le serre. Ce geste vaut mille fois plus que les mots, sans que nous ne sachions pourquoi. Nous avons fait ça une fois, et c'est resté.

Je me laisse tomber à côté de lui et même si ses yeux m'intimident, parce que je suis le fautif dans cette situation, je ne peux détourner le regard.

— Tu veux bien qu'on finisse notre discussion ?

— C'était plus un débat qu'une discussion. Nous avons deux points de vues différents.

— Mais ça peut changer, il s'est passé des choses depuis…

— Si jamais le ton monte, on arrête d'en parler et

tu trouveras quelqu'un d'autre pour le faire OK ?

Une pointe de déception s'empare de moi. Même si nos avis divergent, j'ai envie et surtout besoin de pouvoir le partager avec lui. Sauf que dans un sens, ça me convient. Je ne veux pas que Sam me rabâche que je me fais des films et que ça finira mal.

— OK. Je suis d'accord.

— Bien. Je t'écoute.

— Je sors avec lui ce soir.

La ligne de sa mâchoire tandis que ses dents se serrent. Ça commence très mal, mais je ne lâche pas l'affaire pour autant.

— On veut en apprendre plus sur l'autre. Voir si on arrive à passer au-delà de cette relation prédéfinie, lui chanteur et moi fan. Il est autant conscient que moi que cette partie rend les choses un peu anormales.

— S'il en est conscient, c'est déjà ça. Mais dans l'histoire, c'est toi qui risques le plus de souffrir, qui a le plus à perdre, ne l'oublie pas.

Comment peut-il penser ça ? Oui, si jamais ça ne tourne pas bien, peut-être que la souffrance deviendra inévitable. Mais Eli met en danger sa réputation, il pourrait tuer sa carrière et voir sa notoriété dégringoler, en plus de regarder, impuissant, sa vie intime étalée partout. Seulement, Sam ne semble pas le réaliser alors je me contente de le rassurer :

— Je ne suis pas une petite chose fragile. Je sais ce que je dois faire et comment me protéger.

— Tu t'engouffres dans quelque chose qui a plus

de chance de mal finir, c'est normal que je te prévienne.

Je me retiens de lui dire que, moi, je n'ai pas interféré dans sa relation avec Matt, à part pour l'encourager à foncer. Je ne me mettrai jamais en travers de son chemin s'il juge qu'il fait les bons choix. Mais au moins, nous n'élevons pas la voix et si j'arrive à comprendre ses peurs, j'espère que lui parvient à entendre mon envie de creuser cette future relation.

— Ce soir alors ?

— Ouais. Je l'emmène dans un club.

— Toi dans un club ?

Premier rire de mon meilleur ami et j'ignorais jusqu'à présent que mon cœur avait été si lourd de ne pas avoir entendu ce son pendant des jours entiers.

— Ouais, je sais. Mais c'est la seule solution que j'ai trouvée pour éviter qu'il soit trop… reconnu. Enfin, tu comprends. On ne doit pas le voir avec quelqu'un.

Son sourire se transforme en grimace.

— Bon, on arrête d'en parler d'accord ?

— D'accord. J'ai tout de même le droit de te tenir au courant des grandes lignes… ? je tente, mes dents triturant ma lèvre inférieure en attendant sa réponse.

— Si tu en ressens le besoin, oui.

Je lui offre un bref câlin pour le remercier.

— Et toi, Matt ? Vous ne vous êtes pas vu de la semaine du coup.

À la simple mention de ce prénom, mon ami reprend vie. Un véritable sourire éclaire son visage et il ne me regarde même plus dans les yeux, trop concentré sur ses pensées toutes tournées vers un unique homme. Ça me va, on peut parler de son bonheur éclatant plutôt que de mes relations compliquées.

— Nous n'avons pas mis de mot sur ce que nous vivons, mais je crois que la distance nous a un peu rapprochés… Il n'arrêtait pas de m'envoyer des SMS en me disant que je lui manquais et le soir, lorsque j'étais dans ma chambre, on s'appelait et…

— D'accord, OK ! je m'exclame en levant les mains en l'air pour le stopper.

Sam éclate de rire et hausse les épaules, loin d'être pudique.

— Bref, tu m'as compris. Quand il arrivera à se libérer, j'irais chez lui.

— Il te rend heureux ?

— Ouais.

— Alors c'est parfait.

Au fond de moi, j'espère que lui montrer à quel point je suis content pour lui, le poussera à faire de même avec moi. Il vient poser un baiser sur mon front.

— Je te prépare le déjeuner ? Je n'ose pas imaginer ce que tu as mangé en mon absence.

— Du gras, du gras, du gras. Je pleure rien qu'à l'idée du sport que je vais devoir faire pour évacuer.

— T'es pas croyable, il me lance en se relevant

pour retrouver la cuisine.

Mon ventre décide à ce moment précis de gargouiller d'envie. Je crois que c'est un signal qu'il m'envoie. Je vais me régaler.

# # #

— C'est bientôt l'heure ?

— Oui.

Sam est dans l'entrée de ma chambre, appuyé contre le cadre de la porte et m'observe boutonner ma chemise noire que j'ai mis trois heures à choisir. Celle blanche que j'ai revêtue samedi dernier a semblé ravir Eli alors je me suis dit que c'était une valeur sûre. J'adresse un regard à mon reflet dans le miroir. Mes cheveux commencent à être trop longs, mais c'est le seul défaut que je me trouve.

— Tu es très élégant.

— Je sais.

Nous échangeons un sourire. Ce n'est pas de la prétention. C'est de la confiance en soi, et c'est si rare de l'avoir de nos jours. Je suis fier de me sentir beau, attirant. Mon physique est loin de déplaire.

— Tu vas faire tourner sa tête.

— Ce n'est pas le but.

— Un peu quand même. Ce n'est pas une relation

amicale que tu veux construire avec lui, si j'ai bien compris…

— Je ne sais pas quel genre de relation je peux espérer avec lui et… je ne suis pas dans l'optique de le séduire. Je veux juste me sentir bien, à l'aise avec mon corps.

Sam acquiesce d'un mouvement de tête et s'approche, remettant mon col bien droit.

— Quoi qu'il en soit, tu es irrésistible.

— Je t'ai déjà dit que je n'accepterais jamais tes avances, arrête d'insister.

Il frappe l'arrière de mon crâne et je grimace en quittant la chambre avec lui.

— Surtout, tu fais attention.

— Je te promets.

— Et tu me préviens si tu décides de ne pas rentrer.

— Ça n'ira pas jusque-là, je le rassure en enfilant mes chaussures.

Je me redresse et embrasse sa joue, lui ne me lâche pas du regard. La lueur inquiète qui le traverse ne me plaît pas, mais je sais qu'il finira par réaliser que je ne risque rien.

— Passe une bonne soirée.

— Toi aussi, je lui lance avec un clin d'œil.

Sam a reçu un texto de son nouvel amant après le déjeuner où il lui informait finalement être libre ce soir. J'ai cru voir des papillons voler autour de la tête de mon meilleur ami et j'ai trouvé ça tellement mignon.

Ça me donne de l'espoir parce que, peut-être, j'aurais le droit de connaître ça moi aussi. Un jour. Un jour où j'arrêterais de me mettre dans des relations qui ont peu de chance d'aboutir.

17 | BASTIEN

Vendredi 7 juin

« *What do you wanna feel?
Let's just enjoy the thrill* »[18]

Liam Payne

Cette fois je suis pile à l'heure et lui aussi. Je reconnais sa belle voiture bleue, les phares LED en dents de lion qui me donnent envie de lui piquer pour conduire autre chose que mon vieux tacot. Je me glisse côté passager et j'ignore comment le saluer. C'est lui qui jette un œil vers le pare-brise afin de

---

[18] *Qu'est-ce que tu veux ressentir ? / Apprécions ce frisson de plaisir*

vérifier qu'aucune personne mal attentionnée ne l'ait suivi, et se penche vers moi pour embrasser ma joue.

Ce simple contact électrise tout mon corps, et je me demande si ça lui provoque le même effet. En tout cas, il ne montre rien.

— Bonsoir.

— Bonsoir.

— Où allons-nous alors ?

— Je vais mettre le GPS et tu n'auras qu'à te laisser guider par ma voix.

— J'aime plutôt l'idée.

Eli se met à sourire, le côté gauche de sa bouche se relève beaucoup plus que le côté droit et même cette particularité fait sursauter mon cœur. Je vais devoir me calmer, et vite.

Je détourne le regard, sentant déjà mes joues prendre une couleur trop voyante et lance mon GPS avec l'adresse que j'ai rentrée. À presque trois quarts d'heure de route, j'espère qu'il ne m'en voudra pas de l'amener aussi loin. Je tiens juste à respecter ce que nous nous sommes dit. Réduire au minimum le risque qu'on le reconnaisse.

Eli s'engage après avoir mis une playlist sur son téléphone. Des chansons qui sont passées à la radio la dernière fois, et sur lesquelles nous avons chanté. Je ne suis pas le seul à avoir adoré ce moment.

C'est la musique qui berce une fois de plus notre trajet. Eli ne parle pas en conduisant, il se concentre sur la route devant lui et ne s'éparpille pas, ce que j'apprécie. Sam lui, est fou furieux. Il ne s'arrête jamais de discuter au volant, même s'il ne nous met pas en danger.

Arrivés à destination, Eli observe le bâtiment éclairé qui se dresse devant nous et va bercer notre nuit. L'idée de boire et de danser ne m'enchantait pas particulièrement, mais faire ça avec Eli, c'est une autre histoire.

— Je ne pensais pas venir dans ce genre d'endroits un jour.

— Comme je te l'ai dit par message, c'est pas si génial. Mais avec quelqu'un que l'on apprécie, ça peut devenir sympa.

L'excitation s'insinue lentement en moi. Imaginer passer une partie de la nuit avec Eli me rend fébrile, mais je commence à apprécier l'idée. Nous quittons la voiture et je prends les devants pour payer notre entrée. Les affaires déposées au vestiaire, ticket en sécurité dans ma poche, nous gagnons le bar où nous commandons notre premier verre — qui coûte la peau du cul au passage.

La musique est forte, les basses vibrent dans les enceintes disposées un peu partout, mais nous parvenons tout de même à nous entendre, en haussant le ton.

— On trinque ? je lui demande en me penchant vers lui, une fois nos boissons servies.

Je tente de faire abstraction de notre proximité, de mon cœur qui cogne dans ma poitrine comme si j'avais oublié son existence. Eli cesse de regarder les corps qui se meuvent non loin de nous pour acquiescer et trinquer, son sourire de nouveau sur ses lèvres.

— À notre début d'amitié.

— À une vie où tu découvres à nouveau ce qu'est l'anonymat.

Il lâche un rire étouffé par le bruit et se penche à son tour vers mon oreille.

— Je ne suis pas non plus une star mondialement connue. Je parviens parfois à passer inaperçu.

— Visage découvert ?

— Non.

— Alors profite de pouvoir t'éclater au milieu de pleins de personnes sans que des fans viennent t'embêter, pour une fois !

Je n'ai pas besoin de me reculer pour savoir qu'il sourit lorsqu'il rétorque :

— T'es mal placé pour dire ça, tu es techniquement un fan qui m'embête.

— Enfoiré !

L'insulte part toute seule, même si elle n'en est pas une pour moi. J'ai peur de l'avoir vexé, pire, de l'avoir fâché parce que ça ne se fait pas de lancer ça à une personne que nous venons de rencontrer. Mais quand je me recule, il sourit toujours. J'ai même droit à un clin d'œil qui m'aurait fait tomber par terre si je n'étais pas confortablement assis sur mon tabouret.

Je me tourne vers le bar, avale une gorgée de ma vodka non sans grimacer et j'observe Eli faire la même chose avec son martini. Après avoir bu, ses lèvres se pincent, il passe son pouce sur sa lèvre inférieure pour récupérer une goutte et se lèche le doigt.

OK. La respiration, ça fonctionne comment déjà ?
— Quoi ?

Eli me surprend à le fixer, ses yeux se plongent dans les miens. Je crois que c'est à ce moment précis que je vois pour de vrai l'homme qu'il est. Pas le chanteur que j'ai toujours dans un coin de la tête, celui qui provoque des vibrations dans mon corps avec sa voix, ses chansons. Comme nous nous l'étions dit, c'est Eli que je découvre un peu plus.

Avec seulement ses prunelles qui transpercent les miennes.

— Tu veux danser ? je me surprends à lui proposer au bout d'un silence interminable.

Eli hésite un instant puis, après une nouvelle gorgée, il attrape ma main et m'entraîne au milieu des gens déjà trop éméchés. La musique n'est pas faite pour danser correctement, c'est surtout beaucoup de bruits sur lequel nous pouvons sauter et c'est ce qu'Eli se met à faire.

Il est le premier de nous deux à se lâcher, à chanter même si je ne vois que ses lèvres bouger. Il s'éclate parce qu'il sait que personne ne risque de le remarquer. Que personne ne va l'afficher sur les réseaux sociaux sous prétexte qu'il devient connu autour de chez nous. Moi aussi, j'oublie ça et je le laisse m'entraîner.

J'ai mal aux pieds à force de sauter, mal à la gorge à force de crier sur des chansons dont tout le monde connaît les paroles. Je crève de chaud, j'ai soif et besoin de m'asseoir. Je quitte la piste avant Eli pour commander à nouveau, et l'observe depuis le tabouret.

Est-ce qu'il y a un moment où il compte s'arrêter pour reprendre sa respiration ? Je souris comme un pauvre idiot, buvant gorgée après gorgée, incapable de détourner le regard. Il attire mon attention, la capture. Eli est un homme hypnotique, dans son pantacourt moulant ses cuisses, ses fesses.

Il finit par se rappeler que j'existe et fend la foule, le souffle court, ses cheveux en bataille, son visage couvert d'une fine pellicule de sueur. Il ne devrait pas être attirant et pourtant, il l'est.

— Ça va ? cri-t-il par-dessus la musique.

— Ouais, je ne demande pas pour toi ! je lui réponds, amusé.

— Je n'ai jamais autant dansé de ma vie, c'est beaucoup trop bien !

Je rigole, heureux que mon idée de sortie lui plaise finalement.

— Tu n'as pas oublié le deal ?

— Le deal.

Il boit son verre en une grande gorgée, ferme les yeux trois secondes, le temps que sa tête cesse de tourner.

— Ce deuxième rendez-vous était en échange d'une info exclusive sur ton album à venir, je lance d'un air taquin.

Ses sourcils se froncent, ses yeux naviguent partout sur mon visage avant de trouver les miens.

— T'es sérieux ?

— Très.

— Je pensais que c'était une excuse pour passer du temps avec moi. Je pensais que tu allais oublier cette histoire d'info parce que nous avions dit que le chanteur et le fan ne comptaient pas passer au-dessus des deux hommes que nous sommes avant tout.

Merde. Je me sens bête, voire carrément con. Eli est descendu de son petit nuage, son air est on ne peut plus sérieux et les deux boissons qu'il a ingurgitées ne semblent avoir aucun effet sur ses mots. Je fuis son regard, gêné qu'il n'ait pas compris que je voulais uniquement l'embêter.

— Excuse-moi, je ne voulais pas te donner cette impression.

— Pourtant tu reviens avec cette histoire d'info.

— C'est ma curiosité qui parle, je suis désolé. Oublie ça, c'est vraiment toi que je veux apprendre à connaître.

Il se méfie. Sans ouvrir la bouche, il parvient à me faire comprendre que mon attitude ne lui plaît pas et j'aimerais partir loin d'ici pour me cacher dans un trou de souris.

— S'il te plaît, crois-moi. J'ai… ma meilleure amie est fan de toi. Voir encore plus que moi et pourtant, je ne lui ai rien dit sur nous deux parce que je ne veux pas qu'elle se dise : « Tu vois notre chanteur favori ». Je veux lui parler de toi comme un garçon normal.

— Cette histoire est censée me prouver quelque chose ?

Là, il devient blessant. Mais tout est de ma faute. Une boule se forme dans ma gorge, je n'entends presque plus la musique, les rires, les cris autour de nous. Tout ce que je vois c'est Eli déçu et la colère qui émane de lui.

— Je vais… Je vais prendre l'air.

Il ne me retient pas, et je le comprends. Je dois lui laisser un peu d'espace pour que sa colère descende et moi, j'ai besoin d'une cigarette. Ou de deux.

Je frissonne légèrement quand je retrouve la fraîcheur du soir, remerciant silencieusement le club d'avoir aménagé un coin fumeurs en extérieur. Je me mets loin de la porte d'entrée, allume ma cigarette et m'appuie contre le mur derrière mon dos, observant les cendres apparaître. J'ai merdé, et je ne sais pas comment me rattraper.

18 | Eli

Samedi 8 juin

« *Yelling to you over music
It Isn't the way I wanna do this* »[19]

Liam Payne

J'y suis peut-être allé un peu fort. J'ai peut-être haussé le ton un peu trop vite. Peut-être aussi que je ne tiens pas si bien l'alcool que je le pensais. Il est parti dehors et pourtant, j'ai l'impression qu'il est à des centaines de kilomètres de moi.

Putain, je commence à dire de la merde.

---

[19]*Par-dessus la musique je hausse la voix / Je ne veux pas faire ça comme ça*

Je frotte mes tempes, demande au barman si c'est possible d'avoir un verre d'eau, l'enfile d'une traite et en prends un second. Ça ne suffira pas à remettre mes pensées à leur place, mais ça va calmer le jeu.

J'ignore si je dois partir à sa recherche ou attendre qu'il revienne. J'ai vu dans ses yeux que je l'avais blessé et j'ai également compris qu'il était sincère. Que cette blague de l'info exclusive était juste, eh bien… une blague. Rien d'autre.

Ça me tient tellement à cœur d'être un garçon normal avec lui qu'un simple mot dit de travers peut m'irriter. Je sais que j'ai le sang chaud et que je peux partir au quart de tour pour rien. Mais Bastien est loin de l'avoir mérité.

Je finis par prendre mes couilles en main et quitte à mon tour l'ambiance électrique du club. Passer de l'agitation au silence ne me fait plus rien, mes oreilles y sont habituées, en revanche, la légère brise me provoque de longs frissons. Le coin fumeurs n'est pas des plus grands et j'y découvre Bastien, cigarette allumée entre les doigts.

— Hey.

Il relève la tête d'un coup au son de ma voix, jette un œil autour de nous, mais à part un couple qui s'embrasse plus loin et un mec torché assit contre le mur, il n'y a personne de lucide pour nous observer. Ce n'est pas censé être accessible seulement aux fumeurs ?

— Je voulais juste fumer, j'allais revenir, me rassure-t-il.

Il semble un peu penaud, comme si c'était à lui de

s'excuser.

— Je sais, mais moi je n'avais pas envie de rester seul à l'intérieur après les conneries que je t'ai dites.

Ses sourcils se froncent sous la surprise, il écrase le mégot contre le mur avant de sortir de sa poche un mini cendrier.

— Pourquoi tu dis ça ? C'est moi le con dans l'histoire.

— Personne n'est con. J'ai eu peur et j'ai été méchant pour me défendre. C'est tout. Si un de nous deux doit présenter des excuses, c'est moi, et je le fais. Excuse-moi, Bastien.

La situation s'inverse et je remarque à ses traits qu'il est perdu. Je m'approche d'un pas, puis d'un second. Je tente le tout pour le tout. Ma main se pose délicatement sur sa joue, l'angoisse pointant le bout de son nez à l'idée qu'il puisse me repousser. Je choisis la proximité afin de mettre encore plus de sincérité dans mes paroles. Ses paupières s'abaissent une demi-seconde, avant de s'ouvrir. Sa peau se couvre de frissons.

— Je veux un nouveau deal, je lui avoue dans un murmure.

— Je t'écoute.

— Ça peut te paraître étrange et déplacé, mais je commence réellement à apprécier ce que je découvre de toi, de ta personnalité. J'aime ta compagnie et je ne veux pas que ma carrière vienne tout gâcher alors… Si tu es d'accord, on ne parle plus de ça. Oublie que je suis un chanteur, pour de vrai. En ma présence, ne mentionne plus quoi que ce soit en rapport avec mes chansons, et je ne mentionnerais pas ton rôle de fan. Cette réalité-là devient interdite, au moins pour nos débuts. Je veux que nous construisions la nôtre.

Ma main sur sa peau tremble légèrement. Il ne m'a pas lâché du regard, je lis dans ses prunelles des centaines de choses sans parvenir à les décrypter. Finalement, après un temps qui me semble durer une éternité, j'ai le droit à un hochement de tête, et un sourire. Le combo parfait.

— Deal.

— Deal.

Le moment devient gênant lorsque le silence s'installe. Je n'ai pas bougé, toujours à quelques centimètres de son visage et son souffle qui chatouille mes lèvres ne me donne en aucun cas envie de me reculer.

— On y retourne ? Notre soirée ne fait que commencer.

C'est lui qui brise ce moment d'intimité et je suis loin de lui en vouloir. Il est sans doute le garçon le plus posé de nous deux.

— On y retourne. Je n'ai pas assez dansé.

Son sourire est sincère, son bras passe autour du mien et nous rentrons là où la musique emplit nos oreilles. C'est mon quotidien et pourtant, je ne m'en lasse jamais.

♫♫♫

— Je crois que je vais avoir des courbatures demain.

— Et un mal de crâne.

— Et mal aux oreilles.

Nous rions tous les deux, bien amochés par l'alcool. Il doit être proche des quatre heures du matin et je suis tout bonnement incapable de reprendre la voiture dans un tel état.

— Il doit y avoir un hôtel pas loin. On peut tenter d'y aller à pied ?

J'imagine difficilement nos deux corps trop fatigués marcher pendant plus de cinq minutes sans nous rétamer sur le bitume. Je secoue la tête et me bats avec la poche arrière de mon jean pour en sortir mon téléphone.

Je le montre à Bastien.

— Taxi.

— C'est plus raisonnable.

Il avale d'une traite son énième verre et se lève pour se presser contre moi. Depuis une heure, Bastien devient entreprenant. Du genre très entreprenant. Et je parviens mal à me contrôler, surtout lorsque ses bras passent autour de ma taille et que son visage échoue contre mon cou.

Ce simple geste rend mon boxer serré et je m'en veux autant que je suis incapable de le repousser. Je ne me souviens plus de la dernière fois où un homme m'a touché, où je me suis abandonné dans un plaisir brut et charnel. Et je ne peux pas mentir, et dire que

Bastien est loin d'être un garçon attirant. C'est tout le contraire, c'est un bel homme qui me met clairement dans tous mes états.

Je compose le numéro d'une compagnie de taxi trouvé sur Internet et indique l'adresse du club. Je raccroche en informant Bastien qu'il sera là dans une petite demi-heure.

Il relève la tête, son haleine alcoolisée et ses yeux qui peinent à rester ouverts me confirme qu'il est vraiment temps que nous allions nous reposer.

— Cool ! On peut dormir ensemble !

— Non, on va prendre une chambre avec deux lits simples.

Une moue traverse son visage puis il se remet à sourire.

— Si ça se trouve, il n'y aura pas de lit simple…

— Alors on prendra deux chambres. J'ai encore une once de lucidité.

— Alors prends encore un verre et on avisera…

Bastien est complètement bourré et ça me fait rire. Est-ce qu'il aurait pu être autant rentre-dedans sans tous ces verres ? Je n'en suis pas sûr. En tout cas, maintenant, je dois continuer à le canaliser si je ne veux pas lire des regrets sur son visage demain matin.

— On peut aller danser, mais l'alcool s'est terminé !

Bastien roule des yeux, visiblement mécontent, et tourne les talons pour se diriger vers un second comptoir à l'autre bout de la pièce. Ah non, je ne crois pas ! Je me lève rapidement de mon tabouret et je le regrette dans la seconde. Ma tête se met à tourner, je dois m'accrocher pour ne pas m'écrouler. Il me faut un temps avant de me reprendre et une fois prêt, je traverse la foule qui n'a pas diminué afin de retrouver Bastien.

Et pour le trouver, je le trouve. Collé à un mec sorti de je ne sais où, il minaude dans l'espoir de gratter un verre. Je dois arrêter tout ça, et cette vision qui me dérange, me fait serrer les poings, aide l'alcool à descendre pour m'offrir encore plus de lucidité.

— Bastien !

Il entend très bien ma voix, mais continuer de glisser ses doigts sur le crâne rasé de ce mec qui fait deux fois ma taille et ma carrure, et qui semble vraiment intéressé par mon ami. Hors de question, putain !

— Bastien tu viens avec moi, je parle plus fort pour couvrir la musique et m'approche en attrapant son poignet.

Le chauve fronce les sourcils et me dit de le laisser tranquille. Complètement malade lui !

— Bastien merde !

— Laisse-moi m'amuser !

— Non, on va à l'hôtel !

— Il n'a pas envie de te suivre alors lâche-le.

Le type se lève, passe un bras autour des hanches de Bastien qui sourit comme un pauvre idiot. Je soupire, bloqué.

— S'il te plaît, tu vas le regretter demain, je tente d'un ton plus doux.

J'essaie de capter son regard, de lui faire entendre raison. Il m'ignore royalement et pose ses lèvres sur la mâchoire du mec. Comme ça, sans aucune pensée pour moi qui doit supporter cette vision qui tord mon estomac. Comment est-ce que cette soirée a pu tourner ainsi ? On s'amusait bien. Enfin, je m'amusais bien.

— Ça va, arrête avec cette tête d'enterrement, je rigole !

Mon ami se sépare du grand baraqué pour s'échouer dans mes bras. Je profite de ce moment de faiblesse pour le prendre contre moi et l'emmener loin de ce club dans lequel, il est certain, je ne remettrais pas les pieds.

— J'suis fatigué, il marmonne contre moi.

Je caresse ses cheveux et laisse tomber nos affaires, que j'ai récupérées au vestiaire, sur le sol. Je guette le taxi en priant pour qu'il arrive rapidement et que Bastien s'endorme dans des draps chauds. Il a besoin de repos maintenant, et d'arrêter d'agir n'importe comment. Je lâche un faible soupir, l'observe alors qu'il ferme les yeux, sa tête appuyée contre mon épaule. Il est tellement différent de tous ceux que j'ai connus avant. Il me fait tout ressentir plus vite, plus fort, et j'ignore encore comment encaisser tout ça.

Une dizaine de minutes plus tard, la voiture se gare à nos pieds. J'aide mon ami à grimper à l'intérieur, indique au chauffeur de nous déposer à l'hôtel le plus proche. Bastien ne se détache pas une seule seconde de moi.

Pas même lorsque je paye la course, lorsque je demande une chambre et que l'ascenseur nous y emmène. Il semble se réveiller quand nous passons le pas de la porte et qu'il découvre avec déception que j'ai bien réussi à avoir deux lits simples.

— T'es pas drôle.

Je garde le silence. Je ferme à clef derrière nous et l'aide à s'asseoir sur son lit.

— Tu vas arriver à te coucher ?

— Je suis pas certain de savoir comment on enlève des vêtements.

— Alors tu vas dormir avec.

Bastien fait la moue et même si je le trouve mignon, je ne compte pas le déshabiller. C'est trop risqué. Je soulève la couette et retire simplement ses chaussures avant de l'aider à s'allonger. Je passe une main entre ses boucles et embrasse sa tempe. Quand je vais pour me redresser, il glisse un bras autour de mon cou pour me retenir. Je souris et murmure à son oreille.

— Tu ne boiras plus jamais d'alcool en ma compagnie.

Je parviens à me dégager de son emprise et rejoins mon propre lit. Je me couche en simple boxer et éteins la lumière. Il se met à ronfler au moment où je ferme les yeux. Drôle de soirée.

19 | BASTIEN

Samedi 8 juin

« *I hope I haven't said too much*
Guess I always push my luck when I'm with you »[20]

Zayn Malik

— Éteins la lumière bordel, je marmonne à moitié réveillé, tirant sur la couette pour couvrir ma tête exposée beaucoup trop tôt aux rayons du soleil.

Attendez… Personne ne peut éteindre la lumière si c'est le soleil. Putain, j'ai mal au crâne !

Je me tourne dans mon lit et patiente pour que

---

[20]*J'espère ne pas en avoir trop dit / Je suppose que je suis chanceux quand je suis avec toi*

Sam vienne à ma rescousse. J'entends du bruit près de moi, le matelas qui s'affaisse sur le côté et une voix. Sauf que ce n'est pas celle de mon meilleur ami.

— Salut.

Eli. Je cesse de gigoter, caché sous la couette.

Eli ? Pourquoi Eli ? La soirée d'hier est floue, je dois faire un effort surhumain pour que les souvenirs reviennent et me frappent de plein fouet. J'ai bu. Un peu trop. J'ai fait n'importe quoi. J'ai… J'ai été proche Eli !

— Tu n'es pas obligé de te cacher hm, tu es encore tout habillé.

Effectivement, je sens tous mes vêtements qui collent à ma peau. Cette constatation apaise les battements de mon cœur pour une seconde avant de reprendre de plus belle. Imbécile, il ne va pas te manger.

Avec précaution, je baisse peu à peu ce qui me couvrait pour tomber sur mon nouvel ami. Lui semble frais, il vient de prendre une douche. Il a revêtu ses habits de la veille et l'odeur du shampoing chatouille mes narines. Même les cheveux mouillés, ça lui va bien.

— Euh… Salut…

Je me redresse dans le lit et sens une mauvaise odeur émaner de moi. Mes aisselles ou mon haleine, aucune idée, mais si je reste une seconde de plus ici, je vais mourir de honte.

— Tu peux aller te laver si tu veux. Je vais commander un petit-déjeuner servi en chambre.

J'acquiesce, il me sourit et se lève pour décrocher le téléphone de l'hôtel. J'en profite pour sauter hors du lit et rejoindre la salle de bain, mais ma tête n'est pas d'accord et me lance pour me rappeler d'y aller doucement. Je grogne contre moi-même et m'empresse d'envoyer valser mes vêtements puant l'alcool.

Bon sang, je prie pour ne pas avoir vomi devant lui.

L'eau brûlante m'endort plus qu'elle ne me réveille, je tourne le mitigeur pour que le froid martèle ma peau. Une fois propre, j'attrape une serviette pour essuyer mon corps. Je n'ai pas vraiment envie de remettre ma chemise puant la sueur et en même temps, je n'ai pas d'habits de rechange. Et hors de question que je me balade torse nu devant Eli. Je finis par chercher de quoi m'habiller avant de trouver un peignoir planqué par chance dans un tiroir.

Dans quel genre d'hôtel j'ai atterri ? Hier soir, j'étais beaucoup trop fatigué pour y faire attention, mais maintenant, je me rends compte qu'Eli a dû se ruiner.

Quand je reviens dans la chambre, il est installé sur ce qui semble être le lit où il a dormi avec un plateau rempli de viennoiseries et de café. Mon paradis !

Il me tend un verre d'eau et un cachet d'aspirine sorti de je ne sais où quand je m'assois de l'autre côté du plateau. Je le remercie et l'avale en espérant qu'il réussira à faire effet le plus vite possible.

Aucun de nous deux n'ose parler en premier. Moi je suis mort de honte au fur et à mesure que les événements de la veille me reviennent en mémoire. Je ne bois jamais au point de me lâcher complètement et l'avoir fait devant Eli alors que ce n'est que notre second rendez-vous… Quel idiot !

— On a fini ici alors… je commence en me cachant derrière ma tasse de café.

Comment lancer une conversation sans paraître pour un imbécile qui se mord les doigts à cause de son comportement ?

Le côté droit de sa lèvre supérieure se lève, il mange un bout de sa chocolatine. Bien sûr Eli, prend ton temps.

— Aucun de nous deux n'était en état de conduire, j'ai appelé un taxi et j'ai demandé l'hôtel le plus proche. Avec deux lits simples, parce que tu voulais absolument un double.

Bordel, je me souviens de ce moment, de mon insistance. Un rire amusé lui échappe, sans doute à cause de l'expression de mon visage qui doit osciller entre une grimace et… une grimace.

— Tu te rappelles de la soirée ?

— Malheureusement…

— Pas besoin de te parler du moment où tu es devenu tactile alors ? Ou celui où tu es parti bouder parce que je ne voulais plus que tu boives ? Ou encore la fin de soirée quand tu t'es retrouvé dans les bras d'un mec trois fois plus baraqué que moi qui voulais m'éclater parce que je te touchais ?

— Oh bordel, je veux mourir !

Je ramène mes genoux contre mon torse et cache mon visage avec. Plus jamais je n'oserais le regarder.

Lui, il rigole. Il se marre et j'entends les draps se froisser avant que ses doigts ne glissent entre mes mèches humides. Ma colonne est parcourue d'un long frison qui m'oblige à relever la tête.

— Je me suis amusé, maintenant que tout ça est derrière nous, c'était très drôle. Mais je t'avoue que sur le moment, quand le mec avec qui tu étais a cru que je n'étais qu'un emmerdeur… J'ai pensé que je n'allais pas pouvoir te récupérer.

— Heureusement que tu l'as fait. Et, hm, je suis désolé d'avoir été tactile.

Il m'offre un sourire et je dois sans doute rougir une fois de plus. J'ai été proche de lui physiquement et voilà que tout est brouillé, m'empêchant de m'en souvenir à la perfection. Bravo Bastien, tu ne pouvais pas être plus imbécile !

— Il est quelle heure ? demandé-je soudainement.

— Bientôt quatorze heures.

— Si tard ?

Je cherche après mon téléphone. Sam doit s'inquiéter ou pire, il doit penser que j'ai passé la nuit avec Eli. Techniquement oui, mais non.

C'est Eli qui me fait remarquer qu'il est sur ma table de chevet, je le remercie et jette un œil à mes messages. Rien venant de Sam. Juste un d'Isa me demandant des nouvelles, c'est tout. Je lui répondrais plus tard.

Je le verrouille et le pose sur le lit avant de passer mes mains sur mon visage. Eli m'observe, je sens la chaleur de son regard et ça me perturbe, autant que ça me plaît. Avec cette nuit, il doit porter un jugement différent sur moi. Si je l'avais embrassé, ou si je l'avais… chauffé. Est-ce qu'il aurait aimé ça ?

Je croise ses yeux bleus et je mordille ma lèvre inférieure. Non, ce n'est pas le moment d'avoir de telles pensées.

— Maintenant que nous avons bien décuvé, on va pouvoir retourner au club prendre ma voiture et je te déposerais à la gare.

— Ouais, on ferait mieux de rentrer. Mon meilleur ami va me tuer, je ne lui ai même pas donné de nouvelles.

— Tu n'étais pas dans ton état normal…

Il ne va jamais me lâcher. Je tente alors, en faisant ressortir ma lèvre inférieure.

— On peut oublier cette soirée et ne plus jamais en parler ?

— Non, je ne suis pas d'accord. J'ai bien aimé le Bastien bourré avant que tu dérapes.

— Le Bastien sobre est beaucoup plus cool.

— À voir.

Eli quitte le lit après avoir terminé sa viennoiserie.

— Va t'habiller, tu ne vas pas sortir en peignoir.

Je me souviens de mon accoutrement et grimace. En remettant ma chemise, je vais vraiment le faire fuir. Je n'ai plus aucun doute là-dessus.

— Allez.

— Oui c'est bon.

Je râle et ça le fait rire. Je retourne dans la salle de bain et quitte la douceur du vêtement de l'hôtel pour enfiler les miens. Quand je reviens de la chambre, Eli ne fait aucune remarque et je lui en suis reconnaissant.

Nous quittons la chambre et appelons un taxi pour rejoindre le parking du club. Cette fois, c'est moi qui paye le chauffeur même si ce n'est pas assez comparé à ce qu'il a dépensé et nous retrouvons son bijou qui n'a, par chance, aucune égratignure. Personne ne s'en est approché.

Même si mon mal de tête a diminué, il n'a pas disparu et je demande à Eli si nous pouvons laisser la musique sur un volume bas pour une fois. Il acquiesce sans parler et ce simple geste envers moi me fait du bien. Il est loin d'être con ou égoïste.

— Tu t'excuseras auprès de ton meilleur ami, tu lui diras que je n'avais pas prévu de te kidnapper pour la nuit.

— Il va penser le contraire, je vais juste m'excuser et passer à autre chose.

— D'accord.

Il n'ouvre plus la bouche pour le reste du trajet et moi, sans même m'en rendre compte, je termine ma nuit sur son siège passer, complètement détendu par sa présence.

J'ai l'impression d'avoir fermé les yeux cinq minutes et la déception qui s'empare de moi quand je tombe sur la gare de Bordeaux me fait redescendre sur terre.

— Nous sommes arrivés…

— Je vois ça, je murmure sans cacher ma peine.

Je frotte mes yeux, me détache et me redresse. Je

n'ai pas envie de quitter cette voiture ou plutôt de le quitter lui. Plus je partage des moments en sa compagnie, plus je désire en connaître d'autres. Je n'en ai clairement pas assez. Est-il dans le même cas ?

Sa main s'approche et attrape la mienne. Je porte mon attention sur lui, nous souris tous les deux et une chaleur s'installe lentement au creux de mon ventre. J'aime son contact. Sa peau.

Je dois y aller, avant de me ridiculiser un peu plus. Je pense que j'ai assez donné cette nuit, je vais lui laisser de l'espace le temps qu'il efface de sa mémoire les conneries que j'ai pu dire ou faire.

Je me penche quand même, sans un mot et pose pour la première fois mes lèvres sur sa joue. Pas aussi longtemps que je l'aurais aimé, mais déjà trop.

— Bonne journée.

— À toi aussi.

Après un dernier regard, je quitte l'habitacle et jette de nouveau un œil à mon téléphone. La voiture redémarre dans mon dos et mon cœur se brise à la lecture d'un message.

Louis : C'est terminé. Ne me contacte plus, supprime mon numéro.

20 | BASTIEN

Dimanche 9 juin

« *When you give so much
And it's not enough* »[21]

Louis Tomlinson

Louis : C'est terminé. Ne me contacte plus, supprime mon numéro.

Depuis hier midi, je ressemble à une vraie loque. Une merde. La désagréable impression d'être coincé

---

[21] *Quand tu donnes autant / Et ce n'est pas suffisant*

dans un étau qui se resserre de plus en plus, si bien que les larmes ne viennent plus, et ne viendront plus avant les quatre prochaines années au moins.

Le pire, c'est que j'ignore pourquoi je me mets dans un tel état. Surtout pour un homme qui, je le savais, finirait par réaliser tôt ou tard que son mariage valait plus qu'une simple liaison. J'avais conscience de n'être qu'un amusement pour lui. Certes, je n'éprouvais pas de réels sentiments, mais j'étais attaché à lui et me faire jeter de cette manière me blesse. Louis m'a envoyé balader comme si je n'étais qu'un pantin dénué de sentiments.

Le coup frappé à la porte me provoque un sursaut, je relève la tête de mon oreiller pour découvrir le visage de mon meilleur ami. Son regard est triste, et ses poings serrés. Contradictoire, mais qui illustre son état d'esprit. L'envie de me consoler et d'aller détruire l'homme qui me fait du mal.

Je lui tends la main sans ouvrir la bouche, une demande silencieux à laquelle il accède, venant sous la couverture pour m'amener contre lui. Mon torse se cale contre son dos et j'attrape ses doigts posés sur mon ventre.

— Matt est parti ? je murmure, avec l'impression que si je parle plus fort, ma voix sera trop brisée par les sanglots.

— Ouais.

— J'suis vraiment désolé. Je ne voulais pas gâcher votre week-end et encore moins me montrer si pathétique devant lui.

— Tu n'as pas été pathétique, et il a compris.

Je hausse les épaules, loin d'être convaincu. Rencontrer le meilleur ami de son presque-mec pour la première fois alors qu'il subit une peine de cœur, ce n'est pas l'idéal.

— Maintenant je suis tout à toi. Lâche tout, dis-moi ce qui pèse sur ton cœur.

— C'est le bordel, j'avoue difficilement.

Me yeux se remplissent de larmes alors que, merde, je pensais n'avoir pu assez d'eau dans mon corps pour ça.

— Tu peux mélanger Louis et Eli. Ou parler d'abord de l'un, ensuite de l'autre.

Eli. Je n'ai pas eu une seule pensée vers lui depuis la veille et je m'en veux. Comme si je l'avais occulté, comme si Louis passait avant alors qu'avec notre nuit au club, il est devenu ma priorité. Alors merde, pourquoi je n'arrête pas de pleurer ?

— Quand je te disais de parler, c'était à moi, pas dans ta tête.

— Je ne comprends pas pourquoi j'ai mal alors qu'il ne mérite pas ma tristesse et que je savais très bien que ça allait se finir un jour ou l'autre. Il a toujours été clair. Je n'étais qu'une façon de s'évader de son mariage ennuyeux. Il n'allait pas quitter son mari et je ne comptais pas lui demander de le faire.

— Sauf qu'une routine s'est installée. Et que, même s'il était à l'origine de tous vos rendez-vous, tu aimais recevoir ses messages et ses appels. Tu aimais passer du temps avec lui, peut-être même coucher avec lui parce que vous partagiez un lien.

Mon ventre se tourne, un haut-le-cœur m'oblige à

me lever précipitamment par aller vomir ce que je n'ai pas dans l'estomac. Je ne parlais jamais de Louis avec Sam pour ne pas avoir de reproches. Et voilà qu'il me sort sans faute tout ce que j'ai enfoui au fond de moi ? Ce mec me connaît plus que je ne me connais. C'est flippant.

Mon ami arrive dans mon dos, le caresse d'une demain avant de faire couler un peu d'eau dans un gobelet. Il me le tend et je me rince la bouche avant de cracher dans les toilettes et de me relever.

Mes jambes sont affreusement lourdes et Sam doit m'aider à retourner dans le lit sans que je ne m'écroule de fatigue. La couette remontée sur mon corps, il laisse ses doigts glisser entre mes boucles d'un geste tendre, protecteur. Ce mec est le frère que je n'ai jamais eu.

— Tu n'arrives pas à te le dire, mais c'est mieux comme ça. Tu le comprendras avec un peu de temps.

Je ne réponds pas, mais je l'ai entendu. C'est un mauvais moment à passer, supporter qu'une peine aussi grosse puisse être éprouvée sans que la personne qui en est la cause n'en ressente quoi que ce soit. Il finira par connaître à son tour ce genre de sentiment. Ça s'appelle le karma, et j'y crois vraiment très fort.

# # #

Mon ventre est de nouveau rempli avec un bon

plat de Sam en fin de soirée. Il m'a aidé à sortir de la chambre après quelques heures dans ses bras, m'a fait la discussion pour que je me concentre sur lui et personne d'autre. Je dois avouer qu'il est plutôt doué et alors qu'il est parti se coucher, je me sens un peu plus léger. Je n'ai plus aucune larme à verser et je dois continuer sur ma lancée, penser à autre chose afin de ne pas ruiner tous ses efforts.

C'est pour ça que j'attrape mon téléphone et clique sur ma discussion avec Isa. Je n'ai pas répondu à son SMS d'hier matin et je trouve qu'il est plus que temps pour elle d'être au courant de ce qui se passe dans ma vie en ce moment.

Bastien : Je suis un très mauvais ami, tu peux le dire. Désolé de ne pas t'avoir envoyé un message.

Isa : T'inquiète ! On a tous les deux une vie bien remplie et en plus, on ne peut parler qu'ici. Pas en vrai. Alors je comprends.

Bastien : J'ai tellement de choses à te raconter, et j'ai peur de tes réactions.

Isa : Je suis ton amie et jamais je ne jugerais. Laisse-moi juste aller chercher du pop corn !!!

Bastien : T'es chiante…

Isa : Mais t'es trop accro. Allez !!

Bastien : Je vois Eli.

Je n'arrive pas à réaliser que j'ai tapé et envoyé directement, sans réfléchir, dans un geste automatique. Je la vois écrire, mon cœur s'emballe et menace de m'échapper si mon amie m'adresse une réponse négative.

Isa : C'est à dire ?

Bastien : Depuis quelques jours, je vois Eli. Juste nous deux.

Isa : T'es en train de me dire que tu sors avec le chanteur qu'on adore ? Mais ???? Depuis quand on vit dans une fanfiction !! Tu te tapes ton idole !

Bastien : T'es partie trop loin. Il m'a envoyé un message au moment de mes partiels parce qu'il avait trouvé mon Twitter. Il voulait qu'on se voie et depuis on a eu deux… pas des rencards. Mais voilà. On apprend à se connaître.

Isa : Tu me fais pas une blague tu me promets ?

Bastien : Promis.

Isa : Tant mieux parce que je vais débarquer à Bordeaux vérifier tout ça.

Bastien : C'est compliqué, mais on ne tient pas compte de son statut et du mien. On se voit comme deux jeunes adultes et nous y tenons, alors ça ne sera pas grâce à moi que tu rencontreras Eli le chanteur. Tu le rencontreras en revanche, si ça devient sérieux et si je dois le présenter à mes proches.

Isa : De nous deux, je savais que ce serait toi et ta petite gueule qui nous connecterait au monde de stars. Fière de toi, fils.

Bastien : T'es trop débile.

Bastien : C'est comme ça que je t'aime.

Isa : Plus sérieusement, je suis super heureuse. C'est inattendu, mais c'est comme ça que se créent les plus belles histoires d'amour non ?

Bastien : Nous n'en sommes pas du tout là...

Isa : Tu as intérêt à me tenir au courant ! D'autres choses à me dire ?

Bastien : Oui, beaucoup moins drôle cette fois. Louis m'a largué.

Isa : Quoi ? Comment ça ? Quel fumier bordel.

Bastien : Sam a été là aujourd'hui alors ça va un peu mieux. Je vais juste supprimer son numéro et passer à autre chose, il ne mérite pas que je reste des jours enfermé alors que je n'étais qu'un vide couille.

C'est si facile d'écrire ces mots, beaucoup moins de les penser. À force de le dire, je finirais peut-être par le croire.

Isa : Même pas besoin de faire de grands discours, tu t'en rends compte tout seul (bon avec un peu d'aide de Sam…). J'ai déjà dit que j'étais fière de toi ? Non parce que c'est le cas et tu mérites de loin le meilleur. Pas qu'un connard infidèle te mine le moral.

Bastien : Je sais. Merci Isa.

Isa : À ton service.

Bastien : Et toi alors ? Des trucs intéressants à me raconter ?

Isa : Tu rigoles ? Ma vie est carrément nulle comparée à la tienne, c'est affligeant.

Bastien : Ne dis pas ça.

Isa : Ah non, mais je ne me plains pas. Je me concentre sur le travail et je sors de temps en temps avec mes potes, c'est une vie qui me convient.

Bastien : D'accord, tant mieux alors.

Isa : Ouais. C'est pas que je m'ennuie, mais il se fait tard et je commence tôt demain. Surtout, prends soin de toi, et laisse-toi aller avec Eli. Même si tu ne veux pas prendre ça en considération, en tant que fans on le connaît et je suis certaine qu'il ne pourrait jamais te blesser. Bisous je t'aime.

Bastien : Je t'aime à très vite.

Je repose mon téléphone avec un poids en moins sur ma poitrine, apaisé de n'avoir aucune méfiance du côté d'Isa. Elle me soutient les yeux fermés et même si je n'en tiens pas rigueur à Sam, ça me fait du bien. Seule la dernière phrase qu'elle m'a dite trotte dans ma tête. Elle a tort. C'est plutôt le contraire. Nous, les fans, nous sommes les plus éloignés de la réelle personnalité de nos idoles. Et j'ignore quoi en penser pour l'instant.

21 | Eli

Mercredi 12 juin

« *'Cause you're the only one when it's said and done*
You make me feel like being someone good to you »[22]

Louis Tomlinson

Une des premières raisons pour lesquelles je ne quitterais jamais le sud, c'est ça : le soleil. Les rayons qui brûlent ma peau, mes yeux qui se plissent sous la lumière. Les corps découverts, qui ne demandent qu'à absorber un peu de bonheur. Pour moi, c'est ça son premier effet. Le bonheur. Comment peut-on être de

---

[22]*Car tu es la seule qui compte pour moi / Avec toi j'ai l'impression d'être quelqu'un de bien*

mauvaise humeur quand le ciel est bleu et que l'astre au-dessus de nos têtes brille de toutes ses forces.

Bordel, c'est jouissif.

Et j'en profite, ici à Arcachon. Il y a du monde, nous sommes mercredi alors les parents profitent de l'absence d'école pour amener les enfants afin qu'ils puissent se défouler dans l'eau et sur le sable.

J'ai réussi à trouver un coin tranquille, beaucoup plus proche du ponton côté ville que la mer. Mais ça me convient. Lunettes de soleil sur le nez, corps couvert d'un simple maillot de bain rouge et de crème solaire à indice élevé pour ne pas chopper de cancer, je suis aux paradis.

Je compte bien aller profiter de l'eau salée plus tard, quand la plage se videra et que ma peau sera trop rougie.

— Excuse-moi ?

Je perçois une voix proche de moi, mais ignore si l'interpellation m'est destinée, je continue de faire semblant de dormir.

— Hey… ?

L'intéressé ne m'appelle pas par mon prénom, j'ai un doute pendant un instant avant de cesser de faire le mort. Je me redresse lentement et relève mes lunettes sur le haut de mon crâne.

Je découvre un grand brun qui m'enlève les bienfaits du soleil, un mini short cachant ses parties et le corps beaucoup trop musclé pour que je trouve ça attirant. Il m'offre un sourire Colgate et quand, plus loin, j'entends des garçons et des filles glousser, je comprends qu'il ne s'agit pas d'un fan.

— Salut ? Je peux t'aider ?

— Je t'ai vu depuis que tu es arrivé sur la plage et je demandais si tu accepterais de prendre un verre ce soir.

— C'est gentil, mais j'habite à Bordeaux, je ne vais pas repartir trop tard.

Son sourire s'affaisse un peu, mais mon petit non ne le décourage pas. Au contraire, il persévère en venant s'installer à côté de moi sans mon autorisation. Génial, il faut que je me tape un lourd le seul jour que je m'accorde pour me prélasser sans penser au boulot.

— T'habites à Bordeaux alors ?

— Effectivement, je viens de te le dire. Désolé, mais je ne suis vraiment pas intéressé.

— Pas attiré par les hommes ? Je peux te faire changer d'avis.

Sa main se pose sur ma cuisse et mon sang se glace. Il me faut quelques secondes pour me reculer en me levant précipitamment.

— Je ne t'ai pas invité à t'asseoir et encore moins à me toucher.

— On est où là, si les mecs se mettent à faire les allumeurs comme les meufs ?

Son ton agressif me laisse sans voix. Allumeur ? Je bronze sur la plage ! Il ne m'en faut pas plus comprendre que j'ai affaire à un gros mâle viril type homme des cavernes.

— Tu te crois où ? Parce que je suis sur une plage en maillot, tu penses que ça te donne le droit de me toucher ? Tes mains tu les fous ailleurs que sur moi et tu retournes voir les dindons qui gloussent derrière toi avant que je t'en mette une ! T'as compris ?

Peut-être que je n'ai pas la carrure qu'il faut, mais je suis le premier à lever les poings si on s'en prend à moi. Je n'ai pas peur de ce porc, qu'il essaie de me toucher sans mon accord et il verra.

Cette fois, son sourire se volatilise et il finit par faire demi-tour sans un mot de plus. Ce mec n'est pas si abruti que ça au final. Je lâche un soupir, remets mes lunettes correctement et attrape mes affaires. Il m'a coupé l'envie de rester ici. L'idée qu'il soit en train de m'observer depuis plus d'une heure me répugne.

Tant pis pour la mer, j'irais plonger un autre jour.

J'enfile mon short enfin sur le bitume et marche dans les rues pour retrouver ma voiture. Installé derrière le volant, j'attrape mon téléphone, les doigts tremblants, et envoie un message à Bastien.

Depuis notre fin de soirée, nous avons discuté une seule fois et encore, c'était pour échanger des banalités. Là, j'ai besoin de parler avec lui pour de vrai.

Eli : Salut. On peut se voir ? Chez toi, chez moi, peu importe. Mais dans un endroit où on pourra se poser. S'il te plaît.

Sa réponse ne tarde pas, j'allume le moteur et l'ouvre en lâchant un faible soupir.

Bastien : Chez toi, si tu veux. Tout va bien ?

Eli : Oui. Je suis là dans deux heures, attends-moi à la gare. Merci.

Je lance mon téléphone sur le siège passager et démarre en trombe.

♫♫♫

Comme prévu, deux heures plus tard je m'arrête devant la gare, où Bastien m'attend déjà. Je commence à ne plus apprécier cette idée de se retrouver à chaque fois dans ma voiture, je dois trouver une autre solution. Il n'est pas quelqu'un que je vois en cachette. Enfin, si. Mais non. Je n'ai pas honte de lui.

Pourtant lui, il me sourit. Comme si ça lui importait peu.

— Merci d'avoir répondu à mon message.

— Simple curiosité. J'ai juste envie de découvrir ta maison.

Il parvient à me faire rire et je l'embrasse sur la joue pour le remercier. Contrairement à dimanche, et même si je rejoins mon appartement en un quart d'heure, je mets la musique à fond. Mon véritable remède. Bastien chante avec moi, sa voix déraille et nous finissons en fou rire dans le parking souterrain de ma résidence.

— OK, je ne suis pas prêt de devenir un grand chanteur.

— Crois en tes rêves, un peu d'entraînement et tu y arriveras.

Bastien secoue la tête, un sourire amusé sur les lèvres et me fait signe d'avancer jusqu'à l'ascenseur, ce que je fais. Nous regagnons bien vite l'appartement et une fois à l'intérieur, Bastien se met à tout observer.

— Quoi ? Tu t'attendais à plus grand ?

— Non. À un endroit plus personnalisé. C'est un peu vide.

Je hausse les épaules, suivant le même trajet que lui. Il n'y a pas de photo de mes proches un peu partout ni d'objets personnels. J'aime que tout soit rangé et ça donne un léger aspect… froid, à ma maison. La seule chose que je m'autorise, uniquement parce que la flemme m'envahit, c'est laisser traîner mes vêtements un peu trop longtemps.

— Tu veux boire quelque chose ? je lui propose, déjà dans la cuisine.

Il ne me répond pas tout de suite, je surprends d'abord son regard sur ma guitare avant qu'il ne relève la tête.

— Un coca, ou de l'eau s'il te plaît.

Je remplis deux verres de coca et lui fais signe de s'installer dans le salon. La gêne me guette, j'ignore comment agir avec lui dans mon environnement, mais par chance, c'est lui qui prend les devants lorsque je prends place à ses côtés.

— Tu m'expliques pourquoi tu as voulu me voir si

soudainement ?

— Il faut une raison ?

Pas besoin de réponse, je lis dans ses yeux. Il ne me croit pas et je me sens idiot. Comment lui parler de ce qui s'est passé sans paraître pour un fou coincé ? Parce que peut-être qu'il va penser que j'ai exagéré, que j'aurais dû être plus tempéré. Après tout, une main posée sur un bout de peau, ce n'est rien. J'avale une gorgée de ma boisson et n'attends plus avant de me lancer :

— Je suis parti profiter de la plage à Arcachon. J'étais tranquille, personne ne m'avait reconnu. Jusqu'à ce qu'un mec débarque et me propose un verre. J'ai refusé, mais il s'est quand même installé à côté de moi. Il m'a dit qu'il m'observait depuis que j'étais sur la plage, c'est là qu'il a touché ma cuisse.

Un mauvais frisson me gagne. C'était assez rapide comme mouvement, mais déjà trop long pour que la sensation de ses doigts sur moi ne me quitte pas.

— C'était pas grand-chose, sauf que j'ai paniqué et je ne voulais pas rester seul. Alors j'ai envoyé ce message.

Je fixe mon verre, les bulles qui pétillent dans le liquide noir. C'est plus facile que d'affronter son regard.

— Quel connard, putain ! Ce n'est pas rien Eli. Personne ne peut te toucher sans ton autorisation. Personne.

— Mais j'étais en maillot alors… j'ose commencer en levant les yeux.

— Alors quoi ? Tu étais en maillot sur une plage,

où est le problème ? Tu n'es pas un allumeur et quand bien même, ça ne change rien. Tu aurais pu être totalement nu sur le sable, ça ne justifie rien. Tu n'as pas à dire que c'est ta faute si un taré a cru qu'il pouvait se comporter comme une merde !

Ses doigts s'avancent et restent en suspend au-dessus des miens. D'un regard, il me demande la permission et je les attrape sans aucune réticence. Il serre mes mains et reprend d'un ton plus doux :

— Tu es le seul à décider de qui a le droit de te toucher ou non. Ça me rend dingue que l'idée que ce soit de ta faute te traverse l'esprit, ça ne l'est pas. Oublie ce connard.

Mon ami met tellement de conviction dans ses paroles que mes épaules se relâchent enfin. Je le crois. Je ne suis pas fautif et j'emmerde ce mec. Voilà ce qu'il lit dans mes yeux. Nos visages s'éclairent d'un sourire et l'envie soudaine me prend de venir me blottir contre lui.

— T'aurais pu m'amener avec toi à Arcachon, il serait rentré défiguré, murmure-t-il.

— Ne le prends pas mal, mais tu n'as pas une tête à frapper des gens.

Son rire secoue son torse, je resserre mes bras autour de sa taille. Je suis bien là.

— J'aurais pu faire une exemption pour toi.

— Intéressant, je le garde dans un coin de ma mémoire.

Après ça, nous ne parlons plus. Nous profitons simplement de la présence de l'autre, moi de ses doigts traçant des formes imaginaires dans son dos, lui de mon souffle chatouillant son cou.

Je ne me rappelle pas avoir connu ça. Ce bien-être, cette impression d'être entre des bras protecteurs et que, quoi qu'il se passe, tout ira bien parce qu'il sera là.

Peu à peu, je me rends compte que ma relation avec Bastien prend plus de place dans ma vie que je ne l'avais prévu. En l'espace de quelques jours, il a réussi à me rendre accro. Et c'est loin de me déranger.

22 | Eli

Mercredi 22 juin

« *I feel a little nauseous and my hands are shaking
I guess I need you close by* »[23]

Niall Horan

— Tu vois, ce n'est pas si grand que ça. Un salon, une chambre, un bureau. J'ai juste craqué sur l'immense salle de bain.

— Ces murs doivent connaître des concerts de folie.

---

[23]*Je ne me sens pas très bien et j'ai les mains qui tremblent / Je crois que j'ai besoin de toi à mes côtés*

J'acquiesce, ce qui lui provoque un rire pendant que je referme la porte de la salle d'eau. Nous retournons dans la cuisine où, cette fois, je lui sers une bière. Le manque de déco n'a pas refroidi Bastien, qui a tenu à ce que je lui fasse visiter mon petit appartement, et qui en est tombé amoureux. Les seules personnes à avoir eu accès à mon chez-moi sont mes parents et James. Une maison, ça reste intime même si je n'ai pas étalé ma vie sur les murs. Et, tout au fond, une partie de moi est heureuse de l'avoir fait découvrir à Bastien.

— T'es bien ici. Ça doit être le pied de vivre tout seul, ajoute-t-il.

— Hm, pas tout le temps.

— L'appartement qu'on partage avec Sam est deux fois plus petit que le tien, avec le même nombre de pièces. Tu ouvres la porte, il y a une mini entrée, la cuisine à droite, le salon tout droit, un couloir à gauche avec nos chambres et la salle de bain. C'est tout ce qu'on peut se permettre en tant qu'étudiants.

Ses paroles ne sont pas faites pour me culpabiliser pourtant, je me pince les lèvres après avoir bu une gorgée de ma propre boisson. Je suis loin d'avoir galéré pour le moment grâce à la musique, je n'ai encore jamais connu le stress des fins de mois. Lui semble le connaître et ça me met mal à l'aise.

— Parfois, j'ai envie de déménager, pour avoir un peu plus d'espace. On se marche dessus et je suis certain qu'un jour ça créera une grosse engueulade.

— Tu as fini tes études, tu vas trouver un boulot et tu pourras te permettre de prendre un appartement tout seul.

— J'aimerais que ce soit aussi facile.

Bastien se perd dans ses propres pensées, ses ongles tapent nonchalamment sur le verre de la bouteille. Je claque des doigts devant ses yeux pour le ramener à moi, ce qu'il fait en se redressant.

— Excuse-moi. En tout cas, je suis heureux de connaître ta maison. C'est certes très peu décoré, mais c'est apaisant. Je vais avoir envie de venir tout le temps, sourit-il.

L'envie de faire une blague par rapport à des concerts gratuits me traverse l'esprit, mais je me retiens.

— Tu peux venir quand tu veux. Je te l'ai dit, vivre seul ne me convient pas.

— Je prends cette proposition très au sérieux.

— J'espère bien.

Ainsi, le goulot contre ses lèvres qui s'étirent dans un sourire, son regard aimanté au mien, je le trouve beau. Plus que beau, même. J'aimerais m'avancer, contourner le bar qui nous sépare ou simplement me pencher pour capturer sa bouche qui doit avoir le goût de la bière.

L'évidence me frappe d'un coup. Cette envie s'ancre dans ma tête et je sais que je ne serais pas tranquille tant que je ne l'aurais pas assouvie.

Mon téléphone se met à sonner, brisant mes pensées qui commençaient à devenir brûlantes et m'oblige à quitter la cuisine. Dans le salon, un œil toujours sur Bastien, je décroche.

— Allô ?

— Bonjour mon fils, ça fait longtemps que tu n'as pas vu ta vieille mère.

— T'es une drama queen maman, j'étais à la maison il y a une semaine.

— Une drama quoi ?

— Laisse tomber. Pourquoi tu m'appelles ?

Je ne parviens pas à cacher mon désir d'expédier la conversation pour retrouver l'homme aux boucles folles dans ma cuisine, qui m'observe avec toujours cette foutue bouteille contre sa bouche. Je crève d'envie d'être à sa place.

— Oh bah dis-le si je te dérange !

— Maman, je grogne en glissant une main dans mes cheveux. Je suis occupé c'est tout.

— Bon, je vais être brève alors. Louis a envoyé un faire-part, ils vont renouveler leurs vœux avec Jason.

— Après deux ans de mariage ? À quoi ça sert ?

— Je ne sais pas chéri, mais c'est l'occasion de revoir toute la famille.

Génial, la meilleure nouvelle de la journée !

— Et donc ?

— Ils nous invitent ton père et moi, ainsi que toi et une amie ou un ami.

— Parce que tu penses que je vais y aller ?

— Eli ! s'indigne-t-elle alors que j'imagine très bien ses sourcils froncés, à faire les cent pas dans le salon.

— Arrête de me gronder ! Tu sais très bien comment ils sont.

— Ils restent ta famille.

— Je vais réfléchir. Bonne soirée maman.

— Attends !

— Quoi ? grogné-je une nouvelle fois.

— N'oublie pas qu'il y a le mariage de ta cousine le 6 juillet.

— Oui, c'est noté. Bisous à papa.

Je raccroche et envoie balader mon téléphone sur le cuir du canapé. Je n'aime pas m'en prendre à elle, elle n'y est pour rien, mais faire le faux-cul pendant toute une journée, ce n'est pas moi. J'ai accepté pour le mariage, pas pour un renouvellement de vœux à la con.

— Un problème ?

La présence de Bastien me ramène à la réalité, je marche jusqu'à lui et m'assois sur le tabouret à ses côtés, reprenant ma bière encore pleine. J'ai besoin d'être plus proche de lui. Un comptoir nous séparant, c'est beaucoup trop.

— Mon cousin va renouveler ses vœux et je suis invité.

— C'est si horrible que ça ?

— Ce ne sont que des profiteurs.

— J'avoue que je ne connais pas ça… J'ai mes parents, mes grands-parents du côté de ma mère et c'est tout.

— T'as bien de la chance, crois-moi.

J'avale gorgée après gorgée et regarde l'extérieur par la baie vitrée du salon. Il fait encore jour, mais je sais que le début de soirée pointe son nez.

— Tu veux goûter à mes talents de cuisiner ? je demande soudainement, ne désirant pas m'attarder là-dessus.

— Tu en as ?

Je hausse un sourcil devant son air taquin, il se met à sourire.

— Je vais juste prévenir Sam que je reste un peu plus longtemps avec toi.

— Vas-y.

Bastien m'offre un clin d'œil et part profiter de ma terrasse pendant que je regarde dans mon frigo ce que je peux bien lui préparer. Une grimace déforme mon visage lorsque je me rends compte que mon stock de course est épuisé. Je n'ai rien de frais pour réaliser un dîner digne de ce nom.

Je referme la porte et rejoins Bastien, concentré sur sa discussion au téléphone.

— Je ne sais pas. Plus tard dans la soirée ou demain matin.

Je passe ma tête par la porte vitrée légèrement ouverte.

— Arrête, on n'a rien fait, chuchote-t-il.

Mon sourcil se hausse et je me dis que je devrais l'informer de ma présence, mais mon côté curieux en demande davantage.

— Tu seras le premier au courant, crois-moi.

Il envisage quelque chose avec moi ?

— J'aime beaucoup sa façon de…

Je me racle la gorge. Ça risquerait de se retourner contre moi si je continue d'écouter en douce, même si ça commençait à devenir intéressant.

Bastien sursaute sous la surprise.

— Je… Je dois te laisser. À plus tard, il balbutie dans la précipitation avant de raccrocher, m'offrant un sourire tremblant.

— Tu es là depuis longtemps…? me demande-t-il.

Il a peur que j'aie entendu sa conversation et je peux le comprendre. Je secoue la tête et m'approche tandis qu'il s'appuie contre la rambarde du balcon.

— Je viens juste d'arriver, le rassuré-je. Je venais t'informer que mon frigo est vide alors… Tu découvriras mes talents un autre jour.

— Je suis déçu.

— À ce point ?

— Tu n'imagines même pas.

Il ricane, sa langue passe sur sa lèvre inférieure alors qu'il tourne la tête pour continuer d'observer la vue. Mon envie de m'emparer de ses lèvres revient au galop et je me demande même comment elle a fait pour me quitter aussi vite. Tout ça à cause d'un cousin trop amoureux. D'ailleurs, il n'avait pas un amant aux dernières nouvelles ?

Je chasse Louis de mes pensées, laisse toute la place disponible pour le désir qui tord mon ventre. C'est officiel. Si je ne l'embrasse pas tout de suite, je vais mourir. Je le trouve magnifique, ainsi, éclairé par le soleil qui commence à se coucher, son profil m'offrant le loisir d'observer sa mâchoire dessinée, ses lèvres pleines, ses cils que les filles pourraient jalouser.

— Bastien ? je souffle, soudainement timide, mais pas moins sérieux.

Il porte son attention sur moi, sans sourire, mais ses yeux me disent déjà tout ce que je veux et ce que j'ai besoin de savoir. Deux pas nous séparent. Je fais le premier. Il fait le deuxième.

Nous sommes face à face. Nos nez s'effleurent, nos respirations se mêlent, je fixe sa bouche sans pour autant combler l'espace entre nous, voulant profiter encore un peu de cette sensation qui tiraille chaque partie de mon être, de l'excitation qui embrase mes sens.

Je n'entends plus la circulation sous nos pieds, la vie qui continue d'exister autour de nous. Il y a une bulle, son regard m'hypnotise, il n'y a plus que lui.

Mes mains attrapent timidement son t-shirt, les siennes ignorent où se poser. Elles effleurent le bas de mon dos, mes bras, ma mâchoire. Quand elles s'accrochent à mes cheveux, je ne peux plus me retenir.

Je m'empare de sa bouche, me plaque contre son corps dans un geste brusque, précipité. Tout explose en moi, je goûte enfin à ses lèvres, agrippe avec force ce bout de tissu qui m'empêche d'accéder à sa peau. C'est doux, même si je me presse contre lui, et j'ai l'impression d'avoir attendu ça depuis notre première rencontre.

J'ai besoin de sentir que c'est réel, que c'est vraiment lui, que je l'ai contre moi.

Ses doigts tirent sur mes cheveux, plus par envie de

se retenir à quelque chose que de m'éloigner. Et sa bouche s'entrouvre pour que nos langues se rejoignent dans un ballet incontrôlé, cette simple chose enflamme mon corps et, lorsque son bassin pousse contre moi, je devine que c'est réciproque.

Mais je reste raisonnable, je mets fin à notre échange pour ne pas déraper, ce que Bastien n'apprécie pas. Sa tête s'échoue contre mon cou dans un grognement, son souffle chatouille ma peau alors que je passe ma langue sur mes lèvres, que je sens gonflées et engourdies. Comment un baiser peut-il autant me bouleverser ?

Ni lui ni moi n'osons nous éloigner, par peur de briser ce moment que nous venons de partager. Pourtant je me dis que plus vite je me détacherais de lui, plus vite je pourrais revenir et quémander ses baisers. Maintenant que j'y ai goûté, je ne suis pas certain de savoir m'en défaire.

23 | Bastien

Mercredi 12 juin

« *You kill my mind*
Raise my body back to life »[24]

Louis Tomlinson

C'est mon ventre se réveillant qui m'oblige à quitter les bras d'Eli. Nous ne parlons pas du baiser, nous nous contentons d'échanger un sourire et ses lèvres se posent quelques secondes sur mon front. Le paradis. Je suis clairement au paradis, je flotte sur un petit nuage et ce sera trop compliqué de me faire redescendre.

---

[24] *Tu chamboules mon esprit / Ramènes mon corps à la vie*

— Qu'est-ce qu'on peut manger ? me demande-t-il, une main toujours logée contre ma hanche.

— Sushis ? je propose.

— Je déteste ça !

— Des pizzas ?

— Voilà une bonne proposition.

J'acquiesce sous son rire et nous regagnons le salon, le laissant commander pendant que je m'installe sur le canapé.

— Quatre fromages pour moi !

— OK chef ! il me répond sans se retourner et je mords ma lèvre en fixant son dos disparaître dans le couloir.

Bordel, c'est réel ? Un mec pareil m'a embrassé ? J'ai ressenti plus de choses qu'avec les baisers de Louis. C'est limite si c'était plus puissant que toutes les fois où j'ai couché avec lui. Pourquoi est-ce que je le compare ? Sans doute parce que c'est le seul mec qui, malgré tout, a réussi à me faire aimer beaucoup plus le sexe que certains exs. Et si Eli arrive déjà au-delà… Je vais perdre la boule !

— Une quatre fromages, très basique cela dit, et une chèvre miel commandées ! Elles seront là dans une demi-heure.

— Chèvre miel ?

Je fais mine de vomir lorsqu'il s'assoit à côté de moi, grand sourire sur le visage.

— La meilleure de toutes les pizzas.

— Tu n'as pas de goût.

Il ébouriffe mes cheveux, je pince sa hanche en représailles. Son bras retombe sur le dossier du canapé derrière moi, et j'ose m'approcher un peu plus de lui, une envie irrémédiable de sentir sa chaleur.

— N'essaie pas de m'amadouer en te collant contre moi. Je vais te faire goûter et tu découvriras ce qu'est la vraie vie.

— C'est moi qui vais te faire goûter la mienne et t'obliger à revenir sur terre.

— On verra ça.

J'ai un sourire niais, je le sais. Je n'arrive pas à regarder ailleurs que dans ses yeux, découvrant chaque fois de nouvelles nuances dans ses prunelles. J'ai encore temps de choses à apprendre de lui et je n'attends que ça.

— Allô la lune ici la terre.

Merde, je me disais bien que j'avais vu ses lèvres bouger.

— Quoi ? Excuse-moi.

— Je disais, qu'est-ce que tu veux mettre à la télé ?

— Peu importe.

Sans se détacher de moi, Eli met un programme au hasard et je ne quitte plus ses bras jusqu'à l'arrivée des pizzas. Là, il se lance dans un combat perdu d'avance pour me faire goûter sa chèvre miel, mais je garde les lèvres fermées. Nous nous battons avec nos parts jusqu'à ce que le chèvre s'étale sur ma joue.

— Ah non ! On arrête de jouer avec la nourriture ! Je m'écrie en attrapant une serviette pour retirer le fromage.

Eli interrompt mon geste et essuie lui-même les traces de notre combat, sa main traîne volontairement sur ma peau. J'en veux à mes poils qui se hérissent et trahissent mon état.

— C'est toi qui as commencé, il marmonne en faisant la moue, avant d'éclater de rire quand je prends le reste de chèvre pour le mettre dans ses cheveux.

— T'as de la chance que je sois trop affamé pour gâcher une pizza, mais crois-moi, je vais me venger !

Je m'installe correctement, le carton de la mienne posée sur mes cuisses, sans faire attention à ses mots qui sonnent comme une promesse.

— Bon app !.

Nous dînons devant une émission débile en fond, Eli n'a aucun mal à terminer tandis que je le laisse traîner ma dernière part.

— Tu m'embêtes pour ne même pas finir la tienne…

— Arrête de faire le malin.

Nous sommes plus taquins et beaucoup moins prudents qu'il y a quelques jours. Est-ce la faute du baiser ? Est-ce que partager sa salive avec quelqu'un chance une relation ? Oui, définitivement. Dans tous les sens du terme.

— Je t'ai encore perdu.

— Désolé.

— Tu es un garçon rêveur, je me trompe ?

Je hausse les épaules. Je suis surtout un homme qui réfléchit beaucoup, qui a besoin de mettre des mots sur tout pour se rassurer. Je tente de calmer ça avec

Eli, même si je n'y parviens pas vraiment.

— Très, ouais.

— Tu peux parler avec moi. T'es pas obligé de tout garder dans ta tête.

— C'est ce que je fais, ne t'inquiète pas.

— Cool.

Un nouveau baiser sur le front, une attention qui m'envoie un peu plus au paradis. Il se recule bien trop vite à mon goût et murmure :

— Je sens trop le chèvre, je vais prendre une douche.

— D'accord.

— Encore une fois, fais comme chez toi.

Eli se recule, nos regards se croisent, se baissent sur nos lèvres et je dois retenir mes pulsions, mon envie de me jeter sur lui pour connaître de nouveau ses baisers. Mais si on commence, je ne sais pas si j'arriverais à le laisser partir. Merde, j'ai l'impression d'avoir quinze ans, de revenir à mes premiers émois.

— Vas-y, je finis par murmurer.

Il me sourit et trouve la force que je n'ai pas pour se détacher de moi et quitter le canapé. Je profite de son absence, allant m'isoler à nouveau sur sa petite terrasse.

Une cigarette allumée coincée entre les lèvres, j'observe la nuit qui tombe peu à peu sur Bordeaux. Eli a beau avoir un appartement de taille modeste, il a une vue dégagée sur Le Lac et si je me penche, je peux même apercevoir le pont Chaban Delmas. Je n'ai pas de mal à l'imaginer, assis sur une des deux chaises avec sa guitare, essayant de jouer malgré la circulation plus bas.

Je lutte depuis que je suis arrivé, je respecte notre deal. Mais bordel, je rêverais de voir ses doigts glisser sur les cordes, d'entendre sa voix si douce. On pourrait penser que c'est le fan qui parle. Je le croyais aussi, seulement j'ai compris que je voulais tout connaître d'Eli. Même son côté chanteur.

Le plus dérangeant entre nous, ce n'est pas qu'il soit un chanteur, mais que je sois un de ses fans. Je suis le problème.

Je remarque ma clope consumée sans que je ne la touche, je l'écrase dans le mini cendrier que j'ai toujours sur moi avant d'en allumer une nouvelle que je prends le temps de savourer.

Eli a raison, je réfléchis trop. J'aimerais lui parler de ça, de ce qui pollue mon esprit. Mais l'idée que lui confier ça vienne gâcher ce que nous sommes en train de créer m'est insupportable. J'ai le droit de profiter, je le mérite. Encore un peu.

— Tu ne devrais pas te détruire les poumons.

— C'est de temps en temps.

Je souffle la fumée au-dessus de moi avant de me tourner vers Eli qui s'appuie contre la rambarde, tout en admirant lui aussi la vue qu'il connaît par cœur.

— Tu ne t'en lasses pas ?

— Jamais, il m'avoue dans un sourire, une main séchant ses cheveux avec la serviette.

— Tu as réussi à faire partir le chèvre ? je ne peux m'empêcher de me moquer.

Eli acquiesce et, je me dis que peut-être, il a oublié son idée de vengeance, alors je fume sans un mot, profitant juste de ce moment simple qui, je le sais, restera dans ma tête. Parce qu'Eli est avec moi et que je ne le réalise toujours pas.

Sa serviette atterrit sur son épaule, il attend que j'écrase ma seconde cigarette pour passer un bras autour de ma taille et m'attirer près de lui. Je me blottis contre son torse, ses yeux sur moi ne cachant en aucun cas ses intentions.

— Bastien ?

— Oui ? je souffle, luttant afin de calmer mon cœur qui s'emballe beaucoup trop à mon goût.

Un sourire prend forme sur ses lèvres et, d'un coup, sans que je ne comprenne comment, je me retrouve en sac à patates sur son épaule.

— Putain ! Repose-moi !

Je parais si léger sur lui, il me porte sans émettre un seul bruit et à l'envers, je ne vois pas où il m'emmène. Mais je crains le pire.

— Lâche-moi !

— Je me venge toujours Bastien !

Ses mains tenant l'arrière de mes cuisses ne devraient pas me donner chaud dans cette situation, mais mon corps décide de ne pas m'écouter. Je suis tellement concentré sur ça que je ne cherche pas à m'échapper. De toute façon, comment le pourrais-je ? Lorsque je reviens à la réalité, je découvre le carrelage noir de la salle de bain.

— Oh non !

— Oh si !

Son rire machiavélique me force à me débattre, j'entends l'eau couler et je comprends sans mal ce qu'il compte me faire. Loin d'être original et même s'il fait encore chaud, je ne suis pas adepte des douches froides !

— Eli s'il te plaît !

Au point où j'en suis, le supplier ne semble pas une chose trop compliquée à faire. Je retrouve soudainement la terre ferme, ma tête se met à tourner et j'ai le réflexe de m'accrocher à ses épaules. Très mauvaise idée. Eli en profite pour me coincer sous le jet.

Je lâche un cri strident, gigote dans tous les sens en sachant que c'est peine perdue : il a beaucoup plus de force que moi. Il a décidé que j'allais mourir de froid, je vais mourir de froid.

— Eli !

Je sautille comme si ça pouvait m'aider, attiser sa pitié je n'en sais rien, mais il est trop mort de rire pour faire attention à moi. Au bout de minutes qui me semblent être les plus longues de ma vie, il finit par juger que le supplice a assez duré et me laisse atterrir sur son torse, frigorifié.

— T'es un enfoiré.

— Un enfoiré qui tient ses promesses.

Lui aussi devient trempé, seulement ça lui semble égal. Il se penche vers son armoire, en sort une grande serviette pour l'enrouler autour de mon corps tremblant.

— Je me retrouve sans vêtements à cause de toi.

— Je vais t'en donner. Si tu veux prendre une douche chaude…

— Non ! Plus jamais je ne mets un pied dans ta douche.

Son regard me dit un « On verra » qui, j'ignore pourquoi, provoque une montée de chaleur au creux de mes reins. Un raclement de gorge de ma part l'oblige à s'éclipser pour aller me chercher des habits qui ne sont pas à essorer.

Lorsqu'il revient, je le remercie et attends qu'il quitte de nouveau la pièce. J'enlève mes vêtements trempés avec bonheur, essuie ma peau humide et glisse ceux d'Eli sur moi. Son odeur est encore plus forte comme ça.

Finalement, il peut m'arroser quand il veut. Tant qu'à la fin, j'ai le droit d'enfiler ses sweats un peu trop grands.

24 | ELI

Mercredi 12 juin

« *Tingle running through my bones, fingers to my toes*
Tingle running through my bones »[25]

Harry Styles

J'ignorais jusqu'à présent que voir Bastien dans mes vêtements pouvait me faire tourner la tête aussi facilement. Plus je le regarde, plus mon esprit est tiraillé entre deux envies : lui offrir toute ma garde-robe ou retirer ce qu'il a sur lui. Si un simple baiser

---

[25] *J'ai des picotements dans les veines, des doigts aux orteils/ Des fourmillements dans les os*

me vrille autant le cerveau, réveille mon instinct animal, la suite me fait peur.

— Tu restes dormir ? Il est tard et…

Et je veux prétexter la flemme de reprendre la voiture pour le garder avec moi.

— J'aimerais bien, ouais.

Bastien ne me sort pas d'excuses, il ne tourne pas autour du pot pour refuser et je dois me pincer fort les lèvres pour n'en pas sourire tel un idiot.

— Cool, je vais te laisser ma chambre et prendre le canapé.

Il accepte sans broncher. Qui est ce mec ? Je ne sais pas, mais je le veux avec moi pour toujours.

— Un dernier verre avant ?

— Plutôt une dernière cigarette.

— Ça sera sans moi.

— Viens avec moi sur la terrasse. Je mettrai la cigarette loin de toi, promis.

Sa main est en suspend au-dessus de ma cuisse, ses yeux me demandent l'autorisation. Je lui souris et attrape ses doigts pour les mettre où il veut. Il n'a pas à me demander pour chaque petit geste, plus maintenant. Il peut me toucher où il le souhaite.

Je finis par acquiescer, ne désirant pas quitter sa chaleur et nous rejoignons la terrasse, où seule la lumière au mur derrière nous nous éclaire.

Bastien allume sa cigarette et l'éloigne le plus possible après avoir tiré dessus.

— Ça fait longtemps que tu as cet appart ?

— Un peu plus d'un an.

— Tu as craqué pour la vue ?

Je regarde dans la même direction que lui, je me mets à sourire sans le vouloir.

— On peut dire ça. J'aime beaucoup Bordeaux, je suis né ici. Je ne me vois pas partir.

— Moi c'est tout l'inverse.

— Ah ?

Ma curiosité est piquée, comme depuis que je l'ai rencontré. J'ai ce désir d'apprendre tout de lui et pour l'instant, à part ses études et son meilleur ami, je ne connais pas grand-chose.

Bastien met du temps à me répondre. Il prend deux ou trois taffes, observe beaucoup plus les étoiles que Le Lac devant lui. Moi, je ne perds pas une miette de ce spectacle.

— Je suis né en Normandie, mes grands-parents y habitent. Nous avons déménagé lorsque j'étais très jeune en Dordogne et j'ai passé toute ma vie jusqu'à venir ici pour ma licence. Sauf que j'ai toujours gardé cet attachement à ma ville d'origine. Sans doute parce que nous y allons deux fois pour voir les parents de ma mère.

— Tu aimerais vivre là-haut ?

— Honnêtement, je pensais réussir mon master et chercher un travail directement là-bas.

Ses mots provoquent une légère douleur dans ma poitrine. Impossible. Je ne peux pas l'avoir découvert et le laisser partir aussi vite, ce serait injuste ! Il remarque le pincement de mes lèvres et un sourire s'installe sur les siennes.

— Mais j'ai Sam. Mes parents. Je tiens beaucoup à eux et je ne suis pas encore prêt à prendre mon envol loin d'eux. J'ai décidé que je pouvais rester ici une ou deux années de plus, me faire une expérience pour ne pas galérer à trouver un boulot là-bas.

— Je suis heureux de ne pas devoir t'attacher pour te garder avec moi,

Bastien ricane et continue de fumer. L'odeur chatouille mes narines, mais je ne dis rien. Je peux supporter pendant dix minutes, je ne vais pas en mourir.

— Si les choses continuent sur cette lancée, tu pourrais devenir une raison supplémentaire pour que je reste, il m'informe d'un air détaché, alors que ses paroles se gravent dans mon esprit.

— Compte sur moi.

Nous rions tous les deux et je cesse de le fixer, ne désirant pas paraître trop flippant. Nous restons près d'un quart d'heure dehors, jusqu'à ce que je remarque les frissons hérisser ses poils sur ses bras et l'oblige à rentrer. Je l'ai déjà mis sous l'eau froide, je vais éviter de le rendre réellement malade, je m'en voudrais.

— Je vais juste récupérer un oreiller dans ma chambre et je te laisserais la place.

Bastien acquiesce et m'attend en s'assoyant sur le canapé, téléphone en main. Avant de prendre le nécessaire, je passe par la salle de bain et me jette peu d'eau fraîche sur le visage, histoire de remettre mes idées en place. Mon cœur s'emballe un peu trop à mon goût, et je crains les rêves qui vont me bercer ma nuit.

À mon retour dans le salon, Bastien commence à s'endormir alors je pose ce que j'ai dans les mains à côté de moi pour m'asseoir à ses côtés.

— Ne t'endors pas là…

Il émet un faible grognement, sa tête appuyée sur le dossier du canapé tombe sur la droite et je ne peux m'empêcher de rire. Je ne l'imaginais pas si épuisé.

— Allez…

Hors de question que je le laisse ici. Je lui retire son téléphone et prends ses mains pour les caresser. Mon contact provoque des frissons sur sa peau et bien vite, ses paupières se mettent à papillonner.

— Hm ?

Il lâche mes doigts, se frotte les yeux.

— Excuse-moi…

— Je ne savais pas que tu avais la capacité de t'endormir en un claquement de doigts.

Son sourire fatigué m'attendrit, j'aimerais le prendre dans mes bras et le bercer jusqu'à ce qu'il trouve le sommeil. Mais c'est beaucoup trop tôt. Alors je le laisse se lever, toujours un peu amorphe.

— Désolé. Ta chambre est prête… ?

— Oui, elle n'attend plus que toi.

— Merci. Bonne nuit, Eli.

— Bonne nuit.

À mon tour je me relève, me retrouve face à lui sans savoir comment lui dire au revoir. Le serrer dans mes bras ? Embrasser sa joue comme nous le faisons à chaque fois ? Je n'ai pas le temps de me poser plus de questions, Bastien prend les devants en embrassant le coin de mes lèvres, un simple geste, plus intime qu'avant, mais définitivement pas assez pour moi. Tant pis, je m'en contenterais.

Après un dernier regard, il s'éclipse et je me laisse tomber sur le divan avec une seule envie, le retrouver une fois dans les bras de Morphée.

🎵🎵🎵

— Tu dors ?

C'est un chuchotement qui me tire du rêve merveilleux dans lequel j'étais plongé. Bien sûr lorsque je me réveille je ne m'en souviens plus, mais je suis sûr d'une chose : Bastien était avec moi. D'ailleurs, c'est sur son visage que je tombe quand j'ouvre de petits yeux. Il y a trop de lumière dans le salon, j'ai de nouveau oublié de fermer les volets.

— Non, je ne dors plus, murmuré-je comme réponse à sa question débile.

Son sourire atteint ses oreilles et il se relève d'un bond.

— Parfait ! J'ai fait du café et je suis allé chercher des chocolatines.

— Depuis combien de temps es-tu réveillé ?

Je m'étire de toute ma longueur dans mon lit de

fortune, baille un grand coup et me motive à quitter la couette chaude. C'est à cet instant que je me félicite de m'être couché avec un t-shirt et un short. Si Bastien m'avait vu en simple boxer, quelle aurait été sa réaction ? J'ignore ce que le baiser d'hier signifie pour lui, et je n'aurais certainement pas voulu le braquer, lui faire croire à de mauvaises intentions de ma part. Forcément de mon côté, il y a du désir. L'envie, après des mois sans être touché par les mains d'un homme, multiplié par l'attirance que j'éprouve pour lui.

De si bon matin, mon cerveau va exploser si je vais plus loin. Je ne ferais rien sans découvrir ce que ressent mon… amant ? Ami ? Je chasse mes pensées et le rejoins dans la cuisine où je m'installe à ses côtés.

— Depuis un peu plus d'une heure. Je voulais te remercier de m'avoir laissé dormir ici.

— Tu parles comme si j'avais fait de la charité.

— Tu n'étais pas obligé de me donner ta chambre, me dit-il doucement avant de hausser les épaules.

Ainsi, avec sa tasse de café entre ses mains, mon pull de la veille tombant sur une épaule et ses cheveux en bataille, c'est difficile de me concentrer sur ce qu'il me dit. Il est sexy. Affreusement sexy. Merde, il va vraiment falloir que je prenne une douche froide.

— Tu me rendras l'appareil un jour, finis-je par répondre.

Il me sourit, ses yeux dans les miens et j'attrape un bout de viennoiserie pour le foirer dans ma bouche. Nous déjeunons ensemble sans échanger un mot, de peur sans doute de devoir nous avouer qu'il est bientôt l'heure de le ramener chez lui.

J'ai aimé qu'il découvre mon univers, j'ai aimé le voir évoluer dans cette maison qui reste vide. Maintenant, je vais l'imaginer ici à nouveau et être dévoré par l'envie de l'inviter chez moi tout le temps.

Ce qui serait loin d'être productif pour moi. Je ne dois pas oublier que, malgré mon attirance manifeste pour lui, j'ai une carrière qui passe en premier plan.

Après la dernière gorgée de ma tasse de café, j'abandonne Bastien pour retrouver la salle de bain où je prends une douche rapide. Lorsque je reviens vers lui, habillé de vêtements propres, je le trouve échoué sur le canapé, téléphone entre les mains. Il relève la tête en sentant ma présence. C'est le moment tant redouté.

— Je te raccompagne alors ?

— Seulement si tu me promets qu'on se reverra bientôt.

Bastien me rejoint, s'arrête à quelques centimètres de moi tandis qu'il laisse son regard traîner sur moi, me donnant l'impression d'être sondé de la tête aux pieds.

— Si je ne te promets pas, tu restes avec moi ? je tente dans un murmure.

Il rigole, ses yeux s'illuminent et il secoue la tête.

— Non, mais c'était une feinte…

— Dommage.

Son bras se lève, son pouce passe sur ma lèvre inférieure, et je me rends compte que je la mordillais. Sous le stress. L'envie. Bordel, j'ai l'impression que c'est l'émotion qui domine mon corps depuis hier soir.

Aucun d'entre nous n'ouvre la bouche, nous nous contentons de nous dévisager, à se demander qui va faire le premier pas pour s'emparer des lèvres de l'autre. Je le teste, pose mes doigts sur les siens toujours près de mon visage et embrasse ses phalanges, m'avançant d'un pas.

— Qu'est-ce que tu veux ? souffle-t-il contre ma peau et, comme hier, je suis celui qui ne peut résister.

Un murmure de sa voix rauque et je me mets à genoux. À qui est-ce que j'essaie de faire croire le contraire ?

J'effleure d'abord ses lèvres, puis je l'embrasse aussi doucement que la veille, un baiser chaste dont nous avons tous les deux besoin. Un baiser lourd de sens, en tout cas pour moi, parce que je ne fais pas ça avec n'importe quel homme.

Sa main serre la mienne, la seconde s'empare de ma hanche pour m'amener contre lui. Il désire une proximité, faire taire nos corps quémandeurs de plus. Moi, je crève de lui arracher ses vêtements.

Je me détache de lui sans pour autant mettre de la distance entre nous. Les yeux clos, je profite simplement de ce moment hors du temps qui n'appartient qu'à nous.ui me retourne entièrement.

— J'ai prévenu Sam que je rentrais en fin de matinée… On ferait mieux d'y aller.

J'acquiesce à contrecœur et pose un baiser sur sa joue.

— Tu veux que je te rende tes habits ? Les miens ont dû sécher depuis hier soir…

— Ne dis pas de bêtises. On verra ça plus tard.

Il me remercie d'un sourire et, après qu'il se soit assuré qu'il n'oubliait rien, nous quittons l'appartement et retrouvons la voiture au parking. Le trajet jusqu'à la gare semble court, trop court si bien qu'enfin garé, Bastien est loin de vouloir descendre. Il trouve ma main, la porte à ses lèvres si douces et m'avoue :

— J'ai adoré cette soirée, même si elle n'était pas prévue.

— Encore désolé de t'avoir dérangé au dernier moment, je m'excuse, pour la forme.

Je ne regrette absolument pas tout ce qui m'a amené à l'embrasser pour la première fois. Bastien secoue la tête et après s'être détaché, il se penche vers moi. Aucune hésitation dans le baiser qu'il pose sur ma bouche. J'aime beaucoup cette façon de se dire au revoir.

— À plus tard alors.

— Ouais.

Un dernier sourire puis il me quitte, me laissant déjà avec cette sensation de manque que je n'ai jamais connue.

25 | BASTIEN

Samedi 15 juin

« *You gave me so much to remember*
You got me stuck inside my mind »[26]

Liam Payne

Personne ne fera de commentaire sur le fait que, depuis jeudi, je dors avec le pull d'Eli sur moi. C'est peut-être un comportement d'ado, peut-être débile, mais j'en ai envie alors pourquoi devrais-je m'en empêcher, ou même me poser mille questions sur un geste banal ? Heureusement que Sam ne me voit pas,

---

[26]*Tu m'as donné tant de souvenirs / Tu m'as enfermé dans mon esprit*

j'aurais le droit à un regard empli de jugement.

Déjà, il a remarqué que quelque chose avait changé. Je suis plus souriant, et comment ne pas l'être après avoir goûté aux lèvres d'Eli ? Je suis sur un nuage, les pieds dans le vide et j'observe la terre en dessous, complètement détaché. Et je ne compte pas redescendre.

Enfin, c'est ce que je pensais. Jusqu'à ce que je remarque Louis attablé en ville, avec un homme qui ne peut être que son mari. J'arrête de marcher, les gens me bousculent, râlent, mais je suis incapable d'esquisser le moindre mouvement, je ne suis plus maître de mon corps. J'ai des œillères, je n'entends plus rien. Je ne vois que lui et toute la peine que je pensais oubliée me revient en pleine gueule. Je n'ai pas guéri en aussi peu de temps. J'ai juste tout refoulé et la gifle que je me prends est encore plus violente.

Je l'observe, figé devant cette vision affreusement douloureuse. Il fixe Jason avec cet air amoureux que j'ai rêvé de lire un jour sur son visage avec moi. Il caresse sa joue, se penche pour embrasser sa bouche. Il est comme il ne l'a jamais été avec moi, parce que j'étais un simple cul à baiser.

Par je ne sais quel moyen, il réalise que je suis tout prêt. Son mari baisse les yeux vers son téléphone alors il ne remarque rien du regard que nous échangeons avec Louis. Et je pense que ça vaut mieux.

Quand il fait mine de se lever, c'est le déclencheur. Je secoue la tête, réfutant ce qui vient de se produire devant moi et reviens à la raison, le cœur au bord des lèvres et la douleur me transperçant. Je tourne les talons sans plus attendre, bouscule les passants, échappe à cette foule d'un samedi après-midi pour me retrouver seul dans une ruelle plus calme. Ma respiration est hachée, comme si je venais de courir les mètres les plus longs de ma vie.

— Bastien !

Mon sang se glace à l'instant où Louis apparaît dans mon champ de vision, essoufflé, les joues rouges. Je me recule de quelques pas, voulant fuir cette présence qui pourrait me brûler.

— Barre-toi, parviens-je à prononcer, la gorge douloureuse.

— Je suis désolé.

— Quoi ? Tu me largues comme une merde sans aucune explication et tu reviens avec un désolé parce que je t'ai vu emballer ton mec ? Tout va bien pour vous apparemment, je suis ravi ! Il est courant que tu te tapais un mec plus jeune que toi parce que lui ne voulait pas te baiser ?

S'il y a bien une chose que je ne peux pas lui reprocher, c'est son côté acteur. Ses traits tirés, ses yeux embués, je pourrais facilement y croire. Mais ce n'est qu'un connard, il m'a eu de nombreuses fois. Je ne lui laisserais plus ce pouvoir.

Il s'approche tandis que je recule de plus belle.

— Ton mari t'attend, laisse-moi.

— Je n'ai jamais voulu ça.

— Tu connaissais les risques à entretenir une relation avec moi. Ça allait forcément se terminer. Mal se terminer. En tout cas pour moi, toi tu t'en fous. Je n'ai été qu'un passe-temps.

— C'est faux. J'ai ressenti tellement de choses avec toi, Bastien ! s'écrie-t-il.

Un pas vers moi, mais cette fois, je n'arrive plus à bouger. Ses yeux s'accrochent aux miens, il lutte pour garder mon attention et je crains de flancher.

— Ce n'était qu'une histoire de cul.

— Non, ça n'a jamais été que ça.

— Quoi d'autre alors ? je murmure d'une voix tremblante.

Il n'est qu'à quelques centimètres de mon visage. Je sens son souffle, sa chaleur. Pourquoi s'approche-t-il autant, alors que son mari n'est pas loin ? Est-ce que, pour une fois, il est sincère avec moi ?

— Je sais que tu l'as senti toi aussi. Ce lien spécial. Cet apaisement.

— C'est faux.

— Ne me mens pas.

— C'est terminé de toute façon, qu'est-ce que ça changerait ?

Je déteste mon ventre qui se retourne. Je suis coincé entre son corps et le mur, il peut bien faire ce qu'il désire de moi, bordel. J'ai si mal, c'est insupportable. Je ferais tout pour que ça cesse, pour oublier et me perdre dans ses bras. Comme avant.

Je comble la distance et écrase ma bouche contre la sienne. Il pousse un soupir, ses doigts attrapent fermement mes cheveux, sans doute ravis d'avoir gagné une fois de plus. À ce moment, je ne réfléchis plus. Je n'essaie pas de comprendre pourquoi il m'a largué pour revenir aussi vite vers moi, seul compte mon corps qui se presse contre le sien alors que je lui offre tout sauf un baiser doux. Je laisse ma passion, ma rage contrôler mon corps, mes gestes, lui montrer à quel point j'ai mal et espérer qu'il se sente coupable.

Je dois y mettre fin pour reprendre mon souffle, nos fronts se collent, nos respirations s'accordent et je sais très bien qu'il va devoir m'abandonner une seconde fois et que la souffrance ne sera que plus forte.

— Ne me laisse pas.

— Bastien…

— Ne m'abandonne pas.

Cette fois, c'est lui qui m'embrasse. Il m'embrasse doucement, il effleure ma mâchoire, mes joues comme si j'étais une chose précieuse entre ses mains. Les larmes me montent, brouillent ma vision et je suis incapable de l'affronter lorsqu'il se recule.

— Rejoins-moi dans notre chambre ce soir. À vingt heures.

— J'y serais, je réponds sans même y réfléchir.

Il m'offre un sourire, pose ses lèvres sur ma tempe et me laisse de nouveau seul dans cette ruelle. Quand je touche ma bouche pour revivre ce qui vient de se passer, ma respiration se coupe, et je réalise.

Qu'est-ce que j'ai fait ?

— Bastien ?

Mes yeux rencontrent ceux de Sam au même moment où mes jambes décident de me lâcher. Je glisse contre le mur, j'ai soudainement chaud. Trop chaud. J'entends ses pas qui se rapprochent et il s'accroupit devant mi, prenant mes mains dans les siennes.

— Qu'est-ce qui se passe ? Bastien parle-moi.

Je secoue la tête. Les mots sont bloqués dans ma gorge, je pense à Eli, à Louis. À cet enfoiré qui ne cessera jamais d'exercer son pouvoir sur moi et à ce chanteur qui ne mérite pas que je joue sur deux tableaux.

Je ferme les yeux et me fais le plus petit possible. J'aimerais disparaître, ne pas ressentir autant d'émotions différentes. Ne pas sentir mon cœur battant beaucoup trop vite, au point de me faire mal.

— Viens, on rentre à la maison.

Il m'aide à me relever et je marche automatiquement jusqu'à chez nous. Sam m'entraîne avec lui sur le canapé et je me blottis dans ses bras en attendant le moment fatidique où je vais entendre que j'ai déconné.

— Tu veux me raconter ?

Par quoi commencer de toute façon ? Lui dire que je me sens mieux que jamais avec Eli, mais que Louis est devenu une habitude dont je ne peux pas me passer ?

— Et commence par cesser de penser à t'exploser le cerveau, s'il te plaît.

Je souffle faiblement et le lâche pour me redresser. Mes genoux contre mon torse, je fixe le vide.

— Louis était à une terrasse d'un restaurant avec son mari. Et je croyais vraiment que c'était terminé, qu'il ne représentait plus rien pour moi, mais quand je l'ai vu proche d'un autre ça m'a brisé le cœur. Il m'a remarqué, je me suis sauvé, mais il m'a suivi.

Dans ma vision périphérique, je peux voir son corps se tendre. Plus je parle et plus je le sais, il résiste à partir, à le retrouver par tous les moyens et le jeter dans la Garonne.

— Je lui ai dit tout ce que je ressentais, qu'il m'avait lâché comme la dernière des merdes. Puis il m'a regardé et j'ai résisté, je te jure que j'ai résisté, mais il a su reprendre le dessus et j'ai quémandé ses baisers comme un pauvre type. Il m'a donné rendez-vous à vingt heures ce soir et je vais sans doute y aller parce qu'il me manque et que je ne veux pas le laisser partir.

— Et Eli ?

— Eli c'est… différent. Dans le bon sens. Je me sens bien avec lui et je suis traité à ma juste valeur. Ce n'est pas toxique ni malsain.

Sam frictionne mon dos, je pousse un long soupir.

— Je peux parler maintenant ?

— Oui. Dis-moi tout ce que tu as à me dire. Même si ça fait mal, je suis prêt à tout entendre.

De toute manière, ça ne peut pas empirer mon état.

— Tu sais que concernant Louis ou Eli, je suis dubitatif sur les deux. Quitte à en choisir un, je pencherais plutôt pour Eli. Ce n'est pas un menteur, de ce que je vois. Louis, lui, est un trompeur, un infidèle qui se fiche de se servir des gens pour satisfaire son plaisir personnel. La preuve avec ce qui vient de se passer, il était avec son mari, mais il a quand même voulu t'allumer en te proposant ce rendez-vous ce soir.

— C'est moi qui me suis jeté sur lui, je ne peux m'empêcher de préciser.

— Bastien.

— Désolé, murmuré-je.

— Tu dois mettre un terme à ta relation avec lui. Ce n'était pas clair avec son message balancé sans sentiments. Tu as besoin de parler avec lui et que ça devienne ta décision. Et cette fois, je ferais attention à ce que tu l'oublies pour de vrai, et à ce que tu te concentres sur ton été et ton rapprochement avec Eli, si c'est ce que tu désires.

Son étreinte se fait plus forte, je relève la tête et pose un baiser sur sa joue mal rasée pour le remercier, même si je ne suis pas certain d'appliquer ses conseils.

— Merci d'être là. Tu dois en avoir marre d'écouter ma vie amoureuse merdique.

— C'est fait pour ça un meilleur ami, non ?

Son sourire apaise mon ventre noué et j'acquiesce.

— Je préfère entendre ce qui se passe avec Matt…

— Tout va bien de ce côté-là, ne te prends pas la tête là-dessus. Il me rend heureux.

Ça se lit sur son visage et ça me prodigue un léger réconfort. Sam me regarde avec un air bienveillant et je réalise la chance que j'ai de l'avoir. Ce soir, j'essaierai de mettre un terme à cette histoire qui me fait plus de mal que de bien.

Je le lui promets d'essayer.

26 | BASTIEN

Samedi 15 juin

« *The spaces between us
Keep getting deeper* »[27]

One Direction

Je toque à la 311, plus nerveux que jamais. Je me suis répété le discours que je dois lui dire depuis cet après-midi. Je suis rodé, je sais que je suis ici pour faire au plus simple. Habillé d'un jogging et d'un t-shirt, je n'ai même pas fait d'efforts parce que je n'ai pas envie de lui plaire.

---

[27] *Les espaces entre nous / Continuent de s'agrandir*

J'aurais pu m'apprêter pour qu'il se rende compte de ce qu'il perdait, mais à quoi bon ? Ça ne ferait que remuer le couteau dans la plaie et ce serait lui laisser l'occasion de tout retourner encore une fois. Mes barrières rafistolées lors de ma conversation avec Sam ne tiendront pas longtemps si je me complique la tâche.

La porte s'ouvre, interrompant mes pensées et je vois que Louis, lui, est tout le contraire de moi. En simple boxer, cigarette entre les doigts. Il sait que cette vision de lui me met à genoux. Bon sang, comment vais-je tenir ? Mon discours s'envole, j'avale difficilement ma salive et entre sans le saluer. Je reste debout et fixe droit devant moi par la baie vitrée, incapable de faire autrement. J'ai compris que si je le regardais plus longtemps, ça serait foutu.

— Je suis content que tu sois venu.

— Je ne vais pas rester longtemps.

— Quoi ?

La cigarette envahit mes narines quand il s'approche. Bien vite, il se colle contre mon dos et j'en veux à ma peau de réagir si rapidement, de laisser les frissons me gagner alors que son nez frôle ma nuque.

— Louis, je ne suis pas venu pour que l'on reprenne notre histoire.

— Te voir tout à l'heure m'a aidé à réaliser de nombreuses choses. Tu me manques. Je n'arrive pas à continuer sans toi.

— Tu es celui qui a mis fin à notre relation.

— Et je le regrette, il m'avoue dans un murmure

avant d'embrasser ma nuque.

Je baisse la tête par réflexe, frissonne plus fort encore.

— Ne me dis pas ça, chuchote-t-il contre ma peau.

— Je te le dis parce que je le pense.

— C'est faux.

Les yeux clos, je revois la façon dont il regardait son mari. Cet amour qui émanait de lui. Ce qu'il n'y a jamais eu entre nous. Bordel, il se sert juste de moi !

Je parviens à me reprendre et à m'éloigner de son corps chaud pour admirer la vue que nous avons depuis la chambre. Et là, les mots sortent tout seuls.

— J'ai aimé tout ce que tu m'as fait vivre. Même si tout ça était un secret inavouable pour toi. J'ai été ta bouffée d'air frais le temps de quelques nuits ici et tu as été la même chose pour moi. Mais ça ne peu plus durer. Tu ne m'offriras jamais ce que j'attends d'un homme et je ne peux plus continuer à te donner mon cul sans sentiments. Ce n'est pas moi. Ça ne me ressemble pas.

— Qu'est-ce que tu racontes ?

C'est le moment. Les battements de mon cœur s'affolent lorsque je me retourne pour le regarder dans les yeux et prendre l'avantage.

— C'est terminé. Je vais quitter cette chambre et nous allons supprimer nos numéros, nous ne nous reverrons jamais. Tu vas reprendre ta vie avec ton mari ou divorcer si jamais ça ne va plus avec lui. Mais nous ne pouvons pas continuer ainsi, je ne peux pas accepter de te partager avec un autre homme et de devoir me contenter de ton corps.

— Ne me dis pas ça.

Sa cigarette écrasée dans le cendrier, il me fixe avec la mâchoire serrée. Il perd le contrôle de notre relation et je ne pensais pas que ça pourrait être aussi jouissif de le voir désarmé.

— Je peux t'offrir plus.

— Arrête.

— Je peux le quitter !

— Tu ne le feras pas ! Tu as été clair dès le début et je ne t'ai jamais demandé de le faire ! Ce que tu me proposais me suffisait, mais ce n'est plus le cas.

Je sors mon téléphone de ma poche et ouvre son contact. J'hésite un instant, peinant à contenir les tremblements de mes doigts, mais ce n'est pas le moment de se dégonfler. Je supprime son numéro sous ses yeux.

— Bastien !

— Je suis désolé. Nous méritons tous les deux mieux.

— Ne me fais pas ça, me supplie-t-il.

Louis s'approche et ses mains froides prennent mon visage en couple. Obligé de le regarder, je m'autorise à me perdre dans ses prunelles une dernière fois, tandis que lui m'observe comme un lapin apeuré.

— C'est la seule solution. S'il te plaît, laisse-moi partir.

Il secoue la tête, appuie son front contre le mien et

nous ne parlons plus. Nous écoutons la respiration de l'autre et je pose mes mains sur ses hanches pour le serrer dans mes bras. Une dernière étreinte, j'ai encore besoin de le toucher, juste un peu.

— Je ne peux pas…

Sa voix se brise, seulement je ne parviens pas à deviner s'il continue de jouer ou s'il est sincère, s'il est réellement aussi atteint que moi par cette situation. Je relève la tête, regarde ses yeux brillants.

— C'est trop tard.

J'avance dans le seul but de lui donner un baiser d'adieu. Mais Louis ne l'entend pas comme ça. Et même dans ces derniers moments, il veut tenter de ne pas perdre la face, de me montrer qu'il gère.

Il s'agrippe à moi, refuse de lâcher mes lèvres, part déjà à la recherche de mon membre qui, cette fois, ne réagit même pas.

Je parviens à me défaire de son étreinte et recule de quelques pas.

— Merci pour tout, Louis.

Je n'attends pas plus longtemps et quitte la chambre sous ses supplications. La porte refermée dans mon dos, je prends une inspiration tremblante et me dirige vers l'ascenseur. Louis ne me court pas après, bien évidemment. Il sait que je fais le bon choix pour nous deux et que, même s'il a été le déclencheur de cette situation avec son message, c'est moi qui aie trouvé le courage de mettre un terme à tout ça pour de bon.

Je pensais m'effondrer, ne pas être capable de rejoindre l'appartement, mais la douleur est supportable. Je ne me sens pas plus léger ou plus libre, j'ai un pincement au cœur. Mais je réalise que je devais le faire pour mon propre bonheur. Alors, j'autorise quelques larmes de soulagement envahir mes yeux avant que je ne les chasse bien vite.

À peine la porte de notre appartement passé, Sam m'interpelle :

— Alors ?

Assit sur le canapé, une bière en main, il relève la tête et tapote la place à ses côtés. Je m'y laisse tomber et lui prends la bouteille pour la finir en quelques gorgées.

— Ça, c'est ma bière.

— C'était.

Je repose le cadavre sur la table basse et glisse mes doigts dans mes cheveux.

— Je ne sais pas si ton comportement me donne un quelconque indice sur ce qui s'est passé.

— C'est terminé. Tout est fini avec Louis. Fini.

La main de mon meilleur ami serre mon épaule avant qu'il ne me murmure :

— Je suis fier de toi. Que tu aies réussi à lui dire en face à face. Tu es loin d'être un lâche comme lui.

— Ça ne me réconforte pas. Tu l'aurais vu… Il ne voulait pas que ça se finisse. Enfin, c'est ce que j'ai lu dans ses yeux. Il sait tellement bien mentir…

— Ne te torture pas avec ça. C'est terminé maintenant, et on va sortir pour fêter ça.

— Sortir ?

— Ouais. Ça fait longtemps que nous ne sommes pas allés boire un verre, je pense que ça nous ferait du bien.

Je hausse les épaules. Peu importe, tant que je ne reste pas enfermé ici à ressasser les événements de la journée.

— Bon par contre, tu vas te changer. Tu ne ressembles à rien.

— Je n'y vais pas pour draguer, mais pour boire.

Cette phrase me fait tilter et je me redresse légèrement.

— Sam ?

— Oui ?

Il pose un regard inquiet sur moi quand il voit que mon sourire qui commençait à revenir a disparu.

— Et Eli ? je demande difficilement tant la culpabilité me prend à la gorge.

— Tu ne vas rien lui dire, et il ne l'apprendra jamais. Il n'a pas besoin de connaître ta relation avec Louis ni même le baiser que vous vous êtes échangé. Vous n'êtes pour l'instant pas ensemble alors tu ne lui dois rien.

— Qui êtes-vous et qu'avez-vous fait de Sam ? Jamais mon meilleur ami ne me dirait de mentir.

— Arrête, je suis sérieux. Ce n'est pas un mensonge en plus, c'est juste dissimuler la vérité.

Je hausse un sourcil et il ébouriffe me cheveux.

— Bon, on arrête de parler de garçons et on va s'éclater maintenant. Reste en sac à patates, je m'en fous. On y va !

Sam n'attend plus et m'entraîne avec lui hors de chez nous. Je ne peux m'empêcher de me dire que, la dernière fois que je me suis pris une cuite, c'était avec Eli. Merde, je dois écouter Sam. Je vais chasser ces mecs de ma tête et me concentrer uniquement sur la soirée que je vais partager avec mon meilleur ami. Ça fait trop longtemps et je compte bien me rattraper.

27 | Eli

Lundi 17 juin

« *This is somethin' real*
This is somethin' right »[28]

Zayn Malik

Tout est prêt. Tout est en place et je n'attends qu'une chose, appuyer sur envoyer. Je ne sais toujours pas comment nous avons fait pour garder ça secret, pour qu'aucun fan ne fouille et ne trouve cette nouvelle chanson.

Tant mieux, dans un sens. Je vais pouvoir assister à

---

[28]*C'est quelque chose de réel / C'est quelque chose de bon*

leurs premières réactions sans qu'aucune personne ne soit venue gâcher ça. Je lève les yeux vers l'heure présente sur le haut de mon écran. Dix heures pile.

J'appuie sur le bouton qui va tout déclencher et, une fois le tweet chargé, c'est officiel. Mon nouveau single, Turn a page, est disponible sur toutes les plateformes de téléchargement. Mon bébé est entre les mains de mes fans et, si j'ai hâte de voir ce qu'ils vont en penser, j'espère au fond de moi que malgré notre deal, Bastien m'enverra un message pour me donner son avis. Au cas où, je surveille son Twitter.

Les premiers tweets, les premières mentions arrivent et je ris tout seul devant la panique générale. J'avoue, ça a un côté jouissif de les mettre dans un tel état juste avec un single. C'est en engouement qui me fait chaud au cœur. Pourtant, plus les minutes passent et plus la réaction que j'attends impatiemment ne vient pas. Ni tweet ni SMS. Aucune nouvelle de Bastien et ça depuis mercredi dernier.

Je ne devrais pas être autant accro à ses messages, à sa présence. Peut-être qu'il a réfléchi et qu'il trouve que nos baisers échangés l'ont été trop rapidement. Peut-être qu'il pense que j'ai été trop rentre dedans. Je ne veux pas avoir tout gâché.

Mon téléphone se met à vibrer de plus belle, je suis happé par les réactions des fans et je m'y perds, décidant de m'y consacrer entièrement.

Je passe sans doute plus de deux heures à lire et à répondre partout où je le peux. Enceinte allumée, j'ai mis ce qui va être mon album en fond et je me dis que, s'ils aiment autant ce single, je n'ose imaginer ce qu'ils vont dire de l'album. Ça va devenir un carton, et tout mon corps frissonne rien qu'à l'idée.

La musique s'arrête pour laisser place à la sonnerie de mon téléphone, je jette un œil à l'écran et décroche après avoir lu le prénom de mon meilleur ami.

— Salut ! je réponds en m'appuyant contre le dossier du canapé.

— Salut toi. Une bombe ton single !

— Merci, j'avoue que j'en suis fier.

— Et ton solo de guitare à la fin… Tu as dû faire tourner les têtes de beaucoup de filles.

Je ricane, le traitant d'imbécile et hausse les épaules pour moi-même. Même si je suis à l'origine de ces notes, je suis pris de frisson en l'écoutant encore et encore. Impossible de me lasser de ça.

— Merci, mais tu sais que je ne répondrais jamais à tes tentatives de dragues.

— Idiot, ta queue est loin de m'intéresser, grogne-t-il.

— Heureusement !

Nous rions et nous partons dans nos discussions habituelles. Je lui demande des nouvelles de son boulot, du procès d'Oliver qui approcher. Nous n'abordons le sujet que très brièvement afin de ne pas ouvrir une brèche dans nos cœurs, mais ça nous suffit. De penser à lui, au moins quelques minutes dans la semaine.

La pizza que j'ai commandée arrive, le livreur sonne à l'interphone et je laisse James en lui faisant promettre de venir manger à la maison un soir.

J'ouvre la porte, mais ne découvre pas le livreur de pizza.

— Bastien ?

Je fronce les sourcils, m'apprête à lui demander ce qu'il vient faire ici quand il se jette sur mes lèvres. Sans que je n'y comprenne rien, sa bouche s'empare de la mienne et je dois m'accrocher à lui pour suivre le rythme du baiser qu'il m'impose. C'est brutal, son goût de cigarette me donne envie de grimacer sans que je ne puisse le faire et je me retrouve à sa merci totale.

Ses mains se perdent sur ma nuque, dans mes cheveux, il me force à reculer jusqu'à ce que je bute contre le canapé et m'y retrouve allongé. Par je ne sais quelle magie, la porte de l'appartement s'est refermée et je pose bien vite mes yeux sur le mouvement de ses bras qui retirent son t-shirt. Il ne me laisse qu'une demi-seconde pour observer son torse sculpté et bronzé par le soleil.

Il s'allonge au-dessus de moi, le souffle erratique et les mains devenant baladeuses, entreprenantes. Chaque parcelle de ma peau s'enflamme à son passage, c'est moi qui l'embrasse cette fois, qui quémande son toucher en me cambrant dans ses bras. J'ignore ce que nous faisons, pourquoi il s'est jeté sur moi de cette manière, et si ma tête aurait tendance à tout stopper, mon corps lui, n'est pas coopératif.

Ça fait tellement longtemps que je n'ai pas éprouvé autant de désir pour quelqu'un. J'aimerais qu'il ne s'arrête jamais, qu'il continue à couvrir ma peau de baisers brûlants. Mes ongles griffent son dos, je ferme fort les yeux, le laissant embrasser et sucer mon cou.

Bordel, il me rend dingue !

— Je ne peux pas, l'entends-je finalement murmurer.

D'un coup, sa chaleur me quitte et sa voix me force à ouvrir les yeux. Il s'éloigne si rapidement que je ne peux le retenir, alors qu'il m'abandonne sens dessus dessous. Bastien se met à faire les cent pas, s'arrête, passe ses mains dans ses boucles avant de se tourner vers moi.

Je ne dois pas être dans le meilleur des états avec mes lèvres gonflées, mes cheveux en bataille et mes vêtements à moitié retirés.

— Enfin, c'est pas que je ne veux pas. C'est que…

Il lâche un grand soupir et finit par se laisser tomber sur le fauteuil à côté du canapé.

OK… Je ne comprends pas tout ce qui vient de se produire, mais ce que je sais, c'est qu'il ne va pas bien. Je remets correctement mon t-shirt et me mets à genoux devant lui. J'attrape ses mains, les embrasse.

C'est là qu'il lève les yeux et qu'il plonge son regard dans le mien.

— Qu'est-ce qui se passe ? lui demandé-je doucement.

— Rien. J'ai passé un week-end de merde, tu m'as manqué et j'avais envie d'être avec toi. Je suis désolé, je n'aurais pas dû te sauter dessus.

Sa mine contrariée m'inquiète, je glisse mes pouces sur le dos de sa main.

— Ne t'excuse pas. Tu as envie de m'en parler ?

— C'est rien de bien important, t'en fais pas.

Il force un sourire et je me redresse pour l'embrasser tendrement.

— OK. On oublie alors. Et puis, je n'ai pas totalement détesté ce que tu as fait…

Cette fois, j'ai le droit à un véritable sourire et il m'ouvre les bras. Je m'y blottis et embrasse son cou d'un baiser chaste. Nous restons plusieurs minutes ainsi, collés l'un contre de l'autre à profiter jusqu'à ce que la question qui me taraude me brûle les lèvres :

— Et… je suppose que tu n'as pas encore écouté le single ?

— Quel single ?

Bastien relève la tête.

— J'ai sorti une chanson tout à l'heure…

— Oh bordel, j'ai loupé ça ? J'ai pas allumé mon téléphone ce matin.

Il l'extirpe de la poche arrière de son jean et l'allume sous mes yeux. Il se met à vibrer sous des dizaines de notifications, ce qui me fait rire.

— Isa m'a harcelé.

— Qui est Isa ?

— Ma meilleure amie. Fan de toi.

— Tu veux l'écouter alors ?

— Bien sûr que oui ! Quelle question !

J'ai envie de voir sa réaction en direct, j'ai besoin de partager ça avec lui. Seulement, pas comme une relation fan-artiste. Juste… nous. Peu importe ce que ce nous signifie. Notre deal ne tient plus, si nous parvenons à agir comme deux hommes.

Je me détache à contrecœur pour mettre mon téléphone en Bluetooth sur mes enceintes. Je fais attention que d'autres chansons ne se lisent pas à la suite, je lance le single en restant debout.

Et je le laisse découvrir.

Il n'ose pas me regarder. Il se contente de fermer les yeux et de se laisser bercer par les notes. Au fur et à mesure, un sourire se dessine sur ses lèvres et je vois qu'il se retient de bouger ou crier par-dessus ma voix. Il adore, et je ne pensais pas que ça pouvait autant me plaire.

Le solo de guitare arrive et là, il se met à me fixer. Je déglutis nerveusement, écoute en même temps que lui la musique. Le morceau s'arrête, je pose mon téléphone à côté de l'enceinte et murmure un timide :

— Alors ?

— Elle est géniale. Vraiment géniale.

Bastien me rejoint et ses mains se calent sur mes hanches, provoquant un long frisson dans mon dos.

— Elle va être numéro un très rapidement.

— Ne me fais pas rêver. Mais oui, je pense qu'elle fera un très bon classement.

Ses yeux me crient à quel point il semble… fier ? Mes joues s'enflamment et je me racle la gorge avant de me détacher de lui. Je n'ai pas l'habitude de ça, mes parents en font trop depuis le début alors je m'y suis fait, James aussi est le premier à me supporter. Mais Bastien… c'est spécial.

— Je suis sérieux. T'es assez bon pour bien te classer alors tu pourrais très bien devenir numéro un.

Je le remercie d'un baiser sur le coin de ses lèvres et il me demande :

— Ça te dérange si je vais fumer sur la terrasse ?

— Non, vas-y.

La porte vitrée s'ouvre et se referme et j'en profite pour aller me chercher à boire. De ma cuisine, je peux l'observer sans gêne. Il a sorti ses lunettes de soleil de je ne sais où et les rayons du soleil illuminent sa peau de plus en plus hâlée. Merde, il est tellement beau. Il est magnifique et il est chez moi. Je me sens si chanceux.

J'espère qu'il ressent la même chose. Qu'il ne peut s'empêcher de me toucher, de me regarder. Ce serait beaucoup plus facile de savoir que tout est réciproque et que je ne me fais pas de film.

Je ne sais pas où nous allons. Honnêtement, c'est trop rapide pour que lui ou moi décidions de mettre un terme spécifique à ce que nous partageons. Mais dans un sens, je me sens tellement bien. Je n'ai pas ressenti ça depuis des années et j'aimerais pour une fois lâcher prise et plonger tête baissée. Même si ça pourrait mal se finir.

28 | BASTIEN

Lundi 17 juin

« *I could want you anymore*
Kiss in the kitchen like it's a dance floor »[29]

Harry Styles

J'aime bien cet endroit. Cigarette entre les doigts, peau brûlante grâce au soleil et mes yeux perdus sur la vue. On s'y sent bien, apaisé. Et la parenthèse qu'il m'a offerte, en m'autorisant à écouter son single, m'a mis sur un petit nuage après les derniers jours que j'ai passés à m'en vouloir.

---

[29]*Je pourrais davantage te vouloir / T'embrasser dans la cuisine comme si c'était une piste de danse*

Au départ, je voulais absolument être avec lui, une manière de me rassurer moi-même. Puis il a fallu que je m'humilie quand il a ouvert sa porte et je me suis retrouvé avec cette envie de me jeter sur lui. Rempli de remords. Pour me faire pardonner d'une chose dont il ne sera jamais au courant. Je suis bon comédien puisqu'il n'a pas insisté pour découvrir ce qui me tracassait.

Je termine ma clope, l'écrase dans le mini cendrier et rejoins Eli installé sur le canapé. Il traîne sur son téléphone et je me laisse tomber à ses côtés. J'ai envie de profiter encore un peu de sa présence, mais je ne sais pas quoi faire, et j'ignore s'il aimerait passer du temps avec moi, juste comme ça.

— Alors, tu as choisi qui allait t'accompagner pour le renouvellement des vœux de ton cousin ?

C'est le seul sujet qui me vient en tête, la seule chose que j'ai trouvé à dire sauf qu'au moment où je termine ma phrase, je me rends compte que ça sonne comme une demande pour venir avec lui.

Eli pose son téléphone et, si j'en crois son air narquois, il pense ça aussi. Je ris nerveusement.

— Enfin… Je demande ça par simple curiosité… Comme tu ne semblais pas ravi à l'idée de t'y rendre, tu vois.

— Oui, bien sûr.

J'ai envie de retirer le petit sourire moqueur qui s'installe sur ses lèvres.

— Arrête de te foutre de moi.

— Je ne me fous pas de toi. Et pour répondre à ta question, je ne sais toujours pas si je vais y aller. Je déteste les faux-semblants.

Il se tourne à moitié vers moi, ses doigts prennent placent naturellement sur ma cuisse et je dois me mordre la lèvre pour ne pas sourire comme le dernier des idiots. Chaque effleurement de sa part me rend fou, c'est sans doute en partie à cause de ça que j'ai eu si envie de lui tout à l'heure. Aucun de nous deux ne peut nier la tension entre nous.

— C'est un moyen de passer un bon moment. Et de manger et de boire gratuitement, lui fais-je constater.

— Si j'y vais, alors tu m'accompagnes.

J'entrouvre les lèvres, avant de les refermer, et un éclair de panique traverse mon regard. Les doigts d'Eli remontent sur ma joue qu'il caresse, lorsqu'il le remarque.

— Viens avec moi, mais en temps qu'ami. Une petite fête pour que nous nous amusions, pas de présentation officielle je te le promets. Après tout, ils n'ont pas précisé que je devais amener mon copain.

— Hm, donc je suis un ami ?

Eli grogne alors que je prends plaisir à le taquiner, un moyen de cacher mon malaise.

— Ce n'est pas ce que j'ai dit, OK ?

— Je sais, je dis ça pour rigoler.

— T'es pas cool, marmonne-t-il en reposant son crâne sur l'appui du canapé, et je ne résiste pas à venir planter un baiser sur son cou.

Il frissonne, et je continue plusieurs fois jusqu'à retrouver sa bouche quand il relève la tête. Eli m'attire contre lui et contrairement à tout à l'heure, c'est lui qui mène la danse. Ses gestes sont doux, ses lèvres effleurent les miennes si lentement que mon ventre se retourne et demande plus.

Ce qu'Eli ne se décide pas à m'offrir. Alors je me contente de cette étreinte calme qui, finalement, me convient.

Il finit par poser un long baiser sur mon front alors que nous avons les joues rouges et les yeux vitreux de ce désir qui nous consume tous les deux.

— Tu me rends dingue, m'avoue-t-il dans un souffle et je ne peux que sourire face à ça.

Ouais, il me fait le même effet. Il met mes sens en ébullition et pourtant, j'ai cette voix dans ma tête qui ne cesse de tout comparer avec Louis. Louis qui a définitivement tiré un trait sur moi tout comme je l'ai fait, mais qui reste tout de même présent. J'arriverais à m'en défaire, j'en suis certain. Seulement, ça prendra du temps.

— Je t'ai perdu.

La voix d'Eli me ramène sur terre, il attrape mon visage entre ses mains.

— Il y a quelque chose qui te tracasse et ça ne me plaît pas. Tu peux m'en parler, tu sais ? On apprend à se connaître, c'est tout nouveau, mais tu peux discuter avec moi des choses qui te dérangent.

Si seulement c'était si simple. Si seulement je pouvais lui avouer qu'avant lui, j'ai eu un béguin pour un homme marié qui ne quitte pas ma tête pour le moment. J'ai peur de ce qu'il pourrait me dire, de la façon dont il pourrait me juger.

— Tout va bien.

— D'accord.

Il n'insiste pas et je lui suis reconnaissant. J'enfouis mon visage contre son torse et me détends dans ses bras. Il me fait du bien. Beaucoup trop de bien.

# # #

Isa : Devine qui débarque jeudi ??? Indice : elle est fraîche, belle, intelligente, et elle va mettre toutes les filles de Bordeaux à ses pieds ?

Bastien : Franchement, aucune idée. Une fille possède toutes ces qualités ?

Isa : Je vais te botter le cul.

Bastien : Laisse mon cul en dehors de ça.

Bastien : Mais sinon…

Bastien : TU VIENS VRAIMENT ?? Oh mon dieu !!!

Isa : OUI JE VIENS.

Bastien : TU VIENS.

Isa : Arrête de répéter imbécile ! Je suis trop heureuse. Je voulais te faire une surprise, mais bon… Si ça se trouve tu aurais été occupé avec un chanteur canon alors je ne voulais pas déranger…

Bastien : Je te réserve toutes mes journées pour une durée indéterminée.

Isa : Genre, je passe au-dessus d'Eli ? Il est si nul au lit ?

Bastien : Stop, tu me saoules. :/

Isa : Attends… Ne me dis pas que tu ne sais même pas s'il est bon ou non au lit…

Je grogne devant mon téléphone. Nous avons décidé de regarder un film après avoir mangé une pizza, mais Eli s'est endormi. Maintenant que le générique est terminé, j'ai pu répondre au message d'Isa, mais finalement, j'aurais dû m'abstenir. Bien sûr, je suis heureux qu'elle débarque enfin. En revanche, je ne suis pas certain d'être prêt aux nombreux interrogatoires et à la psychanalyse qu'elle compte m'infliger dès qu'elle sera descendue du train.

Bastien : Ça suffit. Je ne te dirais rien.

Isa : Jusqu'à ce que j'arrive et que tu me racontes absolument tous les détails. :)

Bastien : Faux.

Isa : Arrête, je commence à te connaître maintenant.

Bastien : De toute façon même s'il s'était passé quelque chose, ça ne te regarde pas.

Isa : Attends, t'es en train de me dire qu'il n'y a rien eu ? Rien du tout ? Même pas une main au paquet ?

Bastien : C'est quoi cette expression sérieux !! Tu me saoules.

Ouais, elle m'agace et pourtant et j'ai un grand sourire sur les lèvres. Entre elle et Sam, je suis gâté. Sans aucune once d'ironie.

— Qu'est-ce que tu fais ?

Eli, jusqu'à présent appuyé sur l'accoudoir à sa droite se redresse en levant les bras au-dessus de sa tête. Il s'étire, baille un bon coup de passe une main sur son visage. Moi pendant ce temps, je l'observe. S'il savait que j'étais en train de parler de lui.

— Rien d'important.

Je laisse Isa de côté pour me concentrer sur ce mec magnifique que j'ai la chance d'avoir à mes côtés.

— Tu dors la nuit ?

— Oui, je me suis juste assoupi.

— Ça fait quand même plus d'une demi-heure que tu dors…

— T'as fini de te foutre de moi ?

Eli me tire la langue avant de jeter un œil à son portable. Il doit avoir des tonnes de messages pour son single et au lieu de s'y concentrer, il passe son temps avec moi.

— Tu veux que je te laisse ?

— Quoi ?

Les sourcils froncés, il relève la tête tandis que je lui fais un signe vers son téléphone.

— Non, désolé. Je regardais juste deux trois trucs. Je suis tout à toi.

Il le pose et sa main se glisse le long de ma joue. Je suis complètement happé par ses yeux qui devraient m'intimider. Tout en lui devrait m'intimider. Nous ne sommes pas pareils, il a trois ans de plus que moi, nous n'avons pas les mêmes aspérités. S'il continue sa carrière sur cette voie, il deviendra bientôt un homme connu partout en France et qui sait, peut-être ailleurs. Et moi je serais là… En fait, j'ignore où je serais. Mis à part Eli qui m'offre un temps de répit, je ne sais toujours pas où je veux aller.

Eli a remarqué mon nouveau d'absence, mais cette fois, il ne dit rien. Il y a tellement de choses que je ne lui montre pas et qui resteront sans doute cachées à jamais. Ça doit être la même chose pour lui.

— Personne ne t'attend ?

— Personne. Sam essaie de gérer son futur mec alors je n'ai rien à faire à la maison mise à part jouer aux jeux vidéo. C'est beaucoup plus intéressant d'être ici avec toi.

— Tu joues à la console ?

— Ouais, pourquoi ?

— Mon meilleur ami m'a offert une Switch à Noël

dernier, mais je n'ai jamais eu le temps de m'y pencher et contrairement à ce qu'on pourrait croire, mes doigts ne suivent pas sur les manettes.

Je me redresse, un sourire railleur sur les lèvres ajouté à une envie de lui faire découvrir ce qu'il loupe.

— Sérieusement ? T'es en train de me dire que tu as une console toute neuve qui prend la poussière ?

— Euh… Ouais ?

Eli me regarde sans comprendre et je me demande ce qu'il fait de son temps libre. Il doit avoir des moments où il n'a rien à faire, il ne peut pas composer et bosser sur son album sans pause ?

— Je n'ose même pas imaginer comment tu fais sans ça. Va me la chercher, je vais t'apprendre.

Ma main atterrit sur ses lèvres lorsqu'ils les ouvrent pour protester.

— Allez. Tu vas voir, avec moi tu vas devenir accro.

Il sort sa langue, venant lécher mes doigts et alors que je recule sous la surprise, il en profite pour s'emparer de ma bouche.

— Je ne sais pas si tu es bon pour ma productivité.

— Ah, mais je peux toujours partir, je murmure sans mettre de la distance entre nos deux visages.

Nous échangeons un long regard avant de l'embrasser à nouveau, me collant contre lui, juste pour lui montrer que moi aussi, je sais me servir de ça contre lui. Il finit par rigoler, pose un baiser sur mon front et se lève pour aller chercher sa Switch. Je vais bien me marrer, je le sens.

29 | Eli

Lundi 17 juin

« *I wanna let all my defenses down
Scream until you hear me out* »[30]

Niall Horan

C'est officiel : je suis minable aux jeux vidéo. Bastien a tenu à installer Fortnite puisque je n'avais aucun jeu et c'est un pro. Enfin, de mon point de vue. Il bouge ses doigts si rapidement, sait où il faut appuyer, à quel moment et faire tout un tas de trucs pour tuer l'ennemi et mettre des barrières entre eux.

---

[30] *Je veux baisser toutes mes barrières / Crier jusqu'à ce que tu m'entendes*

Je pense que le mieux, c'est de garder mes doigts sur ma guitare et pas sur une manette.

— J'en reviens pas, c'est pas si compliqué pourtant, me raille-t-il.

— Dit-il. Normal que ce soit si facile quand on y joue depuis des mois !

— En fait, depuis des années, corrige-t-il, un air fier installé sur son visage.

Un grognement m'échappe devant son enthousiasme. Il veut faire le malin parce qu'il est plus doué que moi. C'est limite s'il ne pouvait pas se mettre au milieu du salon pour danser face à mon manque de dextérité.

— Ouais bah, moi j'ai pas le temps d'y jouer.

— Tu te fiches de moi, tu as forcément du temps. Moi j'avais des cours, des tonnes de trucs à réviser. Toi tu ne fais que jouer et écrire !

Aucun mot n'est sorti de sa bouche dans le but de me blesser, je le vois lorsqu'il se fige et me regarde, déjà prêt à se confondre en excuses. Mais c'est dit, et j'ai l'impression qu'il dévalorise ce que je fais. Qu'il juge qu'au final, mon métier n'est pas si compliqué. Alors je me justifie :

— J'accorde beaucoup de temps à ma famille et mes amis. Et quand je suis libre, je vais sur les réseaux sociaux pour être proche de vous. Certes, je n'ai pas fait cinq années d'études comme toi avec des trucs à apprendre par cœur, mais je suis quand même occupé.

— Je suis désolé, il lâche, les épaules baissées et le regard fuyant.

En un clin d'œil, la bonne ambiance s'est envolée et je n'ai plus envie d'être avec lui. Pas après ce que je viens d'entendre.

— Je pense que tu devrais rentrer.

— Eli s'il te plaît je…

— Rentre chez toi Bastien, on se voit bientôt. Je dois appeler ma maison de disque de toute façon, j'ai des choses à régler. Ça m'a fait plaisir de te voir.

Bastien est loin d'être quelqu'un d'idiot, il comprend bien vite que rien ne pourra me faire changer d'avis et ça me soulage. Je n'ai pas vraiment envie qu'il m'impose sa présence alors que tout ce que je désire à cet instant, c'est d'être seul.

Il n'ose même pas s'approcher pour m'embrasser, il se contente de récupérer ses affaires et de mettre ses chaussures. Après un dernier coup d'œil, il sort de chez moi et je pousse un long soupir en allant fermant la porte à clef, puis je m'isole sur ma terrasse.

Sauf que je ne peux pas avoir un moment à moi.

Mon téléphone sonne depuis le salon, sans que je ne daigne me lever pour aller y répondre. La personne qui tente de me joindre insiste, c'est sans doute ma mère, mais je préfère ne pas décrocher. Si c'est pour être désagréable avec elle, autant que je m'abstienne.

Je veux juste profiter du soleil encore haut à cette heure.

♪♪♪

J'ignore combien de temps je reste assis là, mais une chose est sûre : je me suis pris un sacré coup de soleil. J'ose aller voir mon reflet dans le miroir de la salle de bain, ce qui m'arrache une grimace. Mon visage est rouge, mes bras exposés par mon t-shirt le sont aussi. Je me félicite d'avoir enfilé un jean plutôt qu'un short en attrapant une crème hydratante, la seule solution que je possède et m'en applique un peu partout. Ça chauffe, mais c'est bien fait pour moi.

De retour dans le salon, je récupère mon portable abandonné sur le canapé pour y découvrir plusieurs appels en absence de ma mère. Elle va me tuer. Un fils qui ne répond pas au téléphone, c'est une crise cardiaque assurée chez elle.

Je prends mon courage à deux mains en priant pour qu'elle n'ait pas déjà creusé ma tombe et appuie sur son numéro.

Sa voix m'engueule dès la première sonnerie.

— À quoi ça te sert d'avoir un téléphone, hein ? Tu dois l'avoir tout le temps sur toi pour que l'on puisse te joindre ! C'est pas si compliqué bon sang !

— Désolé maman, je ne l'ai pas entendu, je mens. Mais je suppose que si c'était vraiment grave tu aurais déjà défoncé la porte de mon appartement, non ?

Il y a un blanc, avant qu'elle ne soupire.

— Ce n'est pas une raison. C'est toujours important quand je t'appelle.

— Non, pas forcément.

— Eli, ce n'est pas parce que tu es un adulte

maintenant que je ne peux pas te mettre une fessée ! Parle mieux s'il te plaît.

— Oui maman.

Heureusement qu'elle ne m'a pas appelée en vidéo. Si elle avait vu mes yeux se lever vers le ciel, elle serait réellement venue jusque chez moi pour me frapper.

— Enfin, je suppose que ce n'est pas maintenant que je vais redresser la barre.

— Maman, s'il te plaît, tu peux me dire pourquoi tu m'appelles ?

— Ton coussin aimerait savoir si tu viens accompagner pour le renouvellement de ses vœux. C'est la semaine prochaine.

Pris de cours, et parce que je n'en ai pas discuté sérieusement avec Bastien, je lui réponds :

— Non. Je vais venir seul. Mais je ne resterai pas longtemps, j'ai beaucoup de boulot.

— Bien, je suppose que faire acte de présence, c'est déjà beaucoup pour toi. Merci chéri.

— Tu sais, tu aurais pu te contenter de m'envoyer un message, je t'aurais répondu.

— Je voulais aussi te proposer de venir dîner à la maison ce soir, si tu n'es pas trop occupé. Il y a un match de foot à la télé apparemment, ton père ne cesse de me baratiner avec. Il aimerait le voir avec toi.

Même si j'aurais préféré terminer ma journée seul, je ne manque jamais une soirée foot avec mon père, c'est sacré.

— D'accord, je viens. Je te laisse maman, bisous.

— Je t'aime chéri.

— Moi aussi.

Je raccroche et me rends compte à ce moment-là que la Switch est toujours allumée, qu'elle attend que l'on relance une partie. Je passe une main dans mes cheveux et attrape la manette pour tout éteindre.

♫♫♫

L'odeur de nourriture éveille mon estomac lorsque ma mère m'ouvre la porte. Son large sourire illumine son visage et elle me serre fort contre son cœur, à me donner l'impression que nous ne nous sommes pas vus depuis des semaines. Ce soir, sans savoir pourquoi, ça m'agace.

— Je suis contente de te voir mon ange.

— Moi aussi.

Mon père m'accueille en me faisant la bise et nous ne perdons pas de temps à nous installer à table. Les discussions commencent, j'ai le droit aux potins tandis que je fixe mon assiette, jouant avec ma fourchette sans participer.

Ma mère le remarque sans pour autant le relever et, pour une fois, je lui en suis reconnaissant.

J'expédie le repas et nous nous retrouvons devant le match, tous les trois avec un verre de vin. J'essaie de me mettre dans l'ambiance, de suivre les actions et de crier avec mon père lorsque l'équipe que l'on supporte marque un but. Mais je n'y parviens tout simplement pas, et ça me rend dingue de ne pas pouvoir faire semblant. Non, ça m'énerve de me trouver dans un tel état parce qu'un homme que j'apprécie m'a déçu.

Après m'être éclipsé pour aller aux toilettes, je retourne dans mon ancienne chambre. Il y a certaines choses que j'ai laissées ici : de vieux posters, des photos avec des amis du lycée. Des photos avec James. Et Oliver.

— Eli ?

La voix de ma mère me fait sursauter et, lorsque je me tourne vers elle, je lui adresse un léger sourire.

— Je descends tout de suite maman.

— J'ai remarqué ton comportement.

J'aurais aimé qu'elle fasse semblant jusqu'à ce que je quitte la maison. Les lèvres pincées, je prends place sur le lit simple toujours couvert de draps, au cas où.

— Ce n'est rien d'important.

— C'est à cause du procès ?

— Quoi ? Non, je réponds, les sourcils froncés.

Même s'il approche, je parviens à ne pas me prendre la tête avec ça. Je m'y autorise uniquement quand je suis avec James.

— Alors dis-moi ce qui te tracasse.

— Ce n'est rien d'important, vraiment, j'insiste.

Elle croise les bras contre sa poitrine, me toise en attendant que je crache le morceau. Bon sang, ce n'est vraiment pas le jour !

— Je vais y aller.

Je me lève pour passer à côté d'elle, mais elle me barre le chemin. Je serre les dents.

— À une époque, tu me racontais tout, me sermonne-t-elle.

— Eh bien j'ai grandi ! Et je n'ai pas besoin de tout raconter à ma mère. Il y a des choses qui sont privées !

— Tu as rencontré un garçon ?

— Laisse-moi passer.

— Eli…

— Maman !

Je hais m'en prendre à elle. Mais merde, je lui dis de ne pas insister, j'aimerais juste qu'elle m'écoute ! Nous nous dévisageons de longues secondes avant qu'elle ne finisse par craquer. Dans un soupir, elle se recule et je m'empresse de descendre pour saluer mon père qui ne comprend rien à ce qui se déroule sous ses yeux.

Je reviens vers ma mère pour l'embrasser, lui souhaiter une bonne soirée, et je quitte la maison avant de laisser la sensation d'étouffement m'envahir.

J'inspire une grande bouffée d'air frais en m'engouffrant dans ma voiture. Je ne pouvais plus rester, c'était trop me demander. J'ai peur d'avouer à mes parents que je fréquente un fan, j'ai peur de ce qu'ils pourraient penser, j'ai peur du jugement facile qu'ils pourraient avoir.

« C'est un fan Eli, ce n'est pas un homme lambda »

« Peut-être qu'il en veut à ton argent »

« Il ne doit pas être sérieux dans ses sentiments »

Ce serait dans le seul but de me protéger, pas de dénigrer Bastien sans même le connaître. Mais mes parents sont d'une autre époque et, dans leur temps, les relations entre fan et chanteur n'étaient pas connues pour être romantiques.

Bordel, je suis trop fatigué pour me torturer avec ça. Une bonne nuit de sommeil et tout ira mieux. J'y verrais plus clair demain.

30 | Bastien

Mardi 18 juin

« *You are never on your own (you are never) And the proof is in this song* »[31]

One Direction

Je suis parti sur un coup de tête. Mes parents me manquaient, je me suis rendu compte que je ne les ai avais pas vu depuis trop longtemps et que j'avais besoin de passer du temps avec eux, de les aider au restaurant. Alors c'était le bon moment pour prendre l'air et laisser l'appartement à Sam afin qu'il puisse

---

[31]*Tu n'as jamais été seule, / Et la preuve se trouve dans cette chanson*

avoir de l'intimité avec son mec.

Je serais rentré pour le train d'Isa. Au moins comme ça, je suis certain d'être occupé.

Je baisse le volume de la musique quand j'approche de la maison où j'ai grandi, située dans les hauteurs. Depuis tout petit, je suis amoureux de cet endroit : le calme tout en étant proche de la ville, et l'aspect familial. Le restaurant appartient du domaine que nous possédons et j'ai vécu auprès des clients qui se sont transformés en habitués au fil des années.

Ouais, pendant mon enfance, c'était la cohue.

Les arbres le long de l'allée me donnent déjà cette sensation d'être à la maison, de retrouver tout ce que j'ai côtoyé pendant des années. Lorsque je gare mon tacot et que l'air frais m'accueille, le soleil me force à plisser les yeux pour apercevoir Nox qui s'élance vers moi en aboyant.

Le chien de la famille, un labrador beige, me salue avec des léchouilles et des sourires qui font fondre mon cœur. Lui aussi m'a manqué.

— Nox au pied !

L'ordre donné par mon père m'oblige à relever la tête et son visage marqué par la surprise lorsqu'il réalise que son fils est rentré à la maison, me conforte dans mon idée. Il était temps de leur rendre une petite visite.

— Bastien ?

Il réduit la distance qui nous sépare pour me serrer contre lui au point de me faire décoller du sol. Je rigole, laisse son odeur qui me rappelle toute mon enfance m'envahir, et j'embrasse sa joue au moment où il décide de me lâcher.

— Mais qu'est-ce que tu fais là ?

— J'avais envie de vous voir, je ne vous dérange pas ?

— Bien sûr que non ! La maison est toujours ouverte pour toi.

Il vient ébouriffer mes cheveux d'une main et de l'autre, il attrape le sac dans le coffre de la voiture. La chaleur est présente en ce début d'après-midi, ma mère est sans doute en train de profiter de la piscine avant de devoir retourner au travail pour le service du soir.

Elle va être tellement heureuse de me voir ici.

Mon père comprend mon intention quand, une fois à l'intérieur, je fixe la terrasse par la baie vitrée. Il me fait signe d'y aller.

— Mais essaie tout de même de prévenir, je n'ai pas besoin que tu lui provoques une crise cardiaque !

J'acquiesce en ouvrant la porte-fenêtre, un léger sourire sur les lèvres. Notre jardin perdu entre les vignes s'offre à moi et, comme je l'avais prédit, ma mère trempe ses pieds au bord de la piscine à ma droite.

Je m'avance à pas de loup, oubliant complètement ce que mon père vient de me dire. Si je peux l'effrayer et la pousser à faire un plongeon inattendu dans l'eau, je vais mourir de rire. Même si je risque des représailles derrière.

Je m'accroupis à un mètre derrière elle.

— Salut maman !

Ma mère sursaute, mais ne dérape pas dans la piscine. Dommage. Elle s'empresse de se redresser, une main sur la poitrine comme si je lui avais vraiment donné la peur de sa vie.

Je ne peux que sourire face à sa réaction et lui ouvrir mes bras.

— Mon bébé !

Elle se blottit contre moi, me serre avec tout autant d'amour que mon père. Je pose un baiser sur ses cheveux roux attachés en chignon sur le haut de son crâne. Ma mère est minuscule, vraiment, je la dépasse d'une bonne tête, mais elle n'en reste pas moins une femme de caractère qui pourrait frapper quiconque se moque de son petit mètre cinquante-cinq. Heureusement que je tiens de mon père qui frôle les un mètre quatre-vingt.

Lorsqu'elle se recule et qu'elle pose ses mains sur mes joues, j'ai le droit à un examen détaillé de mon apparence.

— Je n'aime pas quand tu ne rases pas ta barbe. Tu manges assez dis-moi ?

— Oui maman, Sam nous fait toujours à manger comme un chef. Et laisse ma barbe !

Elle sourit, embrasse ma joue.

— Combien de temps restes-tu avec nous ?

— Jusqu'à après-demain. Isa arrive vendredi matin, il faut que je prépare l'appartement.

— On va profiter de ce temps ensemble alors.

Un bras autour du mien, elle m'entraîne à l'intérieur et ça fait du bien. Je me sens apaisé. Je suis à la maison.

###

— Prends-moi du poulet chéri.

Je ne pensais pas que passer du temps ensemble voulait dire l'accompagner aux courses. Mais j'ai dit que je les aiderais alors, nous avons laissé mon père se reposer pendant que j'écume les rayons frais du supermarché afin que ma mère trouve les ingrédients dont elle a besoin pour ce soir.

J'ouvre la porte qui me sépare du poulet et en attrape quelques barquettes avant de les mettre dans le caddie.

— Alors, qu'est-ce que tu fais maintenant que tu as passé ton diplôme ?

— Eh bien j'attends de l'avoir maman.

— Quand est-ce que tu as les résultats ?

— Vendredi, dans l'après-midi. Sam et Isa seront avec moi pour m'empêcher de sauter par la fenêtre si jamais je n'ai pas mon master.

Le coup que je reçois derrière la tête m'arrache une grimace. Ma mère me regarde avec ses yeux menaçants, et son index se pointe dans ma direction.

— Je ne veux pas que tu rigoles avec ce genre de chose. De toute façon, il n'y a aucun doute là-dessus. Tu es un bosseur, tu as pris tes études avec sérieux comme tu l'as toujours fait avec tout ce que tu entreprends. Tu vas avoir ce diplôme et rentrer dans la vie active sans encombre.

— J'aimerais en être aussi sûr que toi. J'ai du mal à réaliser que je n'irais plus à la fac et qu'il va être temps de commencer une carrière.

— Bienvenue dans le monde des adultes, Bastien.

Je sais que nous entrons dans le grand bain, mais si jamais je réussis, je me mettrais à la recherche en août. J'ai économisé pendant des années dans le seul but d'être prévoyant, je demande simplement un mois de répit afin de profiter de mes amis et de ma famille. Qu'on me laisse mon été.

Lorsque les courses sont payées et rangées dans la voiture, ma mère pose sa main sur ma cuisse et me sourit.

— Et les amours ?

— Maman, c'est le moment de parler de ça ? Tu ne veux pas plutôt qu'on rentre à la maison ?

— Je te connais, tu vas te défiler, prétexter que tu aimerais bien aller te balader ou je ne sais quoi encore. N'oublie pas que tu es sur cette terre grâce à moi mon ange, à ce titre tu dois tout me raconter.

Ses paroles me font ricaner, mais je hausse les épaules. Je n'ai rien à dire, c'est tout.

— Très bien, ça va être compliqué de te faire parler. Mais je vais y arriver.

Sa détermination est sans faille, c'est une chose que j'admire chez elle. Elle adore parler d'elle à la troisième personne et clamer « Qui se frotte à Diane se pique » à tout bout de champ ! J'entends ça depuis vingt-deux ans maintenant, je suis rodé. En tout cas, j'arrivais tout de même à esquiver cette conversation. Il va falloir préparer la salle, se mettre à cuisiner pour ce soir. Ça lui sortira bien de la tête. De toute façon, de ce côté-là de ma vie paraît tellement chaotique que j'ai pris la décision de lui parler d'un homme le jour où je serais sûr de moi. À quoi ça servirait de lui présenter quelqu'un, qu'elle s'y attache et que finalement je me retrouve de nouveau seul ? Ce n'est pas nécessaire d'infliger cette peine à ma famille.

Une fois à la maison, j'aide ma mère à décharger la voiture et trouve l'excuse parfaite de sortir avec Nox en promenade, qui ne demande que ça. Dès que je le dis à voix haute, il saute sur moi, oreilles dressées et la queue remuant dans tous les sens. Je sais que mes parents n'ont pas vraiment le temps. Je vais donc leur rendre ce service.

— J'arriverais bien à te coincer quelque part Bastien !

J'envoie un baiser à ma mère alors que je m'engage déjà dans l'allée, tiré par Nox qui court partout et renifle tout ce qui se trouve sur son passage. J'avais oublié à quel point un animal manque à ma vie. Cette petite boule de poil – quoique plus si petite maintenant – qui apporte une dose de bonheur quotidienne.

Heureusement que les animaux sont loin d'être comme les humains. Ils sont loyaux, fiables.

Je retiens la laisse du chien quand les voitures nous frôlent et le laisse nous emmener là où il le désire. Nous finissons forcément par retourner dans les vignes près de chez nous, le chemin que nous empruntons chaque fois en balade et que Nox connaît par cœur. J'ai toujours trouvé ce chien intelligent.

Arrivés dans notre jardin, je lui retire son harnais, lui fais quelques caresses et lui demande de me suivre jusqu'à la cuisine. Je remplis sa gamelle d'eau légèrement fraîche et le laisse se désaltérer et en mettre partout également. L'eau coule le long de ses babines et bien sûr c'est le moment qu'il choisit pour venir vers moi et réclamer des câlins. Je me retrouve avec le visage mouillé à moitié par de l'eau, à moitié par de la bave. Génial.

— Nox tu saoules, je grogne en attrapant un torchon pour essuyer ma peau.

Lui repart tout content se mettre dans son panier. La balade l'a fatigué, il n'est plus tout jeune. Je le laisse se reposer et en profite pour monter dans mon ancienne chambre. Je troque mes vêtements contre un maillot de bain, fais un détour pour prendre une serviette dans une armoire et rejoins la piscine qui me fait de l'œil depuis mon arrivée.

Lorsque je m'enfonce dans l'eau, je soupire de bonheur à cette sensation que j'ai attendu depuis des mois. Voilà ce qu'il nous faudrait dans notre appartement, une piscine !

— Oh, toi aussi tu as décidé de faire un plongeon avant de nous aider au service ?

Je tourne mes yeux protégés par mes lunettes de soleil vers l'intrus qui n'est autre que mon père. Bien sûr, ils se sont ligués contre moi.

— Je te rappelle que je n'ai pas cette chance à

Bordeaux.

— L'inconvénient de vivre en ville… il me lance avec un clin d'œil avant de disparaître sous l'eau à peine rentré dedans.

Il remonte à la surface et me sourit de ses dents jaunies par le tabac. Je sais ce qu'il m'attend.

— Bon, je ne vais pas te mentir. Ta mère m'envoie à la pêche aux infos… Et comme c'est plus facile de parler d'homme à homme…

— Cliché.

— Pas du tout.

Je grimpe sur une des bouées noires abandonnées sans me renverser au passage et appuie ma tête en arrière, le soyeux clos.

— Si je n'ai rien dit à maman, c'est que je n'ai tout simplement pas d'infos croustillantes à lui donner.

— Tu vas me dire qu'un jeune de ton âge ne connaît pas de flirt ?

Mon père et ses expressions de vieux.

— Papa, dans ce cas-là ça ne sert à rien de vous en parler. Ma vie… sexuelle ne regarde que moi !

— Je ne t'ai pas demandé de détails sur ça, merci !

Je rigole lorsqu'il m'envoie de l'eau.

— Il ne se passe rien côté amour non plus. Aucun homme dans ma vie.

Je n'aime pas mentir. Mais techniquement, je ne mens pas. Louis, dont ils ne connaîtront jamais l'existence, est maintenant loin de moi et Eli… Eli, je n'en sais rien. Il m'a viré de chez lui pour une remarque débile et je lui en veux. Alors je préfère ne pas y penser.

— D'accord, c'est ton choix de garder ça pour toi. Mais si jamais un garçon arrive à faire battre ton cœur au point que tu ressentes l'envie de nous le présenter, la maison sera ouverte pour toi et pour lui.

Je relève la tête vers mon père. Son regard est bienveillant et je le suis en suis reconnaissant.

— Merci papa. Je t'aime.

— Je t'aime aussi.

31 | BASTIEN

Jeudi 20 juin

« *There's a lightning in your eyes I can't deny
Then there's me inside a sinking boat running out of time* »[32]

One Direction

C'est passé trop vite. C'est ce que je me dis à chaque fois, en me promettant de revenir plus rapidement pour une durée plus longue. Sauf que par manque de temps, ça n'arrive jamais.

---

[32]*Il y a un éclair dans tes yeux que je ne peux pas nier /
Ensuite, il y a moi dans un bateau qui coule et qui manque de temps*

Le service du midi vient de s'achever, il est plus de quinze heures et nous nous affairons à tout nettoyer avant de prendre un dernier café ensemble. Ma mère s'éclipse pour le préparer et je passe un dernier coup de serpillière derrière mon père.

Une fois dans la cuisine, autour de la petite table ronde qui accueillait autrefois nos dîners, Nox s'installe à mes pieds en réclamant mon attention. Il me colle depuis mon arrivée et lorsqu'il a remarqué mon sac de nouveau dans le salon, il a compris que le départ était imminent. Je caresse sa tête avant de relever la mienne en remerciant ma mère pour le café qu'elle me sert.

— Nous prenons bientôt quelques jours de vacances pour nous reposer et aller voir mamie et papy.

Je pose ma tasse après une première gorgée avalée, un sourcil levé à la mention de mes grands-parents.

— En pleine saison, comme ça ?

— Nous avons toujours fait au mieux pour le restaurant. Tes grands-parents ne sont plus tout jeunes, et nous avons besoin de plus de temps avec eux.

Je retiens mon souffle lorsque je remarque le long regard que mes parents s'échangent.

— Il y a quelque chose que vous ne me dites pas ?

— Non, bien sûr que non. On veut juste être proche d'eux, me rassure ma mère en attrapant ma main.

Elle a un sourire doux qui pour autant, n'enlève pas le mauvais pressentiment qui tord mes tripes.

C'est mon père qui reprend :

— Tu voudrais venir avec nous ? Ça pourrait te faire changer d'air.

— Peut-être. Quand est-ce que vous partez ?

— La dernière semaine de juillet.

Je le note dans mon téléphone, histoire de ne pas oublier.

— Je vous promets d'y réfléchir.

C'est vrai que quitter Bordeaux serait une grande bouffée d'air frais. Sam pourrait sans doute nous accompagner, il a déjà rencontré mes parents et ils s'adorent. En même temps, qui n'aime pas Sam ? C'est mon rayon de soleil.

L'heure sur mon téléphone avance, il va falloir que je retourne à l'appartement. J'en ai les larmes aux yeux. Je sais que mes parents ne sont pas très loin, que je pourrais venir leur rendre visite un week-end. Et pourtant à chaque fois que je les quitte, une boule s'installe au creux de mon ventre.

Nous terminons notre café, notre dernière discussion et ils m'accompagnent jusqu'à ma voiture. Ma mère aussi est très émotive, elle se retient pour ne pas pleurer, je le vois, et ça ne m'aide en rien à me contenir.

Le moteur allumé, je viens les embrasser en les serrant de toutes mes forces.

— Tu fais attention sur la route surtout.

— Oui, maman. Je suis toujours prudent.

— Et tu nous donnes des nouvelles.

— Oui, papa.

Je me force à les quitter après un dernier câlin. Une dernière léchouille de Nox et je reprends la route, les observant dans mon rétroviseur jusqu'à ce qu'ils ne soient plus que deux silhouettes.

# # #

Une heure et demie et un texto envoyé plus tard, je suis de retour chez moi. Le soleil brille encore assez fort, Sam en a profité pour ouvrir les fenêtres et laisser entrer l'air chaud dans l'appartement. Si j'étais content de prendre une courte pause à Bergerac, je suis tout aussi heureux de rentrer et de retrouver mon meilleur ami.

Ce dernier sort de la cuisine, sourire aux lèvres et… cou ravagé de suçons. Je grimace.

— Dis-moi que vous n'avez pas fait ça partout.

— D'accord, je ne te le dirais pas.

Sam éclate de rire en m'attirant contre lui pour un long câlin, alors que je tente en vain de ne pas les visualiser sur toutes les surfaces libres.

— Tu me dégoûtes !

— Moi aussi je t'aime ! Au moins ça m'a permis de faire le ménage à fond pour l'arrivée d'Isa. Surtout, ne me remercie pas.

— Et puis quoi encore ?

Il me tire la langue avant de m'accompagner dans ma chambre, où il s'assoit sur mon lit.

— Alors, la campagne t'a fait du bien ?

— Ouais. Mes parents étaient heureux de me voir.

— Les parents sont toujours heureux de voir leur gosse ! s'exclame-t-il en s'allongeant.

Je range mes affaires dans mon placard avant de m'asseoir en tailleur à ses côtés.

— Tu vas me raconter ce que tu as fait avec Matt ?

— Et toi, tu vas me dire pourquoi, après avoir passé la journée avec Eli, tu es parti sur un coup de tête ?

— T'es chiant, grogné-je.

Il faut toujours qu'on parle de moi plutôt que de lui. Il ne se passe absolument rien dans ma vie, c'est toujours la même chose. Pour une fois j'aimerais que mon meilleur ami ait envie de se confier, de partager sa vie amoureuse avec moi.

Sam tourne la tête vers moi. Nous échangeons un long regard sans que ni lui ni moi ne prenions la parole. C'est lui, au bout de quelques minutes dans le plus grand des silences, qui se lance :

— Je crois que j'aime bien Matt. Un peu trop.

— Un peu trop ?

— J'ai envie de passer tout mon temps avec lui. De l'embrasser, de l'avoir contre moi. Dès que je fais quelque chose, je me dis que ce serait encore mieux s'il était avec moi.

— Mais ?

— Mais ça ne fait qu'un mois que l'on se voit. Tu me connais, je suis le genre de mec qui couche avec des hommes différents tout le temps. Depuis… Depuis l'enfoiré qui m'a brisé, j'ai refusé de me mettre dans une relation sérieuse. Et là… hier soir, il m'a fait l'amour sans me quitter du regard et c'était si puissant. Il a répété qu'il aimait mes yeux, mes lèvres, mon corps, mon esprit…

Ses joues s'empourprent au fur et à mesure qu'il me raconte les événements de la veille. Ses barrières s'abaissent, il me laisse accès à ses sentiments qui le terrifie. Mes doigts se glissent contre les siens.

— Est-ce que vous avez parlé sérieusement de votre histoire ?

— Non. Quand on est ensemble, on vit le moment présent. On ne parle jamais du futur ou de ce que nous ressentons.

— Je pense pourtant qu'il est temps, Sam, murmuré-je.

Je peux voir ses yeux briller lorsqu'il me parle de Matt, et j'aimerais être témoin du comportement de ce dernier, observer sa façon d'agir avec Sam. Lire la sincérité dans son regard. J'ai fait l'erreur de ne pas prêter attention aux signaux d'alarme dans sa précédente relation, je ne ferais pas la même erreur deux fois.

— Ouais, je pense aussi.

Je viens embrasser longuement sa joue sans lâcher ses mains. Sam lâche un soupir.

— On finira par y arriver. Trouver quelqu'un qui vaudra le coup et qui nous fera oublier à quel point l'amour peut être chaotique.

Mon meilleur ami hoche lentement la tête avant de murmurer, pour détourner l'attention sur sa vie sentimentale :

— Sinon on se mariera.

— Parce que tu crois que je pourrais te supporter en tant que mari ?

Il pince ma hanche dans le but de me punir et je rigole bêtement.

— On pourrait faire un trouple avec Isa.

— Elle finirait par nous descendre.

— T'as pas faux.

— J'ai toujours raison, je te signale. Je suis balance.

— Quelle idée ont eu tes parents de te faire naître en septembre.

— Les joies du Nouvel An…

L'ambiance est devenue légère et je garde mon ami contre moi un moment, nous discutons de choses complètement débiles jusqu'à ce que nos estomacs nous rappellent à l'ordre. Ce soir, ce sera fast-food ou pizza. Sam n'a pas le courage de cuisiner. Ou plutôt, le frigo est vide.

32 | Eli

Jeudi 20 juin

« *If the truth tell, darling, you'd feel
Like there ain't enough dying stars in your sky* »[33]

Louis Tomlinson

La maison de Jason et Louis est grande. Très grande. S'élevant sur deux étages, décorée d'objets modernes, de tableaux en tout genre accrochés aux murs parce que le mari de mon cousin a un penchant pour l'art, un jardin tondu au millimètre près, une haie taillée droite sans aucune vague. Si Louis n'était pas de

---

[33] *Si la vérité éclate, chérie, tu devrais te sentir / Comme s'il n'y avait pas assez d'étoiles mourantes dans ton firmament*

ma famille, je les croirais dans un véritable conte de fées, un aspect extérieur reflétant celui à l'intérieur. Mais de ce que je sais, ce n'est que foutaise. Peut-être qu'ils parviennent à se voiler la face, à se mentir à eux même en pensant que leur couple est parfait, rayonnant, invincible. Pour moi, qui connais les penchants de Louis, ça me donne envie de rire. Mais comme je semble être le seul de la famille au courant de ses frasques, je dois tout garder et m'extasier comme mes parents devant cette maison si magnifiquement entretenue.

Du faux, du faux, et encore du faux. Comment est-ce possible de vivre dans un monde si mensonger ?

— Je suis content que tu sois venu.

Isolé sur la terrasse, histoire de prendre une grande bouffée d'air frais avant que le dîner ne commence, je ne pensais pas que Louis viendrait me parler. En tout cas, je ne pensais pas qu'il viendrait se plaindre le jour du renouvellement de ses vœux. Enfin, c'est un bien grand mot. Je ne suis pas certain qu'ils aient fait quelque chose d'officiel, c'était dans le seul but de nous réunir.

— C'est normal, je suis ton cousin, je réponds simplement, les yeux rivés sur les étoiles.

J'entends le bruit du briquet et très vite, l'odeur de cigarette chatouille mes narines.

— Après ce que je t'ai avoué la dernière fois chez ma mère… Tu dois trouver ça étrange.

— Tu ne dois pas te justifier, tu sais ?

— Ce n'est pas ce que je fais.

— Si tu le dis.

Le silence s'abat entre nous, Louis fume tranquillement à mes côtés.

— Nous allons avoir un bébé.

Merde, il a bien fait de ne pas attendre que nous soyons à table pour me l'annoncer, parce que je pense que j'en aurais craché ma bouchée.

— Un bébé ?

Les étoiles me semblent soudainement moins intéressantes face à la bombe qu'il vient de lâcher, je tourne la tête pour le regarder.

— Ouais. Nous avions lancé une procédure d'adoption après notre mariage, nous savions que ça durerait un certain temps et pour preuve…

— Je suis content pour vous.

Je suis loin d'être sincère. Merde, sont-ils à ce point irresponsables ? Ils se trompent, vivent en se cachant des choses et ils vont accueillir un enfant au sein de leur foyer ? Ça me paraît tellement inconcevable, et même si je n'ai pas à donner mon avis, ça me rend dingue. Bon sang, on parle d'un être humain qui va arriver dans une famille déjà bousillée ! À quoi ça sert ?

Louis écrase son mégot avant de m'annoncer :

— J'ai quitté mon amant. Ou plutôt, c'est lui qui m'a quitté. Je pensais tomber amoureux de lui, je songeais réellement à divorcer. Mais il a eu raison, il mérite mieux qu'un homme comme moi, alors je vais sauver mon mariage.

Ma peau se couvre d'un léger frisson lorsqu'une brise nous frôle. J'ignore si Louis me parlait ou s'il tentait de se convaincre, de faire bonne figure. Je ne comprends définitivement rien. Qu'est-ce qu'il y a de si compliqué dans le fait de rompre avec quelqu'un si nous sommes malheureux ? Notre temps sur terre est trop limité pour que nous le gâchions.

— Enfin, bref. Profite du dîner, me dit-il avec un faible sourire, avant de rentrer là où tout le monde commence à s'installer à table.

À chaque fois que je vois mon cousin, c'est la même chose. Il me prend pour son confident, me raconte sa vie, ses doutes, me retourne complètement. Sur le moment, je pense à ses problèmes, à quel point ses mauvais choix rongent son existence. Puis, une fois de retour chez moi, tout s'envole. Jusqu'à la prochaine rencontre.

Sauf que ce soir, je n'ai pas envie de me tuer le cerveau à chercher une raison rationnelle aux agissements de mon cousin. Je veux juste dîner en paix. Je finis par rejoindre mes parents, prenant place à droite de ma mère. Les conversations sont endiablées, ça parle de foot, de politique, des dernières actualités. Puis viens le moment où Jason se lève pour nous adresser quelques mots, quittant son habituel masque neutre. Normal que Louis soit allé voir ailleurs, ce mec me fait flipper parfois. Avec son air sérieux, ses lèvres pincées, son regard dur qui pourrait pourtant en exciter plus d'un.

— Je tenais à vous remercier de votre venue ce soir. Cela compte énormément pour Louis et moi, de nous prouver une nouvelle fois notre amour devant nos familles. Mais nous avons également une grande nouvelle à vous annoncer.

Jason attrape la main de mon cousin et l'embrasse de longues secondes, ses yeux plongés dans les siens. La mère de Jason pousse un « oh » attendrie et lorsque je jette un œil à la tablée, je remarque qu'ils sont tous émus et semblent tous croire à l'amour qui relie les deux hommes mariés.

C'est finalement Louis qui reprend la parole, les doigts liés à ceux de son compagnon qui, pour une fois, a troqué son éternel costume de PDG pour une chemise blanche en lin et un jean bleu foncé :

— Jason et moi allons devenir pères !

Un cri se fait entendre, ma tante pose une main sur son cœur, à deux doigts de défaillir. Pitié, sortez-moi de là ! Les invités se lèvent, viennent tour à tour serrer Louis et Jason dans leurs bras. Je me contente d'un « félicitation », d'un long regard avec mon cousin avant de retrouver ma place à table.

Finalement, ils auraient mieux fait d'annoncer la bonne nouvelle au dessert. Lors du repas, il n'y a que le bébé au centre des discussions. Fille ou garçon ? Quel âge ? Français ou étranger — sérieusement ? — ? Quand est-ce qu'il arrive ? Il va être si heureux ! Vous allez devenir les meilleurs parents du monde !

Le couple est sollicité de tous les côtés, essaie tant bien que mal de répondre à toutes les questions. L'enfant s'appelle Rosalie, elle a sept mois et est née en Italie. Pauvre gamine.

— Quand est-ce que tu t'y mets, que je devienne grand-mère à mon tour ?

— Pardon ?

Le verre s'arrête à mi-chemin entre mes lèvres et la

table. J'observe ma mère, les yeux grands ouverts, la bouche également, prête à avaler toute mouche qui trouverait ma langue appétissante.

— Tu m'as bien entendu. Je ne veux pas être une vieille mamie quand tu me feras un petit fils.

— Déjà qui t'a dit que ce serait un garçon ? Ensuite, je n'ai que vingt-cinq ans maman ! J'ai encore le temps !

— Mais tu as entendu Jason, ils ont mis plusieurs années avant d'obtenir une réponse favorable.

— Tu t'es demandé si j'en voulais au moins ?

— Je l'ai su dès que tu t'es occupé des petits à la maison.

Cramé. C'est vrai que, malgré quelques enfants désagréables, j'ai toujours adoré prendre soin des plus petits lors de mon adolescence. Je suis incapable de mentir là-dessus, et de ne pas craquer sur une bouille joufflue. J'aime les enfants et j'en veux, mais je suis très loin d'y avoir réfléchi sérieusement. Je suis jeune, je n'ai pas encore rencontré l'homme avec qui je pourrais fonder une famille et ma carrière ne fait que commencer. J'aurais tout le temps de voir ça plus tard.

— Tu seras la première au courant lorsque je déciderai de devenir papa, promis.

— Et moi alors ?

Mon père lève la tête de son assiette pour me regarder, sourcils froncés et nous éclatons de rire avec ma mère.

— Quoi ? Moi aussi je veux devenir papy !

Le père de Jason se permet de s'incruster dans la

conversation en nous dévoilant son envie d'avoir une petite fille depuis des années. À nouveau, tout le monde discute de cette arrivée dans la famille, ce qui finit par m'arracher un sourire. Pour une fois, je pourrais presque trouver l'ambiance supportable, merci à mes parents qui ne cessent de faire des blagues.

Mon téléphone se met à vibrer quand le dessert – un énorme gâteau au chocolat – est apporté. Je m'excuse rapidement et m'éloigne vers l'entrée. Un appel manqué d'Alex, que je m'empresse de rappeler.

— Ah, Eli !

— Tu as essayé de me joindre ? Il est tard, tout va bien ?

— Tout va parfaitement bien, désolé si je te dérange.

— Non ne t'inquiète pas.

Lorsque j'échange avec mon manager, c'est la plupart du temps par message. Les appels sont rares, et ne sont émis que pour une grande occasion. Mes mains deviennent soudainement moites.

— Qu'est-ce qui se passe alors ?

— On a une date de sortie pour ton album. Et nous allons commencer à programmer ta tournée.

— Oh putain.

Ma respiration se coupe l'espace d'un instant. Formuler ça à voix haute me fait un choc. Je savais pour l'album, je savais également qu'une tournée était la suite logique. Mais comprendre que c'est officiel, et que ma carrière va faire un bond de plus semble surréaliste.

— Tu peux le dire ! Je t'envoie par message un moment où je suis libre et tu passeras au bureau qu'on finalise tout ça.

— Compte sur moi. Merci Alex.

— Tu as du potentiel Eli. Je ne fais que l'exploiter. Allez, ne te couche pas trop tard et continue de chanter, ta belle voix doit être au top pour les derniers enregistrements.

Je le remercie une nouvelle fois avant de raccrocher, le cœur battant à mille à l'heure. Je suis obligé de m'appuyer contre le mur face à la porte d'entrée, une main sur ma poitrine. Des pas se font entendre, je lève la tête pour découvrir Jason.

— Tout va bien Eli ? s'enquiert-il, sans doute à cause de mon départ de la table.

— Ouais, tout va parfaitement bien.

Et je n'en ai plus rien à foutre de ton mariage qui coule. Je suis un putain de chanteur qui va sortir un album et faire une tournée. Putain, ouais !

33 | BASTIEN

Vendredi 21 juin

> « *Maybe, we can
> Find a place to feel good* »[34]
>
> Harry Styles

Nous sommes à la gare depuis une dizaine de minutes. Le train d'Isa ne devrait pas tarder à arriver et plus les secondes défilent, plus je deviens impatient. Je me dandine d'un pied sur l'autre, je jette des coups d'œil un peu partout, les mains enfoncées dans les poches de mon jean.

---

[34]*Peut-être qu'on peut / Trouver un lieu où se sentir bien*

De longs mois séparent notre première rencontre. C'était en octobre dernier, j'étais monté à Paris pour découvrir la capitale et que nous puissions aller ensemble à un concert. Ces quatre jours passés à ses côtés étaient les plus intenses et aussi le plus beaux de ma vie.

Les réseaux sociaux m'avaient appris de nombreuses choses sur elle, mais j'ai découvert la personne qu'elle était réellement quand nos regards se sont croisés. Et j'ai eu un coup de foudre amical.

— *Le train numéro 58473 en provenance de Paris-Montparnasse, va entrer en gare, voie une. Éloignez-vous de la bordure du quai.*

La voix automatique résonne dans le haut-parleur au-dessus de notre tête, je me mets à sautiller avec un sourire idiot.

— C'est le sien ! J'annonce à mon meilleur ami qui lève les yeux au ciel, sans parvenir à cacher son air amusé.

Lui ne l'a jamais rencontré, mais avec tout ce que je lui ai raconté sur elle, il a hâte. Ils vont bien s'entendre, j'en suis sûr et certain. Deux personnes qui m'aiment ne peuvent que devenir amis.

Le train arrive au loin, se rapproche de plus en plus jusqu'à s'arrêter totalement. Mon amie m'a indiqué le numéro de sa voiture, nous sommes près de la porte et lorsqu'elle s'ouvre, je pars à la recherche de sa tignasse blonde et bouclée.

Isa apparaît, un gros sac sur le dos et une valise tenue dans sa main droite. Elle est resplendissante dans sa robe jaune qui allonge sa silhouette. Ouais, elle est immense face à moi. J'avais oublié ce détail.

Lorsqu'elle me remarque, son visage s'illumine. Elle se débrouille comme elle peut avec ses affaires avant de nous rejoindre, atterrissant brusquement dans mes bras, dans lesquels elle reste de longues secondes.

Elle murmure contre mon oreille :

— C'est si bon de te revoir. Et tu sens toujours autant la vanille.

— Toi aussi tu m'as manqué.

Elle claque un baiser bruyant sur chacune de mes joues avant de prendre un instant pour m'observer. Apparemment, je ne suis pas le seul à avoir du mal à réaliser qu'elle est bien avec nous. Isa semble prendre conscience que je suis venu accompagné et adresse un sourire à Sam.

— Je suppose que tu es le second meilleur ami ?

— Le premier, en fait.

Mes mains tremblent tellement je suis heureux et même la pointe de jalousie de Sam ne m'empêche pas d'avoir envie de crier à la terre entière que je suis avec les personnes que j'aime le plus sur cette terre — après mes parents, bien sûr. Après les présentations officielles, j'attrape la valse d'Isa.

— Bienvenue à Bordeaux !

— Il fait super chaud ! Pareil à Paris, mais c'est plus étouffant.

— Tu vas respirer un peu plus ici, tu vas adorer.

Elle acquiesce avec un sourire complice. Elle est rayonnante et ça me frappe tellement. J'ai de la chance d'être entouré de personnes aussi positives. Est-ce que je le suis également ?

Une fois sortis de la gare, Sam est déjà entrain de lui dire le nom des rues, de lui présenter tout ce qui se trouve autour de nous alors que nous ne sommes que dans le quartier de la gare. Les prochains jours s'annoncent marrants, j'ai hâte de vivre ça.

Nous l'amenons jusqu'à l'appartement et Isa regarde autour d'elle pour examiner chaque recoin.

— Je pensais atterrir dans un grand bordel, je suis impressionnée !

— Parce qu'un appart de mecs doit être sale ? Bonjour le cliché.

Isa m'adresse un clin d'œil non sans retenir un rire. Sam lui, ne semble pas du tout vexé et passe vite à autre chose en lui montrant le couloir.

— Bastien est généreux, il te laisse sa chambre. Il va tester notre canapé extrêmement confortable.

Son sourire qui me nargue me donne envie de le passer par la fenêtre. Même si Isa est mon invitée, Sam a tenu à faire un Shi Fu Mi pour savoir qui comptait laisser sa chambre. Sa pierre a battu mon ciseau. Je crois que je ne suis pas chanceux aux jeux de hasard.

Je ne lui accorde qu'une vision de mon majeur pour réponse et fais signe à Isa de me suivre. J'ai tout préparé afin qu'elle se sente chez elle et qu'elle puisse se sentir à son aise. Elle avait fait la même chose pour moi dans son petit studio parisien.

— C'est sympa ici, même si c'est petit.

Ses affaires posées dans un coin de la pièce, elle sort son paquet de cigarettes et ouvre la fenêtre en grand, brûlant le bout de sa clope, penchée vers le vide.

— Plus les mois passent et plus j'étouffe entre ces murs.

— C'est normal. À deux, au bout d'un moment on se marche dessus.

Je hoche la tête, m'apprête à la rejoindre quand la sonnerie de mon téléphone retentit. Je l'extirpe de ma poche et regarde celui qui vient nous déranger avant de me figer. Ce n'est pas le moment.

Isa se tourne vers moi et remarque mon état.

— Qu'est-ce qui se passe ?

Je lui montre simplement l'écran où elle lit le prénom qui s'affiche avant que l'appel ne cesse.

Elle n'est pas au courant de notre dernière journée ensemble et je vais devoir tout lui raconter. Heureusement qu'elle commence à me connaître par cœur et qu'elle me comprend sans que j'aie besoin d'expliquer.

— Rappelle-le. Ne te gêne surtout pas pour moi.

— Merci, je viens embrasser sa joue en guise de remerciement et m'éclipse hors de la chambre.

Je trouve refuge sur le balcon et prends le temps de m'allumer une cigarette. Je mentirais si je disais que je ne redoutais pas son appel. Mais dans un sens, je suis heureux que ce soit lui qui revienne vers moi, et non l'inverse.

J'arrête de faire traîner la chose et appuie sur son

numéro.

Sa voix me parvient au bout de la troisième sonnerie.

— Bastien ?

— Salut, Eli.

Il y a un blanc, j'entends un soupir de son côté et je ne peux cacher le soulagement qui m'envahit de l'entendre à nouveau. Même si ça ne fait que quelques jours que nous n'avons pas eu de contact, il m'a manqué.

— Je suis content de t'avoir.

— Moi aussi.

— J'aimerais m'excuser pour mon comportement. Est-ce que tu accepterais qu'on se voie ?

— Ma meilleure amie est arrivée tout à l'heure de Paris, je ne peux pas la quitter pour te rejoindre, désolé.

— Bien sûr, je comprends. Excuse-moi. Si jamais tu as un moment de libre la semaine prochaine, fais-moi signe.

— Pas de soucis.

— Je vais te laisser. Profite bien d'Isa ?

— Isa, oui. Merci. À plus tard, Eli.

— À plus tard.

Il est celui qui raccroche et me laisse mitigé. Le fait qu'il ait retenu sans problème le nom d'Isa me fait sourire et en même temps, la conversation que nous venons d'échanger était si froide, maladroite. Tellement… pas nous.

Je tire nerveusement sur ma cigarette avant de tourner la tête en sentant des yeux posés sur moi. Bien sûr, j'aurais dû m'en douter. Mon amie m'observe depuis la fenêtre de ma chambre, grand sourire aux lèvres.

— J'ai tout entendu.

Je lâche un râle de désespoir.

— Je sais.

— Allez, viens tout me raconter.

#

— Parfois, ça arrive qu'on ne sente pas bien et d'avoir envie d'être seul. C'est sans doute ce qui est arrivé et ça n'avait pas de rapport avec ce que tu lui as dit.

— On était bien alors je pense quand même que mes mots ont joué. Mais tu as raison. J'ai peut-être pris la chose trop à cœur.

Isa hoche la tête et je me retrouve rassuré. Lui expliquer la situation, entendre son avis m'apaise. Bien sûr, j'en discuterais avec Eli le moment venu, mais je comprends que je me suis inquiété pour rien, que j'ai eu peur de le perdre d'un claquement de doigts sans raison valable.

— En tout cas, il semble te rendre heureux. Alors, profite à fond. Tu le mérites.

— T'es géniale.

Elle ricane en venant étendre ses jambes sur les miennes. Nous sommes installés sur la terrasse à fumer notre énième cigarette et je me sens tellement bien que j'en oublierais presque…

— LES RÉSULTATS !

Le cri de Sam depuis le salon nous fait tous les deux sursauter, mon rythme cardiaque s'affole, j'échange un regard avec Isa qui a un énorme sourire sur les lèvres. Forcément, elle n'a pas connu ce stress-là depuis des années. Putain, c'est vraiment en train d'arriver ? Je ne suis pas certain d'être prêt pour ça.

— Allez viens !

C'est elle qui doit me tirer à l'intérieur et m'installer sur le canapé, devant l'ordinateur de mon meilleur ami. J'attrape la main de ce dernier sans plus attendre, nous serrons tous les deux si fort que j'ignore lequel souffre le plus.

— Vous êtes des trouillards…

Isa n'attend pas notre accord pour cliquer sur le fichier et le télécharger. Heureusement qu'avec Sam, nous connaissons nos numéros de candidats par cœur depuis le temps.

— Commence, toi, je murmure à mon ami.

Sam prend une grande inspiration, avance ses doigts tremblants vers le pad de l'ordinateur et défile la liste jusqu'à trouver ce qui l'intéresse.

— Bordel de merde, c'est bon pour moi ! annonce-t-il en hurlant.

Sous l'adrénaline de le savoir diplômé et d'avoir à

mon tour envie de connaître mon résultat, je me penche vers l'écran et découvre les trois lettres : ADM. Putain. Putain ! Je lâche un cri, me relève et me mets à sauter dans tous les sens. Ça devient un vrai bordel, Isa célèbre avec nous ces cinq putain d'années qui nous permettent d'accéder à un nouveau diplôme. La joie explose, je m'en excuse auprès des voisins, mais nous avons besoin d'extérioriser.

C'est officiel. Nous sommes des psychologues !

Mon meilleur ami dans mes bras, je lui offre une longue étreinte. C'est la fin d'un chapitre, mais le début d'un autre.

— Ce soir, on sort !

Ouais putain. Ce soir on fête ça.

34 | Eli

Vendredi 21 juin

« *I just wanna lay here and fall into midnight
And fall right into you* »[35]

Liam Payne

Ce soir, c'est la fête de la musique. Et même si je ne suis pas le plus grand des fêtards, j'ai accepté de sortir avec James, histoire d'aller boire un verre, de danser au rythme des groupes qui joueront dans la rue.

Après avoir passé la journée avec Alex et d'autres

---

[35]*Je voudrais juste m'allonger là et me laisser tomber au cœur de la nuit / Et me réfugier contre toi*

membres de l'équipe pour préparer les derniers détails de l'album et les dates de la tournée, j'ai décidé qu'une pause me serait utile. Même si certains fans pourraient me reconnaître et même si je n'ai pas vraiment envie qu'ils me voient éméché. Ça ne ferait pas sérieux.

James m'envoie un message pour me signaler son arrivée. Je termine de boutonner ma chemise qui va sans doute me faire crever de chaud – mais le style, c'est important – et attrape mes affaires. L'appartement fermé à clef, je laisse l'ascenseur me mener jusqu'au hall et retrouve mon ami à l'extérieur. Il m'offre une rapide étreinte.

— Salut.

— Prêt à sortir de ta tanière pour t'éclater un peu ?

— Carrément !

James m'embarque dans le tramway le plus proche et m'expose un plan détaillé de la soirée : boisson à gogo, danse jusqu'au petit matin. Tout pour nous détendre et oublier le procès qui aura lieu dans deux mois, jour pour jour.

Nous descendons quelques arrêts plus tard et l'ambiance à l'extérieur nous happe d'un seul coup. On entend de la musique un peu partout, les gens parcourent déjà les rues, verre à la main, certains bougent leurs hanches sur les différents rythmes qui se mélangent pour former un immense brouhaha. Putain, j'aime ce que la musique provoque là où elle voyage. De la joie, de la bonne humeur. Tout s'efface sur une mélodie qui nous transporte.

James est complètement fou, il me tire par le bras pour que nous prenions notre première bière et nous trinquons ensemble, accoudés sur une table haute.

J'observe le monde d'un air détaché tout en buvant quelques gorgées. Personne n'est encore venu me voir, c'est étonnant. Mais je ne risque certainement pas de m'en plaindre. Cette sensation de pouvoir respirer au milieu d'une foule, de ne pas sentir de regard sur soi. Ça me manque.

— Ça fait tellement longtemps que je ne me suis pas envoyé en l'air.

Ma gorgée passe de travers et m'oblige à tousser difficilement. James n'est pas du genre à parler de ça avec moi, tout simplement parce que ses petites amies se comptent sur les doigts d'une main et qu'il reste très privé sur sa vie sentimentale.

Il me regarde avant de lever les yeux au ciel.

— Ne sois pas choqué.

— Je suis un homme, je te rappelle, je sais très bien les besoins que nous avons.

— Un homme tout aussi frustré que moi.

— Non ça va, je m'en sors plutôt bien.

James râle en terminant sa bière, avant d'attraper la carte posée un peu plus loin, examinant les différents en-cas proposés. Très bonne idée, boire le ventre vide n'est pas recommandé.

Mon verre vide, je commande une seconde tournée.

— Eli ?

Je tourne la tête en distinguant mon prénom. Derrière moi, une jolie fille, cheveux attachés en chignon et sourire sur ses lèvres colorées de bleue s'excuse de venir m'embêter.

— Est-ce qu'on pourrait prendre une photo ? Je ne veux pas te déranger trop longtemps.

— Pas de soucis.

Incapable de refuser, je me lève, histoire d'être à sa hauteur. C'est moi ou cette fille est gigantesque ? J'espère que personne n'y prêtera attention. Les mouvements de foules, les gens qui désirent également avoir une preuve qu'ils t'ont vu sans savoir qui tu es… J'ai déjà eu ça plusieurs fois et si je parviens à rester patient avec des fans qui ne sont pas toujours respectueux, mes nerfs s'effritent plus vite avec eux.

— Isa !

Une voix familière détourne mon attention au moment où la fille appuie pour prendre la photo. Bastien est là. Avec son meilleur ami. Et je suppose que la fan collée contre moi est la fameuse Isa.

Son regard s'accroche au mien, le bleu de ses yeux est caché par ses pupilles dilatées. Il esquisse un léger sourire timide qui ne lui ressemble pas en s'approchant.

— Salut…

— Salut, je souffle.

Je n'arrive pas à me défaire de lui. Il y a pourtant James, largué par la situation, et Isa et Sam qui attendent que l'un d'entre nous se décide à bouger. Alors, je prends mon courage à deux mains et même si nous sommes en public, même si un curieux pourrait traîner et capturer cet instant dans le seul but de lancer une rumeur, je m'avance pour le serrer contre moi.

— Je suis content de te voir, je glisse à son oreille avant de me reculer.

— Moi aussi.

— Tu fais les présentations ? intervient mon meilleur ami après avoir liquidé sa seconde bière.

Je hoche la tête et me charge de présenter tout le monde. Bastien observe un peu plus longtemps James dont je ne lui ai jamais parlé et Isa s'excuse d'avoir joué la carte de la fan sans préciser qui elle était.

Elle passe un bras autour de la taille de Sam et sourit à James.

— Ça te dit d'aller boire un verre avec nous ?

Ce n'est pas tout discret. Ils veulent nous laisser tous les deux et, bien sûr, James accepte la proposition avec un grand sourire. Partir avec des inconnus est loin de lui faire peur, au contraire, il adore découvrir de nouvelles personnalités, il ne cesse de me répéter que le monde est empli de diversité et qu'il faut s'en enrichir. Ouais, c'est mon pote qui dit ça.

Un clin d'œil, c'est tout ce qu'il m'offre avant qu'ils ne disparaissent tous les trois dans la foule qui commence à s'accumuler autour de nous.

Bastien rit légèrement, passe une main derrière sa nuque et s'installe en face de moi.

— Bordeaux paraît si grand et finalement... je tombe sur toi.

— Ça te déplaît ?

— Non. Pas du tout.

— Tant mieux, alors.

Je commande deux nouvelles boissons.

— J'en profite pour m'excuser de vive voix.

— C'est oublié.

— Pas pour moi. Je t'ai viré de mon appart comme un mal propre. Je n'aurais pas dû.

Avant de le voir de nouveau éclairer son visage, je n'avais pas réalisé à quel point son sourire m'avait manqué. Quelques jours sans lui et ça me suffit pour me rendre compte d'à quel point, en l'espace d'un mois, ce garçon s'est fait une place dans ma vie et y a créé une sensation de manque lorsqu'il n'est pas à mes côtés.

— Arrête de me fixer, il me dit doucement sans que son sourire ne se fane.

— Excuse-moi. Je me suis un peu perdu dans mes pensées.

Bastien ne fait pas remarquer que, d'habitude, il est le premier à se laisser happer par un monde auquel je n'ai pas accès. Les bières nous sont servies et il est le premier à l'attrape pour y tremper ses lèvres, sans détourner le regard.

— Tu es pardonné.

— Merci.

J'ignore ce qu'il ressent. À être en public avec moi. C'est déjà arrivé, mais nous sommes conscients que c'est différent. Si notre relation évolue, je ne pourrais jamais lui offrir ce genre de moment simple, tous les deux à l'extérieur. Nous serions obligés de vivre cachés, surtout pour lui, pour qu'il ne subisse pas ce que certains photographes ou fans me font endurer.

— Alors, ça se passe bien avec Isa ? Je finis par lui demander, ne désirant pas me perdre plus longtemps dans ces réflexions.

— Ouais. Enfin, elle est collée à Sam depuis ce matin, mais c'est parce qu'il s'est amusé à jouer au guide.

— Tu dois être heureux de la voir.

— Très ! Ça ne fait que quelques heures qu'elle est avec moi et pourtant, nous avons déjà parlé de toi.

Je hausse un sourcil avant qu'il ne se mette à rire.

— Elle est au courant pour… nous ?

— Nous ?

Son humeur taquine ne m'échappe et j'aime beaucoup ce trait que je découvre chez lui. Ce qu'il ignore, c'est que je suis également capable de jouer.

— Ne fais pas l'innocent. Tu sais très bien de quoi je parle.

— Non, je ne vois pas. Explique-moi.

Une lueur de défi traverse son regard, je me penche légèrement par-dessus la table. Un peu plus proche, mais tout de même pas assez.

— Je n'embrasse pas un homme comme ça, sur un coup de tête. Quand je le fais, ce n'est pas pour du vent.

Ses joues prennent une teinte rosée et c'est à mon tour de rire.

— Quoi ? Arrête de te foutre de moi, grogne-t-il.

— C'est toi qui as commencé. Je te dis simplement

ce que je pense.

Bastien se cache avec son verre et je termine le mien. J'intercepte le regard de James un peu plus loin alors qu'il semble s'amuser avec ses deux nouveaux amis. J'ai tellement envie de partir avec Bastien. De l'avoir rien que pour moi, de finir la soirée à ses côtés. Mais je sais qu'il y a Isa et que ce serait égoïste de ma part de lui demander de l'abandonner.

Il baisse les yeux vers son téléphone, esquisse un sourire, relève la tête en cherchant quelqu'un. Une pointe de jalousie complètement débile serre mon cœur, jusqu'à ce que je remarque dans quelle direction il regarde. Isa.

— Ça va ? je demande en étant soulagé qu'il ne cherche pas après un garçon.

— Ouais. Isa m'ordonne de m'enfuir avec toi, m'annonce-t-il avec un rire.

— C'est sympa, je ne peux m'empêcher de commenter.

Il hausse un sourcil.

— Tu as envie que je parte avec toi ?

— Je mentirais si je disais le contraire.

Bastien hésite un instant, tape un message sur son portable. Il se met à discuter avec elle sans plus prêter attention à moi alors que je me commence à me poser des questions sur ce qui se trame.

Puis, d'un coup, il se lève et avale sa bière cul sec.

— C'est bon, m'informe-t-il.

— Quoi ?

— Je te suis.

J'ai tellement peur qu'il change d'avis que je me lève à mon tour.

Je préviens James par message. De toute façon, il a été clair en début de soirée : il ne compte pas rentrer seul. Que je sois avec lui ou non ne changera pas grand-chose.

Il le reçoit au moment où nous passons vers eux pour retourner vers le tramway et m'envoie un baiser qui me rassure. Il ne m'en veut pas.

— Bonne soirée ! crie Isa par-dessus la musique avec un long regard qui ne m'échappe pas quand je me retourne en même temps que Bastien.

Le sous-entendu de sa meilleure amie lui provoque une nouvelle couleur sur les joues, il se racle la gorge et je lâche un rire, marchant plus vite pour rejoindre le tram. J'ai hâte de rentrer.

35 | ELI

Vendredi 21 juin

« *So love me
Like we don't have tomorrow* »[36]

Zayn Malik

La timidité n'a jamais été un trait de mon caractère. Je suis plutôt sûr de moi, je sais ce que je vaux et je ne laisse jamais personne me marcher sur les pieds ou se croire supérieur face à moi. Et pourtant, en voyant Bastien déambuler dans mon appartement comme la toute première fois, je deviens tout petit. Je n'ose pas

---

[36]*Alors, aime-moi / Comme si nous n'avions ni lendemain, ni avenir*

ouvrir la bouche ni avancer dans sa direction. Je me contente de l'observer, les mains moites, comme si ce garçon aux yeux bleus et aux boucles châtaines pouvait prendre le dessus sans le moindre effort.

Finalement, il me fait signe depuis la terrasse, là où je le rejoins. S'il a accepté de venir ici, ce n'est pas pour rester à des mètres de moi. Il n'allume pas de cigarette et ça me soulage un peu. Pas besoin de supporter cette fumée dérangeante.

— J'aime passer du temps avec toi, m'avoue-t-il alors que ses yeux se perdent sur le ciel étoilé, après un moment de silence.

À nouveau, j'ignore quoi répondre. Je me contente de contempler chaque parcelle de son visage. C'est là que je remarque, avec la lumière de la lune, qu'un petit grain de beauté est placé juste en dessous de sa narine droite. Qu'il commence à avoir les rides du sourire. Et que sa barbe de quelques jours le rend mille fois plus attirant. Est-ce qu'elle irriterait ma peau si je venais l'embrasser ?

Ses lèvres me manquent.

— Est-ce que ton silence veut dire que tu ressens la même chose ? Ou est-ce que je me fais des idées ?

Bastien cache sa nervosité avec un rire. Il ne devrait pas l'être. Vraiment pas.

— J'aime aussi être avec toi.

Il cesse son observation pour plonger ses yeux dans les miens. Et là, mon estomac se retourne brutalement. La timidité revient au galop, je suis impressionné par le regard qu'il pose sur moi. Je me sens mis à nu. Totalement exposé.

Jamais je n'ai laissé un homme me dévisager de la sorte.

Bastien réduit la distance entre nous, sans qu'un geste de ma part soit émis. Son visage est proche, son souffle chatouille ma peau alors que ses yeux me dévorent. Puis, d'un coup, il s'empare de ma bouche. C'est un baiser brutal, le besoin de m'accrocher à ses cheveux devient vital, m'aide à ne pas perdre pied. Il fait ce qu'il veut de moi, c'est lui qui mène la danse qui embrase mes sens.

Sa langue vient lécher ma lèvre inférieure, j'entrouvre les miennes, lui laissant un total accès alors que je peine à rester debout face à ses assauts. Ses mains partent à la découverte de mon corps, il effleure mon dos, mes hanches, mes fesses qu'il prend entre ses doigts pour me coller fermement contre lui. Le gémissement que je lâche est totalement incontrôlé et lui provoque un sourire.

À bout de souffle, il se détache et j'en profite pour glisser mes mains entre ses boucles, les tirant en arrière pour dévoiler son cou.

Je laisse ma bouche embrasser cette peau qui m'appelle, savoure les bruits qu'il ne peut retenir. Moi aussi, je sais mener la danse. Même mieux qu'il le croit.

— Évitez de baiser sur le balcon !

Nous sursautons tous les deux, reculons de quelques pas en cherchant d'où provient cette voix. Je le repère sans problème. Dans la rue juste en bas, les trois adultes que nous avons abandonnés pour nous enfuir sont morts de rire. Avec quelques grammes d'alcool dans le sang.

— Barrez-vous !

— J'espère que t'as une capote, Bastien ! se met à crier bien fort Isa, histoire d'alerter tous mes voisins.

L'homme à mes côtés grogne et évite mon regard, m'arrachant un sourire. C'est fou ce qu'il peut être à la fois entreprenant et à la fois gêné par les conneries que sa meilleure amie raconte.

Il lève son pouce en l'air, histoire de la rassurer ou de lui confirmer qu'il en a bien un dans son portefeuille. J'aimerais bien vérifier.

— Désolé du dérangement, continuez vos affaires !

— Pour que vous puissiez vous rincer l'œil ? Pervers !

Les trois éclatent de rire, je lève les yeux au ciel avant de poser une main dans le bas du dos de Bastien.

— Nous, on va rentrer. Faites de même avant de tomber dans la Garonne et de mourir noyés !

— Moi, je sais nager, intervient Sam qui semble le plus déchiré de ce petit groupe.

— Bonne soirée !

Sans plus attendre, au risque d'entendre encore plus d'allusions de leur part, j'entraîne Bastien à l'intérieur. Foutu James, j'espère que personne ne l'a suivi, il ne manquerait plus que mon adresse soit dévoilée. Je fais hyper attention. Enfin, je me doute bien qu'avec ma voiture bleue quelqu'un a déjà dû trouver où j'habitais. Mais, par chance, je n'ai encore jamais expérimenté la rencontre d'un fan en bas de chez moi. Et je n'ai pas envie que ça arrive.

— Désolé, c'est sûrement une idée d'Isa.

— Poussée par James. Ne t'en fais pas. Tu veux boire quelque chose ?

L'ambiance électrique est redescendue, mais pas mon désir pour lui. Je sens très bien le début d'érection qui pousse contre le tissu mon boxer, alors je vais me cacher derrière le comptoir.

J'ouvre une bière et Bastien me demande la même chose.

Nous trinquons et je remarque dans quel état j'ai mis ses cheveux. Il n'a pas cherché à se recoiffer. Il s'en fiche bien, et je trouve ça horriblement sexy.

— Tu es ami depuis longtemps avec lui ?

Je comprends qu'il fait référence à James et j'hésite une seconde. Comment lui parler de mon amitié avec lui sans évoquer Oliver ? C'est beaucoup trop tôt pour que j'ose me confier là-dessus. Je m'évertue à garder cette affaire le plus cachée possible, autant que je le peux avec ma carrière et les fouineurs, je ne compte pas jouer l'irresponsable et la dévoiler à n'importe qui.

— Depuis le collège. On était à côté en classe et on a vite eu les mêmes délires.

Je reste assez évasif et ça semble lui convenir, puisqu'il hoche la tête en portant le goulot à ses lèvres. Sa pomme d'Adam roule sous sa peau, je me redresse légèrement avant de boire à mon tour.

— Comment as-tu rencontré Isa ?

— Sur Twitter. On a beaucoup d'idoles en commun, dont toi. Forcément, quand tu suis les gens et qu'ils aiment les mêmes choses que toi, ça pousse à la discussion. Depuis, on ne se quitte plus et on fait tous nos concerts ensemble.

— Vous comptez faire ma tournée à deux ?

— Parce qu'il y a une tournée de prévue ?

Je reste interdit quelques secondes. Est-ce que je viens vraiment de lâcher l'info aussi facilement ? Le sourire de Bastien en dit long, il s'appuie sur le comptoir et me coince rien qu'avec ses yeux.

— Tu n'as rien entendu.

— On s'en doute, tu sais ? Un album est souvent suivi par quelques dates.

— C'est encore vague pour le moment, je tente de rattraper le coup.

— Je me doute. Ça doit être beaucoup de boulot, il me dit doucement avant d'arborer un air penaud.

Il a compris que ses mots m'avaient blessé, et que j'étais tout autant accablé par le travail, même en vivant de ma passion. Qu'il s'en soit rendu compte me rend heureux.

Nos bières terminées, je suis de nouveau fébrile lorsque je lui demande :

— Tu restes dormir ?

— Si tu veux bien de moi.

Sa réponse a le don de m'apaiser, je contourne le meuble qui nous sépare et m'arrête à trente centimètres de lui.

— Mais cette fois, si tu le permets, j'aimerais ne pas échouer sur le canapé.

— Je peux occuper cette place, si tu veux.

Il m'offre un grand sourire, comme s'il ne comprenait pas mon allusion.

— J'aimerais plutôt dormir avec toi. Enfin, si tu en as envie. Je ne t'oblige à rien, je précise.

Bastien s'avance pour me voler un baiser qui me prend de court. Il est plus tendre que tout à l'heure, ses doigts s'enfoncent contre mes hanches, et j'ignore encore si je préfère sa tendresse ou sa passion.

Lorsqu'il se recule, je dois poser ma main sur le comptoir pour me maintenir.

— Viens.

J'acquiesce, le laissant me guider dans ma propre maison. Mais à cet instant précis, je m'en fiche bien. Je ne désire plus qu'une chose, me glisser dans mon lit et sentir son corps contre le mien. Nu ou habillé, peu importe.

Je referme la porte derrière nous, pense à baisser mes volets et allume ma lampe de chevet, alors que Bastien semble soudainement intéressé parce ce qui se trouve autour de lui. Heureusement qu'aucune affaire reliée à Oliver ne traîne.

Son regard s'arrête sur une partie du mur ou j'affiche les photos que je prends avec des groupes de fans. Mes préférés.

— J'ai le droit d'être jaloux de ne pas être présent sur ton mur ?

— Non.

— D'accord.

Je rigole et me colle contre son dos, mes mains sur son ventre et mon nez sur sa peau.

— J'adore l'ambiance que reflètent ces photos. Une bande d'inconnus qui aiment la même chose, la musique.

— Qui t'aime surtout toi.

— Ne sois pas jaloux, s'il te plaît.

Bastien émet un grognement et je le tourne vers moi pour capturer ses lèvres de plusieurs baisers, qui finissent par lui arracher un sourire.

— Tu fais partie d'eux, tu sais à quel point j'aime ma communauté. Mais je sais différencier ma vie professionnelle et ma vie perso.

— Je fais partie de quelle vie ?

Il le sait très bien. Tout ce qu'il veut, c'est me l'entendre dire. Je prends son visage entre mes mains et passe mes pouces sur ses joues.

— Tu es dans ma vie perso, Bastien.

— Bonne réponse, murmure-t-il.

Cette fois, c'est lui qui m'embrasse, avant de se détacher pour retirer ses vêtements. J'aime ce que nous partageons. J'aime cette façon d'être timide, d'avoir besoin d'être rassuré tout en étant la seconde d'après deux hommes submergés par un désir qui ne demande qu'à exploser. J'ignore sur quel pied danser à chaque fois, et c'est grisant.

J'abandonne ma chemise qui commence à coller à ma peau, envoie balader le jean sur la chaise de mon bureau. Une fois allongé sur le lit, je ne perds pas une miette du spectacle qu'il m'offre et si j'en crois son sourire, il apprécie mon regard sur lui.

— Arrête de me mater.

— Parce que tu n'es pas en train de faire la même chose peut-être ? lui demandé-je, sourcil levé.

Il se mord la lèvre et réduit la distance qui nous sépare pour s'échouer contre moi. Son corps m'enveloppe d'un seul coup, j'ai son odeur, sa chaleur sur moi et mon cerveau – surtout mon corps – ont du mal à le supporter. Je crève d'envie de beaucoup plus.

— Raconte-moi quelque chose sur toi.

Je retiens un gémissement plaintif. Actuellement, parler n'est pas dans mes priorités. Mais je joue le jeu et pose un simple baiser sur son front, puis hausse les épaules.

— Tu es censé en connaître beaucoup sur moi.

— Je veux entendre un fait que seuls tes proches savent.

— Quand j'étais petit, je me suis cogné contre une table basse, tête la première. Si fort qu'une de mes dents de devant est remontée dans ma gencive, j'avais la bouche en sang et ma mère s'est évanouie.

Bastien éclate de rire.

— Alors là, je veux connaître toute ton enfance !

— C'est pas drôle hein ! Heureusement, je m'en souviens pas, j'ai dû avoir tellement mal.

— Je plains ta pauvre maman.

— C'est une petite nature… Aïe ! Je m'écrie lorsque ses doigts pincent fortement ma hanche.

— Un peu de respect !

— Mais je respecte ma mère ! Et ne joue pas à ça avec moi, on sait comment ça se finit.

— Avec moi sous la douche glacée, pas la peine de me le rappeler, soupire-t-il, un air dramatique installé sur le visage.

Bordel, il est trop craquant. Est-ce qu'il a eu assez de bla-bla pour ce soir ? On va voir ça tout de suite.

36 | BASTIEN

Vendredi 21 juin

« *I'm coming down, I figured out I kinda like it
And when I sleep I'm gonna dream of how you* »[37]

Harry Styles

Eli aventure ses doigts sur mon ventre. Ils remontent lentement, effleurent ma peau, tournent autour des muscles que je commence tout juste à acquérir. Je reste inactif, me contentant de le regarder me parcourir avec son toucher et sa vue, la bouche

---

[37] *Je te donne la fièvre, j'avais déjà compris que ça me plairait / Et quand je m'endormirai, je rêverai de la manière dont tu...*

ouverte, les frissons hérissant mes poils et le cœur battant à tout rompre.

Jamais je n'ai ressenti ça.

Jamais.

Le sexe, c'était toujours pareil. Bien. Je prenais mon pied, sans parvenir à comprendre que certains puissent y être accros, en demande encore et encore.

Puis Eli est arrivé. Avec ses mains, ses lèvres. Ses gestes, ses mots, son corps. Tout en lui me donne envie de découvrir ce que peut être le sexe, le vrai. Celui capable de nous retourner complètement, de nous amener au bord du gouffre. Un rien vrille mon cerveau, un rien me donne envie d'être en lui.

Et là, alors qu'il n'en finit plus de me caresser, je perds un peu plus la raison pour me fondre contre lui. Ma bouche rejoint la sienne, je l'embrasse tout en me collant autant que possible à son corps dans le seul but de le sentir contre moi, je m'accroche à ses épaules, à ses hanches. J'ai l'impression que ça ne sera jamais assez, que j'en voudrais toujours plus.

— Bastien, il murmure contre mes lèvres.

Ses doigts trouvent un nouveau chemin, celui de mon dos, du haut de mes fesses.

Je ferme les yeux lorsqu'un violent frisson remonte le long de ma colonne vertébrale. J'apprécie énormément qu'il prenne le temps d'apprivoiser mon corps, de découvrir ce qui peut me procurer des réactions qui ne mentent pas.

— Ne t'arrête pas, je halète quand je comprends qu'il hésite à descendre plus bas.

Il m'embrasse de plus belle, me bascule pour être au-dessus de moi. Eli s'accorde un instant pour me regarder et c'est plus fort que moi, je sens mon visage chauffer. Pourquoi doit-il me dévisager, là, tout de suite ? J'ai besoin de plus.

— Dis-moi que tu as envie.

— Envie de quoi ?

— Ce n'est pas le moment de jouer.

Certes, je sais que sa question est sérieuse et vise seulement à s'assurer que je suis OK, mais c'est mon moyen à moi de décompresser. Pour simplifier la situation alors que tout au fond de moi, j'angoisse en réalisant qu'Eli est le premier à me faire sentir quelque chose d'aussi puissant. Quelque chose qui me dépasse.

— Regarde-moi.

Je cesse de fixer le vide pour me concentrer sur lui. Sur ses yeux qui me disent tellement de choses, sur sa main qui passe doucement entre mes mèches. Bordel, il va me tuer.

— Oui. Oui j'en ai envie, je finis par lui avouer.

J'écarte les jambes et viens les enrouler autour de sa taille.

Histoire qu'il le sente par lui-même.

Un sourire prend forme sur ses lèvres, il hoche légèrement la tête pour lui, pour moi, je l'ignore.

Et de nouveau, j'ai le droit à ses baisers, à sa bouche qui sait m'embrasser de la plus belle des manières et je décide de lâcher prise. De lui donner tout ce qu'il désire.

Ses mains deviennent plus entreprenantes. Eli se

presse contre moi, je crève de chaud, je crève de lui. J'aimerais lui demander de me toucher sans m'épargner. Nos bassins accordés s'entrechoquent, je ne peux retenir mes gémissements face à ce simple mouvement qui m'excite plus que n'importe quelle partie de jambe en l'air. Mes talons se plantent sur l'arrière de ses cuisses, à la recherche de plus de frictions.

Je n'aurais que ça ce soir, et ça me suffit. Chaque chose en son temps. Alors qu'il descend pour embrasser mon cou, il décide de faire durer la torture en ralentissant le balancement de son bassin.

— Enfoiré, je lâche échapper sous la frustration.

Son rire résonne contre moi, il emprisonne un de mes tétons et l'aspire, le tire, mes ongles venant se planter dans son dos. J'aimerais pouvoir le supplier, mais il adore prendre son temps. Et, à l'heure actuelle, être complètement à sa merci, passif, ne me dérange pas le moins du monde.

Son visage se retrouve à hauteur du mien, il embrasse ma bouche d'un baiser chaste sans jamais s'arrêter de bouger. Je suis proche, je le sais. J'ai de plus en plus chaud, j'ai besoin de m'accrocher à lui afin de ne pas basculer tout de suite.

Mais Eli l'a compris. Un sourire malicieux se dessine sur ses lèvres et alors qu'il me prend par surprise, glissant sa main dans mon boxer pour enrouler ses doigts autour de mon membre, il ne me faut que quelques vas et viens supplémentaire jusqu'à la délivrance. Jusqu'à sentir mon corps entier se tendre, laissant l'orgasme me submerger.

Lorsque je retombe mollement sur le matelas, la

respiration tremblante, Eli se colle bien vite contre moi. Il enfouit son visage contre mon cou, respire mon odeur est, au moment où je désire me retourner, cherchant à lui rendre la pareille, je réalise que lui aussi est venu. Sans que je m'en sois rendu compte.

— Tu es magnifique.

Son compliment me fait sourire, je caresse sa joue et l'embrasse à nouveau.

— Toi aussi.

Quelques mots prononcés avant que je ne ferme les yeux, vidé de mon énergie tandis que je pense déjà au jour où nous ferons l'amour. Ce jour-là, tout en moi va exploser, j'en suis convaincu. Eli est le premier homme à posséder un tel pouvoir sur moi, et j'espère qu'il en fera bon usage.

#

Je me réveille dans les mêmes bras où je me suis endormi, plus reposé que jamais. La chambre est encore plongée dans la pénombre, mais j'entends déjà l'agitation dehors et je n'ai qu'une envie, sortir mon amant de son sommeil profond pour profiter de cette journée avec lui. S'il veut bien de moi.

Je grimpe à califourchon sur ses hanches, dépose des baisers sur sa mâchoire, son cou, ce qui finit par le tirer du monde des songes. Ses yeux papillonnent, il les pose sur moi et me plaque d'un coup contre le matelas, son corps me recouvrant.

Je ris, embrasse ses cheveux et les caresse doucement. Sa tête trouve une place entre mes pectoraux, elle se soulève au rythme de ma respiration et je n'ai jamais vu quelque chose d'aussi mignon.

— Je sens que tu m'observes, il grogne d'une voix rauque, levant son visage vers moi avec un œil fermé et un autre ouvert.

— Et ? Je n'ai pas le droit ?

— Je suis fatigué, il se contente de grommeler en s'installant un peu mieux sur moi.

Très bien. On peut rester encore un instant comme ça, ce n'est pas ce qui me dérange. Heureusement qu'hier soir, avant de nous endormir, nous avons eu la présence d'esprit de changer de boxers.

Mon téléphone vibre sur la table de chevet, je dois me contorsionner sous Eli pour l'atteindre, ce qui le fait râler de nouveau. Grognon au réveil, je note.

La voix d'Isa me hurle dessus lorsque je décroche :

— Alors ? La plus belle nuit de ta vie ? Ne me remercie pas surtout, même si c'est grâce à moi.

— Pourquoi tu es déjà debout ? murmuré-je afin de ne pas brusquer Eli.

— Pourquoi je ne suis pas encore couchée, tu veux dire ?

J'étouffe un rire en venant frotter mes yeux de ma main libre.

— Putain, je rêve. Où est-ce que tu es ?

— Avec Sam, à l'appart. James nous a abandonnés

à six heures, il ne tenait plus. Nous on résiste et on tient bon, même s'il est dix heures passées.

— Vous résistez à quoi ?

— Ah. Bonne question.

Même Eli, qui entend tout avec la voix portante de ma meilleure amie, se met à pouffer légèrement. Détail que je ne mentionnerais pas auprès d'Isa. Elle serait trop ravie de nous savoir dans le même lit. Tout le monde s'en doute, mais je préfère garder ça pour moi.

— Allez vous coucher ! Je ne sais pas encore quand je rentre, mais n'hésitez pas à dormir autant que possible. Vous allez le regretter et décaler tout votre rythme.

— T"es vraiment pas drôle. Moi je suis drôle ! Hein Sam ?

Ce dernier la soutient avec des cris et je lève les yeux au ciel.

— Je suis surtout sobre et toi bourré. Au lit !

— D'accord, d'accord. Mais je peux juste savoir une chose ?

— Hm ? je l'encourage, même si je m'attends au pire.

— Qui est au-dessus ?

Une insulte m'échappe sous son rire, avant que je ne raccroche et mette sur silencieux mon téléphone. Qu'on nous laisse tranquilles.

Je suis heureux d'être dans le noir en cet instant et que la couleur de mon visage ne puisse être discerné par mon amant. Qui lui, semble dormir à nouveau. Je le serre plus fort contre moi, m'autorise à lui faire des papouilles dans son dos.

La fatigue me gagne, avant que je ne sursaute lorsqu'Eli m'annonce que finalement, il est bien réveillé :

— Je ne sais pas encore si j'aime Isa ou non.

— Elle a différentes facettes, mais j'ai appris à toutes les aimer.

— Si tu l'aimes alors je l'aime.

— T'es pas compliqué à convaincre.

Il pose sa main sur ma bouche, m'empêchant de parler et quand je veux protester, il remonte à ma hauteur pour embrasser mon front.

— Toi aussi, tu as besoin de repos. Et tu as des bras ouverts qui n'attendent qu'une chose : que tu t'y mettes.

— Bien, chef, je murmure contre ses doigts alors qu'il m'offre un sourire entendu.

Il échange nos positions, c'est moi qui me retrouve blotti contre sa chaleur et maintenant, je comprends mieux pourquoi il n'arrivait pas à émerger. En un instant, je replonge dans mes bras de Morphée, bercé par sa présence.

37 | Eli

Samedi 22 juin

« *And my heart keeps fighting in this battle of fools
Gotta make it through, gotta make it through* »[38]

One Direction

J'ai un sourire niais qui ne veut pas me quitter. À cet instant précis, je me sens bien, apaisé. Avec Bastien près de moi sur ma terrasse baignée par le soleil, le repas du midi composé d'une salade et d'un verre de vin posé sur la table. Nous ne parlons pas, nous n'en n'avons pas besoin.

---

[38]*Et mon cœur continue de se battre dans cette bataille d'idiots / Je dois y arriver, je dois y arriver*

C'est ce que j'apprécie le plus avec lui. Il ne cherche pas à dire tout ce qui lui passe par la tête dans le seul but de combler un silence inconfortable. Il aime ce calme autant que moi. Même si des voitures roulent juste en dessous de nos pieds, nous ne sommes pas gênés. Ça aussi, c'est un point que nous partageons. L'amour de la ville, de ces rues vivantes, mais également l'amour de la campagne et du calme ambiant qui nous ressource.

— D'habitude, je ne bois pas de vin. Mais là j'avoue que j'ai bien envie de piquer ta réserve.

Sa voix grave me chatouille les oreilles. Hier soir, je l'ai découverte lorsqu'il frôlait l'orgasme, et je dois avouer que maintenant que je l'ai entendue de cette manière, il pourrait me murmurer n'importe quoi, mon corps réagirait facilement, sans la moindre caresse.

— Quel gâchis ! Il n'y a rien de meilleur que le vin.

— Tu es le cliché d'un bordelais, c'est affligeant, me dit-il avant de porter le verre à ses lèvres.

Il savoure le Saint-Émilion qui coule dans sa gorge et pousse un gémissement exagéré. Sait-il ce que ça provoque chez moi ? Afin de le taquiner, je me penche avec un sourire malicieux et lui chuchote :

— J'adore tes gémissements.

Bastien crache soudainement devant lui et j'explose de rire tandis qu'il s'essuie, me donnant ensuite un coup avec sa serviette. J'essaie de respirer, frotte mes yeux trempés par les larmes de mon fou rire. Je ne pensais pas rire autant alors qu'il vient de gâcher une gorgée qui coûte affreusement cher.

— T'es pas drôle comme mec.

— Je le suis, beaucoup même.

— Imbécile, souffle-t-il avec un large sourire.

Les rôles sont inversés. C'est moi qui deviens fan de lui au fur et à mesure que les jours défilent. Je suis fan de son sourire, de son rire, de son caractère, de son regard. Je me perds complètement dans ma contemplation lorsque Bastien me ramène à la réalité :

— Pourquoi tu me fixes ?

— Je te fixe ?

Il hausse un sourcil et je lâche sans réfléchir, la première chose qui me passe par la tête :

— Tu viendrais avec moi à un mariage ?

La surprise que je lis sur ses traits ne m'étonne pas. Je suis trop bête. Qu'est-ce qui me prend de lui proposer ça ? Ma mère est fautive, après le renouvellement des vœux auquel j'ai dû assister jeudi, elle m'a rappelé une fois de plus que ma cousine se mariait dans deux semaines, et que, contrairement au dîner organisé par Louis et Jason, cette fois, il serait bien vu que je me pointe accompagné. Et maintenant que je me suis sérieusement rapproché de Bastien…

— Tu me demandes vraiment de t'accompagner à un mariage ?

— En tant qu'ami, ou comme tu veux. Je ne te demande pas de faire des présentations officielles, juste de m'accompagner à une soirée.

Ses sourcils se froncent, ça ne dure qu'une demi-seconde, mais ça suffit à m'alerter.

— Écoute, oublie. Ce n'était pas sérieux.

— Je peux y réfléchir ?

— Il aura lieu le 6 juillet, alors tu peux me dire oui le 5 juillet, ça ne changera rien.

Je pose ma main sur sa joue, la caresse, histoire d'avoir un contact. Pour me rassurer lui ou moi, je l'ignore. Je m'en veux de ressentir une pointe de déception comme si ma proposition était banale et qu'il aurait dû l'accepter. Pas du tout. Je me suis seulement senti poussé des ailes le temps d'un instant.

— Merci, me murmure-t-il, yeux fermés, appuyant sa joue contre ma paume.

Après ça, nous terminons notre repas. Il m'aide à nettoyer, ranger, et nous nous installons sur le canapé pour regarder un film. Ni lui, ni moi, ne pensons au fait qu'il devra bientôt rentrer chez lui. Je crois qu'il est bien avec moi. Qu'il est bien dans cet appartement.

Nous enchaînons sur un second film, puis un troisième. En réalité, nous passons l'après-midi blotti dans les bras de l'autre, nous ne voyons pas le temps défiler. C'est le téléphone de Bastien qui nous sort de notre bulle vers dix-sept heures. Sans doute ses amis qui désirent avoir de ses nouvelles.

Il décroche sans se défaire de mon étreinte, j'en profite pour m'amuser un peu et laisser ma main devenir baladeuse dans le bas de son dos. Ça devrait lui arracher un rire. Au lieu de ça, son visage prend un air sérieux.

Le son de la télé m'empêche de comprendre ce qu'il entend, je tente de capter son attention, sans succès.

— Tu es sûr de toi ?

Bastien se détache comme si je l'avais brûlé, il coupe tout contact avec moi et je me sens complètement perdu, comme un con à attendre qu'il veuille bien m'expliquer ce qui lui arrive.

— Je vais regarder. Merci. Ouais, je vais rentrer.

Il raccroche et je n'attends pas plus longtemps :

— Qu'est-ce qui se passe ?

La façon dont il évite mon regard ne m'inspire rien de bon, je dois me rapprocher et prendre son visage entre mes mains pour l'obliger à me faire face. Il soupire.

— Les gens s'affolent sur Twitter. Une photo de toi circule où on te voit embrasser un inconnu dos à la caméra sur ta terrasse.

— Quoi ? C'est quoi ce bordel ?

J'attrape mon téléphone et me connecte directement à l'application. La rage qui s'empare de moi fait trembler mes mains en découvrant des centaines de mentions. Mon adresse est cette fois dévoilée, et mon intimité aussi. Je pensais donner beaucoup pour mes fans, mais apparemment, l'appel des ragots et beaucoup trop fort pour résister à l'envie de pénétrer dans la vie privée de quelqu'un.

— Putain !

La seule chose qui ne me fasse pas vriller, c'est qu'on ne puisse pas voir le visage de Bastien. Que son anonymat, à lui, soit préservé. De toute façon, la photo est de trop mauvaise qualité.

Lorsque je relève la tête, mon amant est dans

l'entrée, jouant avec son paquet de cigarettes, résistant à l'envie de s'en allumer une.

— Il faut que je rentre.

— Non ! S'il te plaît…

— Je ne peux pas rester ici ! Ils savent où tu habites, ils sont sans doute en bas à attendre de découvrir qui est le fameux mec que tu te tapes !

Je me lève pour le rejoindre, même si j'ignore si la proximité est vraiment ce dont il a besoin à cet instant. Il ne recule pas quand j'effleure son bras du bout de mes doigts.

— Je suis sincèrement désolé pour cette situation.

Mais ce n'est que le début. La réalité nous frappe violemment. S'il décide d'être avec moi, ma célébrité le gênera, j'en suis persuadé. Putain ! C'était trop demandé, de m'accorder cette bulle de bonheur ? De croire que j'avais le droit à une relation sans qu'on ne veuille y fourrer son nez dedans ?

— Ce n'est pas de ta faute, finit-il par me rassurer. On aurait dû faire plus attention.

Je ne peux qu'acquiescer, parce que je sais que je suis l'unique responsable. J'ai été prudent au début, mais j'ai baissé ma garde. Je l'attire dans mes bras, ne tenant plus. J'ai besoin de sentir qu'il est toujours avec moi.

— Je vais te ramener.

Bastien pose un baiser sur mon cou, il me serre plus fort. Nous savons très bien qu'une fois chez lui, ce que nous venons à peine de commencer risque d'être compromis. Tout ça à cause de fans trop curieux qui ne comprennent pas qu'il y a une certaine limite à ne pas franchir.

— Je ne vais pas les laisser gâcher ça.

Son murmure sonne telle une promesse. J'espère qu'il la tiendra. Il relève la tête, nos regards se croisent et je comble la distance entre nos lèvres pour venir l'embrasser. Je savoure ce qu'il m'offre durant de longues secondes, avant de devoir me reculer, en manque de souffle.

Je glisse mes doigts sur sa mâchoire.

— On va rejoindre le parking sous terrain, je prends un chemin différent pour qu'on ne nous suive pas et je te dépose pas loin de chez toi, d'accord ?

— Merci.

Bastien me sourit, et je pose un dernier baiser sur sa bouche. Bien trop vite, après qu'il ait rassemblé ses affaires, nous quittons la résidence, avec lui installé à l'arrière de ma voiture. Aucun fan à l'horizon par chance, et le trajet se passe sans encombre jusqu'à la gare.

— Voilà…

— Je t'envoie un message. On va trouver une solution.

Il se détache, se penche entre les sièges afin que ses lèvres rejoignent les miennes une dernière fois puis il quitte la voiture, me laissant avec un goût amer dans la bouche.

Je suis incapable de démarrer. Maintenant que je suis seul, ce que j'ai tenté de taire en le gardant dans ma tête m'oblige à serrer le volant, au point de rendre mes jointures blanches. La photo est bien le dernier de nos soucis. La personne qui s'est amusée à jouer au paparazzi nous a vus, elle a vu le visage de Bastien et n'a pas dû se priver de rassembler des tonnes de clichés. Un inconnu a le pouvoir de faire de la vie de mon amant un enfer et je suis impuissant.

J'aimerais exagérer, me planter sur toute la ligne. Mais j'ai déjà eu deux relations, je sais la haine qu'ils peuvent recevoir de ma communauté, ou des autres. Des jaloux, des gens malveillants. C'est parfois minime, mais entendre à longueur de la journée que la personne n'est pas faite pour moi, qu'elle finira par me blesser gâcher tout ce que j'ai construit, ça rend taré.

Bastien ne mérite pas ça. Personne ne le mérite.

38 | BASTIEN

Samedi 22 juin

« *There in the moment, I was reminded
I haven't felt this way in a while* »[39]

Niall Horan

Depuis mon retour à l'appartement, je m'enferme dans ma bulle. Isa et Sam sont aux fourneaux pendant que je joue sur la télé. Ça fait trop longtemps que je ne m'étais pas accordé un moment pour décompresser et ne penser à rien d'autre qu'à ma partie en cours.

---

[39] *À ce moment-là, ça m'a rappelé / Que je n'avais pas ressenti ça depuis un moment*

Puis, je ne supporte pas de les entendre murmurer, de les prendre la main dans le sac en train de me fixer comme si je ressemblais à une bête de foire.

— Putain !

Ma manette atterrit sur le sol.

— Je suis mort comme une merde !

Mes deux amis se tournent vers moi, je leur donne une raison supplémentaire de s'inquiéter. Qu'ils me laissent tranquille. Je m'isole à l'extérieur, abandonnant mon jeu pour m'allumer une cigarette.

Je tire nerveusement dessus, fais les cent pas sur notre minuscule balcon. J'étouffe. Notre appartement est minuscule par rapport à celui d'Eli. Chez lui, j'avais de l'espace, je me sentais bien. Ici, on se marche les uns sur les autres et je m'en rends de plus en plus compte.

Après une dizaine de minutes, je sors mon téléphone et appuie sur le numéro de l'homme que j'ai quitté il y a à peine quelques heures. Il décroche après trois sonneries :

— Je te manque déjà ?

— Si tu savais.

Mon honnêteté crée un blanc. Je soupire.

— Désolé. Il fait que je te laisse un peu d'espace ?

Sam et Isa doivent penser que je suis le plus à plaindre. Parce que j'entretiens une relation avec un homme dont la carrière grandie et que, si ça devenait publique, je pourrais être harcelé. Moi, je pense plutôt à Eli qui se retrouve épié, tout le temps, qui ne peut pas accéder à une vie normale sans qu'elle ne soit étalée sur les réseaux sociaux. Il a juste demandé à chanter, à partager sa musique. Pas sa vie privée.

— Non, mais toi ? finit-il par me questionner alors que j'entends l'hésitation dans sa voix.

— Je te l'ai dit. Ils ne se mettront pas entre nous. C'est le dernier de mes soucis.

— Ils ne te trouveront pas si on cesse de se voir chez moi.

— Où veux-tu qu'on se retrouve ? Ici, avec Sam et Isa les super-commères ?

— On va trouver une solution.

J'aimerais le croire. Le mieux serait qu'un de nous change d'appartement et c'est pour le moment loin d'être envisagé.

— Je suis désolé, murmure-t-il et ça me donne envie de l'avoir à nouveau en face de moi pour l'embrasser, le rassurer juste en plongeant mes yeux dans les siens.

J'écrase la cigarette qui s'est consumée sans que je n'y touche.

Ouais, il me manque déjà.

— Arrête de me dire ça. En plus, ça ne te ressemble pas de te confondre en excuse.

— Parce que tu sais ce qui me ressemble ou non ?

Premier sourire depuis des heures, je sais que la même chose s'affiche sur son visage et, en une seconde, je suis apaisé.

— Bastien, c'est prêt ! me crie Isa depuis l'intérieur.

— Je dois te laisser, maman et papa ont préparé le repas.

Eli éclate d'un rire qui gonfle mon cœur.

— D'accord. Tu peux me parler si tu as le temps, par message. Je suis disponible pour toi.

— Ravi de l'apprendre.

— Bonne soirée.

— Toi aussi.

Une fois l'appel terminé, je rejoins mes amis déjà installés à table.

Pendant le repas, je ne participe pas à la conversation. Je garde un œil sur la télé qui diffuse les infos. C'est plus intéressant que d'écouter Isa dire qu'elle a trouvé James hyper canon, mais qui n'a été réceptif à aucune de ses avances lors de la nuit précédente. Je ne suis pas d'humeur à entendre ça et je m'en veux, parce qu'Isa n'est pas ici pour une durée indéterminée. Je devrais profiter de chaque seconde avec elle, et c'est pour ça que je ne voulais pas rejoindre Eli.

— Tu comptes bouder toute la soirée ?

Ma meilleure amie pose sa fourchette et ne me lâche pas du regard.

— Pardon ? je demande, les sourcils froncés.

— Tu m'as bien entendu. Ce qui se passe avec Eli, nous n'y sommes pour rien, mais nous pouvons en parler avec toi si tu en as besoin. Par contre, si c'est pour rester dans ton coin et devenir muet, ça ne va pas le faire.

— Isa, on avait dit doucement, soupire Sam.

Je suis incapable de répondre quoi que ce soit. Je viens de me faire gronder comme un pauvre gamin qui aurait fait une bêtise. Et ça ne me plaît pas du tout, même si ça vient d'une personne que j'aime plus que tout.

— J'ai le droit d'être contrarié parce que je ne peux pas être avec un homme que j'apprécie sans risquer d'avoir des photos de nous sur Internet !

— Comprends que nous n'y sommes pour rien !

— Je n'ai pas dit le contraire ! Jusqu'à preuve du contraire, je suis encore chez moi et si j'ai de faire la gueule, je le fais, merde ! Je ne suis pas obligé de laisser mes problèmes de côté pour profiter de toi, parce que de toute façon, je ne sais pas agir de cette manière !

Je hausse le ton alors que je sais que, dans quelques heures, je m'en voudrais. Mais nous ne sommes pas quelques heures plus tard et ça me met encore plus les nerfs de ne pouvoir aller m'isoler ailleurs. Cet appartement est trop petit, je n'en peux plus !

Sam tente, en vain, de faire le médiateur entre nous. Isa possède le même caractère que moi et parfois, ça crée des étincelles. Seulement, nos embrouilles se comptent sur les doigts d'une seule main.

— Tu veux que j'avance mon départ pour bouder sans que personne ne soit là pour t'emmerder ?

— Arrête de jouer la fille dramatique, ça ne te ressemble vraiment pas.

Nous devons nous éloigner avant que les mots ne dépassent notre pensée. Je me lève sans avoir réellement touché à mon assiette et retourne sur le balcon, le seul endroit où je peux respirer tranquillement.

Isa ne cherche pas à aller plus loin dans la confrontation. C'est Sam qui pousse la porte de la baie vitrée. Il s'installe à mes côtés, silencieux avant d'ouvrir les bras. Je m'y blottis sans parler.

Les minutes passent, mon meilleur ami ne bouge pas, il me serre contre lui. Je n'ai plus envie de croiser Isa. J'ai soudainement l'impression d'être oppressé, d'être agacé de la voir déambuler dans mon espace à moi.

— Ne sois pas trop dur avec elle, il me murmure. Elle suit Eli, elle a remarqué comme toi comment ses compagnons étaient traités. Elle ne veut pas que ça t'arrive, que tu te renfermes et que tu affrontes ça seul.

— Et si j'ai envie de vivre ça seul ? Ou avec Eli ? Ça ne regarde que nous. Je ne veux pas en parler, pas même avec vous. Ne le prends pas mal.

— Je ne le prends pas mal, ne t'inquiète pas.

Je lâche un soupir et, parce que je sais que Sam ne me jugera jamais, je lui avoue :

— J'ai envie d'être seul.

— Compliqué ici, hm.

— Je pense que j'aimerais prendre un appartement. Pour avoir plus d'espace.

— Tu ne veux plus de moi comme coloc' ?

Je relève la tête et le sourire que je remarque sur son visage me rassure. Il n'est pas blessé. Il me connaît et c'est pour ça que j'aime cet homme d'un amour inconditionnel.

— Je t'aiderais à chercher un nouveau chez toi.

— Tout ça pour vite te débarrasser de moi et inviter Matt dès que tu en auras envie.

— Merde, j'aurais dû être plus subtile.

Nous rions bêtement et je lui offre un nouveau câlin en plus d'un « merci » glissé au creux de son oreille. Quand il me dit qu'il me laisse sa chambre pour cette nuit, je le sers si fort que je pourrais lui briser les côtes, et retourne à l'intérieur. Je n'accorde pas un regard à Isa, je passe par la salle de bain pour me laver les dents et je m'enferme dans la chambre de mon ami, m'écroulant sur son immense lit.

J'espère que demain sera un autre jour, que j'aurais les idées plus claires et que je serais en mesure de prendre les bonnes décisions.

39 | BASTIEN

Dimanche 23 juin

« *Cause nobody knows you baby the way I do
And nobody loves you baby the way I do* »[40]

One Direction

Debout depuis une longue heure, j'enchaîne les cigarettes, installé sur le balcon. Je me suis réveillé après un cauchemar dans les draps de Sam. J'ai passé une nuit de merde, à cogiter et lorsque j'ai enfin réussi à sombrer, je me suis retrouvé hanté par je ne sais

---

[40]*Parce que personne ne te connait bébé la façon dont moi je te connais / Et personne ne t'aime bébé de la manière dont moi je t'aime*

quel monstre sorti tout droit de mon imagination.

Je souffle la fumée devant moi, elle disparaît dans l'air et cette vision m'attire tellement que je n'entends pas la porte vitrée s'ouvrir derrière moi. Ce n'est que lorsqu'Isa apparaît à mes côtés, tasse de café entre les mains, que je cesse ma contemplation.

— Salut.

— Bonjour.

Je me décale, lui laissant une place sur le banc de fortune que nous avons installé avec Sam. Elle y pose ses fesses et je me demande lequel de nous deux va crever l'abcès en premier.

Je continue de fumer pendant qu'elle avale, gorgée après gorgée, son liquide noir.

— Je dois avancer mon retour. La crèche a besoin de moi. Ça n'a aucun rapport avec la prise de tête d'hier soir.

La déception s'empare de moi, j'écrase mon mégot dans le cendrier sans oser lever les yeux.

— Si c'est le boulot, c'est important. On se reverra bien vite.

Du coin de l'œil, je la vois acquiescer en vidant sa tasse. Maintenant, je m'en veux de m'être mal comporté. Voilà une des raisons pour lesquelles je ne voulais pas rejoindre Eli pendant qu'Isa était là. Je savais qu'une fois qu'il serait dans ma tête, il n'en sortirait pas et je négligerais ma meilleure amie.

— Je suis désolé.

Merde, ces mots ne viennent pas de ma bouche alors que je devais lui présenter mes excuses. Je porte toute mon attention sur Isa.

— En parlant avec Sam, j'ai réalisé que je n'avais pas eu la même réaction que lui en apprenant ta relation avec Eli. J'étais tellement excitée que je t'ai dit de foncer sans problème alors que Sam a pris le temps de te mettre en garde. Voir ta silhouette sur Twitter hier m'a mis un coup, et m'a fait comprendre que je n'avais pas été une bonne amie.

— Qu'est-ce que tu racontes ? Au contraire, j'ai adoré que tu voies seulement le positif !

— Mais cette histoire ne finira pas forcément bien, tu le sais ? reprend-elle doucement.

J'entrouvre les lèvres, prêt à lui répondre que je ne préfère pas y penser. Mais de toute évidence, elle a raison et je ne peux que l'admettre et acquiescer.

— Je ne te dis pas que tu dois mettre un terme à tout ça. J'ai vu tes yeux briller hier, ton sourire. Je rejoins simplement l'avis de Sam, et te demande de faire attention. Tu me promets ?

— Promis.

L'étreinte qu'elle m'offre pourrait presque me donner envie de pleurer. J'aime cette fille, et être brouillé avec elle ne me convient pas, alors je profite de son odeur avant qu'elle ne me soit enlevée pour je ne sais combien de temps à nouveau.

— Ton train est à quelle heure ? je finis par lui demander en me reculant.

Isa jette un œil à son téléphone et fait une légère grimace.

— Dans une heure. Je dois aller me préparer et…

retour à Paris. Merci de m'avoir accueilli chez toi.

— Merci à toi d'être venue.

Elle ébouriffe mes cheveux et nous rentrons afin qu'elle ait le temps de rassembler ses affaires. Sam sort de la salle de bain au même moment, il remarque mon regard baissé, mes lèvres pincées et vient embrasser ma joue avec de la bave dans le seul but d'obtenir un grognement de ma part.

— Je ne pensais pas m'être étalée autant en trois jours. Et ne prononcez pas le cliché que vous avez en tête.

Sam et moi, dans l'encadrement de la porte, levons les mains en l'air, signe que nous n'avons rien dit et ça l'a fait sourire. Elle va me manquer. Mais je suis content de retrouver mon espace.

— Tu n'as rien oublié, sûre ?

Isa fait un dernier tour dans l'appartement, récupère ses lunettes de soleil abandonnées sur la table du salon et les glisse sur le haut de son crâne.

— Tout est bon. On peut y aller.

— Je vais te laisser l'accompagner. Isa, tu reviens quand tu veux.

Mes deux amis s'accordent une dernière étreinte. Je ne pensais pas que le feeling passerait si bien entre eux. Ils m'ont prouvé le contraire en devenant complices en l'espace de ce court week-end.

Sam pose un baiser sur sa joue et nous quittons l'appartement. Arrivés à la gare, son train l'attend déjà.

Isa s'arrête et inspire un grand coup avant de se

tourner vers moi.

— Cette parenthèse ici m'a fait énormément de bien. La prochaine fois, tu viens à Paris, hein ?

— Évidemment, je n'ai pas eu le temps de tout visiter.

Elle esquisse un sourire et je la prends dans mes bras de longues secondes. Impossible de me détacher d'elle, j'ai toujours en travers de la gorge notre dispute futile qui nous a fait perdre du temps précieux.

— Tu me dis quand tu es arrivée.

— Ouais, t'inquiète.

Nous finissons par nous séparer après un dernier câlin, je l'observe disparaître par les escaliers et je quitte cet endroit en essuyant discrètement mes yeux trempés. Les au revoir me sont insupportables.

De retour à l'appartement, je m'isole dans ma chambre et, allongé sur mon matelas, je fixe le plafond. C'est le vide. Encore.

Qu'est-ce que je fais maintenant ? Je devrais sans doute me mettre à chercher un travail, pour me payer un lieu où je pourrais vivre seul. Impossible de déménager sans ça, je peux dire adieu à mon été. C'est tant de responsabilités qui me foutent la trouille. Avec Sam, je suis bien. C'est lui qui s'occupe de tout l'administratif, du loyer, je me contente de lui donner ma part. J'ai beau avoir bientôt vingt-trois ans, je reste un gamin flippé à l'idée d'entrer dans le monde des adultes, et mon angoisse concernant le futur ne m'aide pas.

— Sam ! j'appelle, la gorge nouée.

Mon meilleur ami me rejoint la seconde d'après et fronce les sourcils en me voyant allongé.

— Qu'est-ce qui se passe ?

Je me redresse et le regarde droit dans les yeux.

— Comment tu fais pour gérer tout ce que la vie nous impose ?

— T'es en pleine crise existentielle ? me demande-t-il avec un ton qui ne m'arrache aucun sourire.

Ouais, c'est débile. Tour va bien et, la seconde d'après, je m'inquiète pour des choses que je ne peux pas éviter.

Sam prend place à mes côtés avec un air plus sérieux.

— Je sais que tu n'as jamais été doué avec ça, mais si tu veux prendre un appartement, tu vas devoir endosser ces responsabilités. C'est facile de s'organiser, je peux t'apprendre, et ça ne deviendra pas une source de stress.

— Je n'avais pas réalisé tout ça. Tu crois que je peux réussir avec tes conseils ?

Sam m'attire contre lui et ébouriffe mes cheveux.

— Tu dois lâcher prise un peu. Je sais tout ce qui te passe par la tête, même si la plupart du temps, tu arrives à les effacer.

— Ah ouais, tu lis dans mes pensées maintenant ?

— Je te connais depuis des années. Je commence à comprendre tes peurs.

Je fais la moue à l'idée d'être devenu un livre ouvert pour mon meilleur ami.

— Allez, je continuerais de t'aider. Mais pour l'instant, tu sais ce qu'on va faire ? Tu vas m'apprendre à jouer à Fornite, on passe l'aprèm ensemble et ce soir, on se commande une énorme pizza. Soirée mec.

— Matt ne te réclame pas ?

— Tu passeras toujours avant mon mec du moment.

J'éclate de rire.

— Je ne suis pas certain que Matt apprécierait d'être appelé de la sorte…

— Tais-toi, c'est un truc pour minimiser mes sentiments.

— T'es une cause perdue, je déclare en rejoignant le salon.

Je me charge d'allumer ma console lorsque la sonnette de l'appartement nous interrompt. Nous échangeons un regard, les sourcils froncés, à nous demander qui peut bien venir chez nous.

— Je n'attends personne, m'informe mon ami avant d'aller ouvrir à l'inconnu.

Pas si inconnu que ça finalement. En me penchant, je découvre Matt sur le palier, avec toujours zéro cheveu sur le haut de son crâne, sa barbe qu'il entretient et dont Sam me vante les mérites – apparemment, il adore sentir ses poils frotter contre une certaine partie son anatomie –. Ce mec continue de me surprendre de jour en jour.

— Salut, j'espère que je ne vous dérange pas. Tu me manquais, bébé.

Je suis témoin de cet échange entre les deux hommes et j'aime voir le sourire béat de mon meilleur ami au surnom que son — copain ? — lui a murmuré. Sam s'apprête à répondre, ses épaules se redressent, avant qu'il ne réalise que je suis toujours là.

— On allait jouer à la console avec Bastien…

— Oh, désolé.

— Non c'est bon ! Tu peux rester, j'interviens directement.

Matt semble remarquer ma présence et m'adresse un signe de la main accompagné d'un sourire. Hors de question que mon ami se prive pour moi. Au contraire, je veux voir comment ils agissent ensemble, si Matt est quelqu'un de sérieux. Puis, ça me donnera une occasion d'apprendre à le connaître. La première fois que nous nous sommes rencontrés, j'étais loin d'être de bonne humeur…

— C'est OK pour toi ? Demande finalement notre invité à Sam.

Ce dernier acquiesce, et il n'en faut pas plus à Matt pour s'avancer et déposer un long baiser appuyé sur sa bouche. Sam doit s'accrocher à ses cheveux afin de ne pas finir contre le mur et je ne peux empêcher un sourire idiot de prendre place sur son visage. OK, ils sont beaucoup trop mignons. C'est tellement étrange de voir Sam dans une relation. Il n'était pas du tout comme ça avec son ex. Je ne l'ai jamais vu aussi à l'aise, aussi calme, aussi… amoureux ? Merde, ouais, il semble carrément amoureux.

D'ailleurs, ils finissent enfin de se bécoter pour me rejoindre sur le canapé, et lorsque Sam se laisse tomber à côté de moi, je suis obligé de lui dire :

— J'adore le rouge. Ça te va bien aux joues.

Mon ami me foudroie du regard et j'éclate de rire, alors qu'il se blottit contre Matt qui passe un bras autour de ses épaules. C'est pile la soirée dont j'avais besoin.

40 | Eli

Vendredi 28 juin

> « *Better than all of my fantasies*
> *And I've seen a lot before* »[41]
>
> Liam Payne

Impossible de trouver une solution miracle. Nous sommes dans une impasse alors, depuis dimanche, j'observe souvent l'entrée de l'immeuble. Je fais exprès de descendre, de sortir dans la rue pour voir si quelqu'un attend patiemment. Je deviens parano à vouloir protéger Bastien.

---

[41]*Rien n'est meilleur que tous mes fantasmes / Et j'en ai vu beaucoup*

La dernière chose dont j'ai envie, c'est que nous soyons deux à nous inquiéter. Je peux gérer ça, et prendre soin de lui.

Mais ce soir, il me manque. Je refuse de laisser mon métier m'empêcher de vivre notre histoire, alors j'ai eu une idée. Tellement simple, en plus. Personne ne pourra savoir qui il est s'il se rend à la résidence seul, sans que je ne vienne le chercher. Il aura juste à taper mon code et me rejoindre.

Ça peut marcher, si le taré qui nous a pris en photo ne le suit pas et ne tente pas d'avoir un nouveau cliché de lui entrant dans mon immeuble.

Je lui ai envoyé un message en lui expliquant mon plan il y a une heure déjà, et je stresse parce que je suis terrifié à l'idée qu'il ait eu le temps de tout ressasser, venant à la conclusion que ça n'en vaut pas la peine. Qu'il mérite mieux que de vivre caché et de devoir être sur ses gardes lorsqu'il est avec moi.

Je tourne en rond. J'abandonne mon téléphone pour attraper mon carnet, un stylo et ma guitare. Je m'enferme dans ma bulle et libère mon esprit. La composition occupe tellement de place que je ne pense plus à rien d'autre. Je couche sur le papier les paroles qui me viennent, je raye, j'efface, je tente quelques mélodies qui rendent plutôt bien.

Depuis combien de temps je n'ai pas fait ça ? Depuis combien de temps je n'ai pas pris la peine de me vider la tête pour me plonger dans quelque chose que je passais chaque minute de ma journée à faire, il y a encore un mois ? C'est ça d'avoir un homme dans sa vie ? Jamais je n'ai ralenti mon rythme dans mes précédentes relations. Et, bordel, qu'est-ce que j'ai fait cette semaine ? À part me morfondre ? Putain.

C'est ma mère qui serait ravie d'apprendre que je lâche enfin prise, même si je ne m'en suis pas rendu compte.

L'interphone retentit dans le salon, je fronce les sourcils et décroche le téléphone une fois à sa hauteur.

— Oui ?

— C'est moi ?

Mon téléphone n'a pas vibré. Il est venu sans me répondre et mon cœur s'affole. Je lui ouvre rapidement la porte et me dépêche de cacher mon carnet afin qu'il ne tombe pas dessus. Je n'ai même pas eu le temps de ranger, l'appartement est un peu crade après cette semaine à ne rien faire. Je n'aime pas l'image que ça renvoie de moi.

Bastien toque une fois monté, je l'accueille et remarque directement sa peau lisse. Je crois que ça me fait buguer, puisqu'il est obligé de me pousser doucement pour rentrer et déposer un baiser sur mes lèvres.

— Pourquoi est-ce que tu t'es rasé ?

— Ça me dérangeait. Tu n'aimes pas ?

— J'adore les deux.

Ses doigts effleurent ma joue et je ne peux m'empêcher de lui demander :

— Il y avait du monde, en bas ?

Sa grimace me donne envie de descendre et de les dégager d'ici.

— Je ne sais pas trop si c'étaient des fans, mais il y

avait un groupe de jeune devant. J'ai tenté d'agir naturellement, on verra bien.

Je hoche la tête et l'entraîne avec moi sur le canapé où ma guitare gît. Je la pousse pour qu'il puisse s'asseoir, ce qu'il fait en se blottissant dans mes bras.

— Je n'aurais pas pensé au fait de venir comme si je rejoignais quelqu'un d'autre que toi.

— J'aurais aimé avoir l'idée plus tôt.

Il relève la tête, un léger sourire installé sur ses lèvres. Est-ce possible d'être accro à un sourire ? Ou bien c'est juste sa bouche ?

— Je t'ai manqué, alors ?

— Tu en doutais ? je demande, un sourcil levé.

Il rigole et secoue la tête, resserrant sa prise autour de moi.

— Non. Parce que tu m'as manqué aussi.

C'est simple, de savoir que nous avons manqué à une personne. Pourtant, avec Bastien, ce sont quelques mots significatifs, sans que je ne comprenne pourquoi.

— Qu'est-ce que tu as fait cette semaine ?

— J'ai cherché un appartement.

Un appartement ? Je continue mes caresses dans son dos, mon menton appuyé sur le haut de son crâne.

— Tu ne veux plus vivre avec Sam ?

— Que Isa soit à la maison m'a fait réaliser que j'avais besoin de plus d'espace. Alors, depuis lundi, il m'aide à regarder les petites annonces.

L'idée d'avoir un autre lieu qu'ici pour voir Bastien me plaît beaucoup. Qu'il vive seul signifie plus de liberté, que ce soit pour lui ou pour moi.

— Comment tu vis ce changement ?

— Au départ, très mal. Je ne suis pas quelqu'un qui adore les responsabilités. Maintenant je crois que je me suis fait à l'idée.

— Je peux t'aider à ma manière. Demande-moi ce que tu veux, je serais là.

— Merci.

J'ai le droit à un long baiser en guise de remerciement et mon corps entier se réveille, mais je ne cherche pas à aller plus loin. Ce n'est pas le moment. Je me contente de le garder contre moi près d'une demi-heure, profitant de sa chaleur, de sa présence, de ses baisers qu'il m'offre lorsqu'il en a marre de juste rester dans mes bras.

C'est si simple, cette façon d'être. Je n'ai jamais été aussi apaisé qu'en cet instant. J'aurais même envie de prendre ma guitare et d'écrire avec lui à mes côtés, parce que je suis certain qu'il m'inspirerait des tonnes de mots, comme il le fait déjà sans le savoir.

— Je peux rester dormir ici ? me murmure-t-il et je ne cherche pas à réfléchir.

— Bien sûr.

Son corps contre le mien lorsque je tombe dans les bras de Morphée, c'est également une des sensations que je préfère. Je serais un pauvre idiot de refuser.

— Mais, cette fois, pas de mal bouffe, je reprends. Je vais te cuisiner quelque chose.

— J'ai hâte de goûter ça. J'espère que ce sera bon.

— Qu'est-ce que tu insinues ?

Bastien se redresse, un air malicieux sur son visage.

— Moi ? Rien du tout. Simplement, Sam est un roi en cuisine et il en faut beaucoup pour arriver à sa hauteur.

— Je te trouve malpoli. Crois un peu plus en moi, s'il te plaît.

Je tente de paraître triste, de retrousser ma lèvre inférieure, mais il s'en fiche royalement. Il se contente de se lever, mort de rire et sort de son sac son paquet de cigarettes.

— Je m'en grille une pendant que tu réfléchis à ce que tu vas me préparer.

— Bien, chef !

Il me lance un clin d'œil et disparaît sur la terrasse. À cet instant, je suis heureux d'avoir une sorte de muret pour me cacher. Bastien peut s'asseoir sur le sol sans que personne ne puisse obtenir un cliché de lui, et ça n'a pas l'air de le déranger plus que ça. C'est mieux ainsi. Je me décide à lever mes fesses du canapé pour rejoindre la cuisine. J'ai été faire les courses hier, j'ai tout ce dont j'ai besoin pour lui concocter un bon petit plat. Mais je dois me surpasser.

Je réfléchis un instant avant de prendre de quoi cuisiner des tagliatelles à la bolognaise. C'est un classique, je ne risque pas de me louper. Mais les épices que j'ajoute à la fin font toujours leur effet.

Je jette un coup d'œil derrière moi, Bastien continue de fumer, traînant sur son téléphone. Est-il au courant que plus il enchaîne les cigarettes, plus il détruit ses poumons ? J'ai essayé quelques fois au lycée, comme à peu près tout ado qui se laisse entraîner, mais au même moment, je découvrais que ma voix pouvait devenir très utile pour mon futur. Hors de question donc, que je fasse quoi que ce soit pour l'abîmer. Je devrais sans doute en discuter avec lui.

Comme s'il sentait mon regard sur sa peau, il relève les yeux pour les plonger dans les miens. Un sourire se dessine sur ses lèvres et il hausse un sourcil. Je sais bien ce qu'il pense. J'étais en train de l'observer. Et il a tout à fait raison.

Je mordille ma lèvre inférieure avant de me concentrer sur ma préparation. Bastien me rejoint au moment où je mets les boules de pâtes dans l'eau bouillante. Lorsqu'il se colle contre mon dos, que son visage glisse contre mon cou, l'odeur de cigarette fronce mon nez.

— Qu'est-ce que tu me prépares, alors ?

— Tagliatelles à la bolo.

Je baisse la plaque de cuisson et vérifie l'heure sur le micro-ondes. Je me retourne vers lui.

— La bolo se fait avec les spaghettis, me corrige-t-il, ses doigts trouvant une place dans le bas de ma nuque.

Nous sommes de la même taille et pourtant à cet instant, j'ai l'impression de paraître tout petit face à lui, coincé entre son corps et le plan de travail. Son aura écraserait presque la mienne.

— Tu ne trouveras jamais ça chez moi, je déteste

ces pâtes.

— Je crois que je sors avec un gamin.

Je ne relève pas son insulte qui n'en est pas une. Tout ce que je retiens, c'est qu'il vient de dire qu'il sortait avec moi alors que depuis des jours, j'évite de mettre des mots sur notre relation au risque de le faire flipper.

— Notre génération n'aime pas s'enfermer dans des cases, certains peuvent se voir pendant des mois sans se mettre en couple et j'ignorais de quel côté était Bastien jusqu'à présent.

— Est-ce que nous sommes ensemble ? je lui demande, oubliant en un claquement de doigts sa taquinerie.

Autant aller droit au but.

Sa main sur ma peau m'envoie des décharges électriques, elle remonte jusque dans mes cheveux, ses yeux se perdent un instant dans les miens. J'ignore d'où lui vient cette poussée d'audace, lui qui semble toujours hésitant avec moi, mais ça me plaît. Putain, ça me plaît.

— Tu as envie ?

J'acquiesce, incapable de regarder ailleurs que dans ce bleu intense. Ce mec m'envoute, il pourrait m'obliger à dire oui, à absolument tout.

— Alors, oui. C'est aussi simple que ça.

Le soulagement d'entendre ces quelques mots me pousse à m'emparer de ses lèvres de longues secondes, me perdant dans ce baiser. Bastien me ramène sur la terre ferme en murmurant contre moi :

— J'adore tes lèvres, mais pas au prix de manger des pâtes trop cuites.

— Rabat-joie, je souffle.

Il rigole et embrasse mon front. Je le laisse mettre la table pendant que je termine de préparer notre repas, un peu chamboulé par ce qui vient de se produire.

41 | Eli

Vendredi 28 juin

« *Not sure how to say this right
Got so much to lose* »[42]

Louis Tomlinson

Après le repas que Bastien a dévoré, je me suis occupé de tout débarrasser pendant qu'il s'est mis en tête d'aller chercher un jeu de carte ou de société pour s'amuser un peu. Mon appartement en est rempli. Chez mes parents, c'était une tradition de se réunir lors d'une soirée par semaine, loin de l'électronique

---

[42]*Je me demande comment dire ça correctement / J'ai tellement à perdre*

pour se retrouver ensemble, même si souvent, ça terminait en triche et en cris. Ce sont mes meilleurs souvenirs.

— J'ai trouvé !

Son cri victorieux résonne dans ma chambre, ce qui m'arrache un rire. Je suis impatient de découvrir ce qu'il a choisi parmi ma collection. Je referme le lave-vaisselle et m'appuie contre le comptoir.

Il revient un instant plus tard, sourire lui mangeant la moitié de son visage, avec dans une main un Uno, dans l'autre un Dobble. Je sais déjà lequel je prends.

— Tu peux ranger le Uno. Mais je ne te pensais pas si classique.

Bastien s'approche de moi et pose un baiser sur mes lèvres.

— Je suis loin d'être un homme classique. Je t'offre seulement quelques minutes de répit avant le second jeu que j'ai prévu.

Ma curiosité est piquée, mais il ne me laisse pas le temps de la satisfaire. Sa main dans la mienne, il m'entraîne jusqu'au canapé où il se laisse tomber. Je m'assois par terre, de l'autre côté de la table basse afin d'être en face de lui pour l'affronter au Dobble. Je suis le meilleur, surtout avec la version des marques. Le but du jeu, c'est d'être le plus rapide à trouver le logo en commun entre deux cartes. Après, il y a différentes manières de jouer. Et mon petit cerveau les connaît toutes.

— Prêt à perdre ?
— Arrête de faire le malin.

Pendant une heure, voilà ce qu'on fait. On se bat, on fait chauffer nos cerveaux afin d'être le plus rapide pour gagner. Après avoir épuisé tous les minis-jeux et surtout, après l'avoir écrasé sur pratiquement toutes les parties, Bastien s'appuie contre le dossier, les bras croisés sur le torse et le menton relevé.

— C'est un jeu de merde !

— Mauvais joueur donc…

— Je serais toi, je ne ferais pas le malin !

— Sinon quoi ? le provoqué-je, aimant particulièrement cette facette que je découvre.

— Sinon… sinon rien, souffle-t-il.

J'éclate de rire, ce qui le vexe encore plus.

— Allez, dis-moi l'autre jeu que tu as choisi.

Bastien me jauge, lèvres pincées. Il se demande sans doute si cette fois ici, il va perdre. Il finit par lâcher un soupir et rejoint la chambre, pendant que je nous ouvre une bouteille de vin.

De retour dans le salon, je me mets enfin à ses côtés en lui tendant son verre. C'est là que je remarque la boite dans ses mains.

— « Tu préfères » ?

— Ça peut être un bon moyen d'apprendre à se connaître un peu plus, selon les questions.

J'acquiesce devant son idée. Ce mec m'impressionne de jour en jour. D'ailleurs, c'est lui qui tire la première carte.

D'un coup, sa bouche s'ouvre et ses joues prennent feu avant qu'il ne grommelle :

— Tu ne m'avais pas dit que c'était une version trash.

— Ça n'a pas d'intérêt si c'est une version normale, je lui réponds avec un sourire en coin.

James en raffole en tout cas. Les nuits où, avec quelques verres dans le nez, nous avons répondu à ces dilemmes restent gravées dans ma mémoire.

— Allez, pose la question, je l'encourage, mordant ma lèvre inférieure afin de ne pas éclater de rire devant son air renfrogné.

Il prend son temps avant de marmonner :

— Sucer ou te faire sucer ?

— Sucer.

Aucune hésitation. Faire perdre la tête à mon amant, ma bouche autour de son membre tendu, est la chose la plus érotique à mes yeux. Juste ça. Bastien m'adresse un long regard, je peux très bien imaginer ce qui se passe dans sa tête à ce moment précis, mais je ne lui laisse pas l'occasion d'ajouter quelque chose, j'attrape la prochaine carte :

— Faire l'amour bourré ou faire l'amour sans alcool ?

— Sans alcool. Je veux tout ressentir, et je ne suis pas certain d'être capable de seulement me déshabiller en étant bourré.

L'air devient lourd, d'un coup. Même avec sa touche d'humour, la lueur dans ses yeux bleus me retourne complètement. Maintenant, c'est moi qui m'enflamme. Bordel, ce jeu est mille fois plus intéressant avec lui.

— Perdre ta virginité avec un SDF ou coucher avec dix mecs ? C'est quoi cette question ?

Bastien en prend une nouvelle et la grimace sur son visage ne fait que s'agrandir à la lecture des dilemmes qui suivent.

— Lâche les cartes et invente, je finis par lui proposer.

Parler de cul ne me dérange pas, bien au contraire, j'aimerais apprendre toutes les préférences de mon amant, mais j'aimerais découvrir ce qui peut lui passer par la tête. Il peut me proposer tous les dilemmes qu'il désire, je lui promets de répondre à chaque fois. Il prend le temps de boire une gorgée de son vin tout en réfléchissant.

— Tu préfères chanter ou composer ?

Facile.

— Composer. Sans ça, pas de chant. Je veux chanter ce que j'écris, ce que je ressens.

Il hoche la tête et je continue :

— Devoir te cacher oui vivre libre ?

— Me cacher ? Ça dépend pour qui, pour quoi.

Bastien semble ne pas avoir compris le sens de ma question alors, j'avale une gorgée de vin comme si ça pouvait m'insuffler le courage nécessaire :

— Devoir te cacher avec moi ou vivre libre avec un autre ?

— En acceptant de devenir ton petit-ami, j'ai accepté bien d'autres choses.

— Tu sais ce que ça signifie ?

— Que je peux vivre heureux avec un homme qui me fait du bien.

J'espère qu'il voit dans mes yeux à quel point ses mots me rassurent. J'attrape sa main.

— Tu préfères passer du temps avec moi ou te concentrer sur la musique ? reprend-il, comme si ma précédente question n'était pas si importante que ça.

Comme si c'était le dernier de ses soucis.

J'entrouvre les lèvres, incapable de répondre quoi que ce soit pendant une trentaine de secondes. Je ne suis pas le seul à poser des questions pleines de sens ce soir, et j'ai promis de dire la vérité :

— La musique est plus importante que n'importe quoi. Tu ne m'en veux pas ?

Bastien me sourit et vient embrasser ma bouche.

— Au contraire. Je suis ravi que tu aies répondu ça.

Je me mets à sourire. De nombreuses personnes que j'ai côtoyées devenaient dingues de voir que je prenais plus de temps à bosser qu'à entretenir mes relations. Bastien n'est pas ainsi, et je pense de plus en plus à lui laisser l'accès à cette partie de moi. Il me comprend, il a le même amour pour la musique, même s'il est, d'une certaine manière, différent.

— Venir avec moi à un mariage ou t'ennuyer une soirée ?

C'est officiel, j'aime beaucoup trop jouer à ce jeu avec Bastien. Surtout si ça nous permet de nous dévoiler et de faire passer des messages.

— Venir avec toi à un mariage.

Je souris tel un gamin qui aurait eu le droit à un

bonbon après avoir bataillé pendant des heures. Je me voyais déjà m'emmerder samedi prochain, à boire tous les alcools présents et à supporter ma famille trop chiante.

— Tu veux que je te présente ?

— Me présenter ?

— Je sais que je t'ai dit que nous pouvions y aller en tant qu'ami, mais maintenant que c'est officiel… Je vais avoir du mal à ne pas t'embrasser pendant toute une soirée.

— Je ne suis pas certain que ce soit une bonne idée. Ça reste un endroit où il y aura du monde et où quelqu'un pourrait nous prendre en photo.

C'est vrai. Bastien a totalement raison, à croire que notre photo partout sur Twitter à cause de mon imprudence ne m'a pas servi de leçon. Mon copain pose ses mains sur mon visage, il fait ce truc avec ses yeux, quand j'ai l'impression qu'il arrive à lire ce que je pense au fond de mes prunelles.

— On devra parler de ça à un moment, sérieusement. De comment nous pouvons faire pour être ensemble avec ta célébrité.

— Je suis désolé de t'imposer ça.

— Je l'ai choisi. Ne viens pas t'excuser à nouveau.

— Merci, je murmure sans trop avoir pourquoi je le remercie exactement.

Pour être là avec moi, pour m'accepter comme je le suis, pour avoir vu la personne que j'étais au-delà du chanteur dont il suivait le travail peut-être depuis des années. Pour me laisser partager sa vie, que ce soit pour un mois, six mois, un an ou plus.

— Allons nous coucher, je finis par lancer.

J'entraîne Bastien jusqu'à la chambre, abandonnant nos verres encore remplis, la bouteille à peine débouchée et la table basse recouverte de plusieurs cartes. Nos vêtements retirés, nous nous glissons dans les draps et sentir la chaleur de sa peau contre la mienne m'aide à réaliser à quel point je suis chanceux d'avoir cet homme dans ma vie.

Son « bonne nuit » murmuré au creux de mon oreille, sa bouche qui pose un baiser juste en dessous recouvre ma peau de frissons avant que le sommeil ne m'emporte.

Cette nuit-là, je rêve de lui. Mais je ne dirais pas de quelle façon.

42 | BASTIEN

Mercredi 3 juillet

« *You and me got a whole lot of history
We could be the greatest team that the world has ever
seen* »[43]

One Direction

Dans un monde parallèle où Eli ne serait pas chanteur, seulement une personne lambda, je lui aurais demandé de m'accompagner pour les visites d'appartements. Afin de connaître son avis, entendre

---

[43] *Toi et moi avons beaucoup d'histoire / On pourrait être la meilleure team que le monde n'ait jamais vu*

ses remarques sur chaque pièce, peut-être même le voir s'imaginer avec moi. Parce que nous savons tous les deux que mon futur logement sera un lieu où nous pourrons être nous-mêmes, beaucoup plus sûr que chez lui.

Mais nous ne sommes pas dans un autre monde, et dans celui-ci, c'est avec Sam que je termine une journée à visiter tout ce qui avait retenu notre attention dans les petites annonces.

Je suis lessivé, nous avons échoué dans le bar où nous n'avions plus mis les pieds depuis un bout de temps, et revoir le barman insistant m'a mis un sacré coup. Tellement de choses ont changé depuis la dernière fois… Louis a disparu, j'ai rencontré Eli, j'ai décidé de prendre mon envol malgré toute l'angoisse que ça me provoque. Dans un sens, je suis fier de moi.

Nos martinis sont amenés par un serveur, nous pouvons commencer le débriefing :

— Ça me rappelle la semaine où on a cherché pour notre coloc. La galère pour trouver un bien disponible et quand on arrivait à obtenir une visite, c'était un trou à rat ! s'exclame-Sam, trempant ses lèvres dans le liquide rouge.

Maintenant, je parviens à en rigoler, mais à l'époque, nous étions chaque soir en crise de nerfs. On voyait la rentrée s'approcher sans aucun toit au-dessus de nos têtes, c'était une source de stress énorme, en plus de celle causée par notre entrée à la FAC. C'est sans doute depuis ce moment-là que je suis terrifié par les responsabilités. Au lycée, nous étions beaucoup trop chouchoutés pour être correctement préparés.

— Heureusement, c'est plus facile cette fois.

— Plus facile ouais, sauf que je suis devenu plus exigeant.

Dans ma tête, je repasse tous les appartements que nous avons vus. Pas un seul coup de cœur. Je sais que ce n'est que le début et qu'il ne suffit pas d'une unique journée. Je suis juste impatient.

Nous buvons nos verres en notant les pour et les contre de chaque endroit. Localisation, taille, pièces. Balcon ou non.

Puis, sans savoir comment, nous dérivons sur le portable de Sam à qui j'ai eu la brillante idée de lâcher que, samedi, Eli m'invitait à un mariage. Maintenant, mon ami s'est mis en tête de me trouver un costume en fouinant sur les sites Internet des magasins présents à Bordeaux.

— Prends de la couleur.

— Tu rigoles, je vais juste mettre un noir, c'est simple et élégant.

— Un bleu marine !

Sam me montre des photos et je mordille nerveusement ma lèvre. Est-ce que je plairais à Eli dans ce genre de costume ? Qu'est-ce qu'il a prévu de porter, lui ?

— Demande-lui son avis et demain on ira essayer.

— Tu crois que j'ai de l'argent à dépenser dans un costume sur mesure ?

— Pas besoin d'un truc sur mesure, rabat-joie ! Allez, demande-lui !

Sam m'envoie les photos après les avoir screenées.

J'hésite un instant, par peur de déranger mon copain avant de lui écrire.

Bastien : Il est peut-être tard pour ça, mais... Je t'ai envoyé quelques photos. Dis-moi ce que tu en penses. :)

Sa réponse ne se fait pas attendre et me fait rigoler.

Eli : C'est pour samedi ? Mille fois oui. Le bleu ira à ravir avec tes yeux.

Bastien : Je peux savoir la couleur du tien ?

Eli : Pas de costume pour moi. Je garde tout de même la couleur en surprise.

Bastien : Tu seras magnifique dans tous les cas.

Eli : Dragueur. Tu viens dormir à la maison vendredi ? Question de praticité.

Bastien : Praticité, bien entendu.

Eli : ;) Qu'est-ce que tu fais ce soir ?

Bastien : Au bar avec Sam, on debrief sur mes visites d'apparts. Je te montrerais ça vendredi.

Eli : J'ai hâte. Je te laisse profiter de ta soirée, alors. Salut bébé.

Le surnom est sans doute tapé à la va-vite, juste pour ne pas envoyer un message trop sec. Et pourtant, tout mon corps en frissonne. Le sourire béat que j'ai sur les lèvres interpelle Sam :

— Est-ce que j'ai cet air niais sur le visage quand je parle à Matt ?

— Carrément. Dimanche dernier, tu t'es transformé en amoureux transi.

Mon meilleur ami détourne le regard sans pour autant cacher son sourire.

— C'était cool de te voir ainsi. Et Matt est quelqu'un de très bien, il est parfait pour toi.

— Merci, souffle-t-il.

L'émotion dans ses yeux ne m'échappe pas, mais il ne semble pas vouloir s'étaler plus que ça. Il restera toujours un peu pudique.

Il se passe quelques minutes avant qu'il ne relève la tête vers moi d'un seul coup. L'air malicieux qu'il arbore soudainement m'effraie.

— Quoi ? demandé-je, sans être certain de vouloir la réponse.

— J'ai trouvé ce que nous pouvons faire en plus demain.

— Je sens que ça ne va pas me plaire.

— Tu vas adorer !

###

— Ça ne me plaît pas.

Seconde fois que je répète cette phrase à l'homme censé être mon meilleur ami. Seconde fois qu'il m'ignore, pour se contenter de m'adresser un clin d'œil. Bordel, les cheveux c'est sacré. C'est un putain d'enfoiré de me faire ça !

La coiffeuse derrière moi sèche ma tignasse avec une serviette et m'offre un sourire.

— Alors, qu'est-ce qu'on fait ?

Sam me devance afin de la prendre à part et de lui expliquer ce qu'il faut couper sur ma tête. Je vais le tuer ! Je vais le découper en petits morceaux et le balancer dans la Garonne, je le jure !

Elle revient près de moi, maintenant complice de Sam, et je commence à paniquer lorsqu'elle allume une tondeuse.

— Ne me ratez pas ! je trouve bon de prévenir.

Elle rigole face à mon stress évident et je décide de fermer les yeux. Autant ne pas voir le désastre tout de suite. Je me laisse faire, me crispant au bruit des sabots que l'on change, des ciseaux et de je ne sais quoi encore.

Après un temps qui me semble affreusement long, j'entends la foireuse demander son avis à Sam. Le comble ! C'est sa tête qui a été maltraitée, là ?

— Il est beau comme un cœur.

Je crois que je me mets à réciter je ne sais quelle prière absurde avant de devoir affronter le résultat.

— Allez, tu peux regarder.

Je prends une grande inspiration tout en m'agrippant aux bords du fauteuil sur lequel je suis installé. J'ouvre un œil, puis le second. Et…

— Wow.

Je m'avance lentement, comme si j'avais peur de mon propre reflet. La touffe bouclée que je me traînais depuis des années a en partie disparu. Les côtés ont été rasés, juste ce qu'il faut, le haut de ma tête a été désépaissi. C'est plutôt classique, mais je crois que j'aime bien.

— Tu es encore plus canon comme ça.

— J'avoue que tu as le droit à un sursis, je l'informe avec un regard amusé.

Il me sourit dans le miroir et j'acquiesce.

— Ouais, j'aime bien.

Sam s'éclipse vers le comptoir tandis que je retire la blouse noire que l'on m'avait enfilée. Je remercie la coiffeuse, m'excuse pour ma réticence et rejoins Sam une fois à l'extérieur.

— J'aurais pu régler, tu sais.

— C'est moi qui t'ai amené là-dedans. La moindre des choses était de payer. Par contre, donc costume tu te débrouilles.

Hier, après être rentrés légèrement éméchés par les verres ingurgités, nous avons passé toute la soirée à sélectionner les boutiques où nous rendre cet après-midi. Toutes les boutiques où je pouvais trouver un ensemble bleu, bien entendu.

Et c'est ce que nous faisons. Nous entrons, nous

regardons, nous sortons. Ce que nous avions vu sur Internet ne se trouve pas en magasin. Nous entendons le même refrain pendant près d'une heure et lorsque le dernier nom de notre liste apparaît sous nos yeux, je suis un peu découragé.

Ce n'est qu'un costume, voilà ce que je devrais me dire. Dans ma tête, ça ne l'est pas. Première sortie presque officielle avec Eli même si nous n'allons pas pouvoir nous afficher en tant que couple. Je tiens à être le plus élégant possible. Puis, ça reste un mariage, c'est l'occasion de se mettre sur son trente-et-un.

— On approche du but, je le sens.

— Nous avons plutôt intérêt à le trouver ici. Sinon, j'irais en chemise, tant pis.

Sam lève les yeux au ciel alors que je le suis à l'intérieur du petit magasin. Il y a peu de rayons, mais je vois directement ce que je cherche au fond de la pièce. Un portant avec plusieurs costumes bleu marine m'attend bien sagement. Nous saluons le vendeur qui se propose pour nous aider sans que je ne lui accorde un regard. Je laisse Sam gérer.

— Je peux faire quelque chose pour vous, messieurs ?

La voix familière me fait tourner la tête et mon meilleur ami éclate de rire, déjà dans les bras de son copain. Merde, je n'avais même pas fait attention. Matt travaille ici ?

— Mec, désolé, je grimace.

— Ne t'inquiète pas, tu ne pouvais pas deviner, me répond-il avec un sourire.

— Sam s'est bien caché de me le dire tiens !

Ce dernier me tire la langue et profite de l'absence de client dans le magasin pour embrasser la barbe de Matt.

— Bastien doit aller à un mariage après-demain, il aimerait un costume bleu marine.

— C'est le nouveau noir, de plus en plus prisé. J'ai quelques pièces qui devraient te correspondre.

Je remercie Matt qui remet directement sa casquette de vendeur et me présente des costumes simples. J'en prends un à ma taille et pars me changer au fond de la boutique.

Je m'observe un instant dans le miroir de la cabine. Je n'ai pas l'habitude de paraître si… classe, je ne me reconnais même pas.

— Viens nous montrer ton beau cul !

Sam me fout la honte. Après avoir tiré le rideau, je fais un tour sur moi-même devant le couple qui m'analyse de longues secondes.

— Ça me va bien, non ?

— Je vais raccourcir un peu les jambes, mais sinon c'est parfait.

Matt se baisse déjà à mes pieds pour s'occuper du bas du pantalon et je ne peux résister, lançant un regard à mon meilleur ami.

— Jaloux ?

— Il a l'habitude de se mettre à genoux, me répond-il, sa langue passant lentement sur ses lèvres alors que le rire de Matt me parvient.

Super, je me fais prendre à mon propre jeu !

Quelques minutes plus tard, je me tourne de nouveau devant le miroir. Là, c'est parfait.

J'ai trouvé mon costume.

43 | ELI

Vendredi 5 juillet

« *Tastes like strawberries on a summer evenin'*
And it sounds just like a song »[44]

Harry Styles

Comme tout bon Français qui se respecte, je suis un éternel insatisfait. J'aime la chaleur, le soleil, c'est pour ça que j'habite dans le Sud. Mais quand le thermomètre indique plus de vingt-huit degrés alors qu'il n'est pas encore onze heures, je trouve que c'est trop. Surtout dans un appartement ne possédant pas

---

[44]*T'as un goût de fraise lors d'une soirée d'été / Et ça sonne comme une chanson*

de clim. J'attends l'arrivée de Bastien d'une minute à l'autre et je compte bien l'embarquer avec moi à Arcachon, histoire de nous rafraîchir.

Ce n'est pas la meilleure solution, ça va être noir de monde, c'est risqué parce que l'on pourrait nous reconnaître, mais je crois que mon cerveau a cramé avec la chaleur. Je rêve uniquement de mon copain et moi dans l'eau salée de la mer. Avec de la chance, des lunettes et des casquettes, ça devrait aller…

Bastien finit par toquer à la porte et, quand je viens lui ouvrir, j'ai le droit à un long baiser duquel je m'échappe. La chaleur est trop étouffante pour se coller à qui que ce soit. Il ne s'en vexe pas, au contraire, il me sourit et dépose son sac dans l'entrée. C'est là que je remarque son changement capillaire, sa touffe bouclée qui a… disparu.

Bastien remarque l'attention que je porte sur sa tête et il en rigole, ses dents attrapant sa lèvre inférieure.

— Ça me va bien ?

— T'es magnifique.

Mon compliment le fait rougir alors que je m'approche afin de l'observer de plus près. Ouais, ça lui va terriblement bien. Je ne pensais pas qu'une nouvelle coupe pouvait autant me chambouler.

— Arrête de me regarder comme ça…

— Comment ?

— Tu me bouffes avec tes yeux, murmure-t-il.

C'est à mon tour de rigoler. Je pose un baiser sur son front avant de récupérer la housse contenant son costume. Une fois rangée dans la chambre, je rejoins le salon. Il n'aura fallu qu'un instant pour qu'il retire son t-shirt et, merde, il est définitivement trop canon.

— Tu me dis d'arrêter de te regarder d'une certaine manière, mais tu te mets torse nu…

— Il fait trop chaud, tu ne peux pas me demander de rester habillé ou je vais crever.

— Tu n'auras pas besoin d'être habillé là où on va…

Bastien m'observe, sourcil levé.

— On sortait avant qu'on commence notre histoire. On peut continuer.

— Où est-ce que tu veux m'emmener ?

— Au bord de la mer.

— En plein été ? Il va y avoir des centaines de personnes. Des dizaines de chances qu'on te reconnaisse et donc, qu'on vienne t'aborder.

Je savais qu'il serait plus terre à terre que moi. Je suis conscient des risques, mais je suis également conscient qu'il faudrait que je sois très malchanceux pour croire des fans. Je ne suis pas si connu et je ne prendrais pas ce risque si je pensais que l'identité de Bastien était réellement en danger.

— Tu me fais confiance ?

— C'est un bien grand mot.

Je ne me vexe pas. La confiance est une chose importante et ne peut pas apparaître par magie. Il faut la gagner.

— Je t'assure que nous ne risquons rien, pas à

deux heures d'ici, perdus dans une foule de gens. Tu surestimes ma popularité.

Bastien garde le silence pendant un temps qui me semble interminable. Je lis dans ses yeux le combat qui le ronge, cette envie de me dire oui, de sortir avec moi.

— OK. On peut essayer, j'ai des lunettes de soleil, finit-il par me répondre.

— Génial !

— Eli. Si une seule personne vient t'aborder, promets-moi qu'on s'en ira.

— Je te le promets.

Mon copain hoche lentement la tête, gardant son air sérieux. Je promets de réussir à le détendre d'ici à ce qu'on arrive à Arcachon.

Après avoir enfilé des maillots de bain, lui dans la salle d'eau, moi dans la chambre, et après avoir préparé un sac avec le nécessaire, nous voilà sur la route, direction la mer et le sable chaud.

Je conduis, une main sur la cuisse de Bastien qui se déride tout seul. Il connecte son téléphone, lance une playlist et nous échangeons un regard complice avant de nous mettre à chanter aussi fort que nous le faisions au tout début de notre rencontre.

Ça remonte à presque un mois et demi pourtant, je me suis habitué à sa présence comme si notre relation durait depuis plus longtemps. Je me suis habitué à ses messages, à ses sourires, à son corps contre le mien, à sa personnalité. À tout ce qui fait de lui l'homme pour qui je tombe de jour en jour.

C'est ridiculement affolant.

Nous parvenons à trouver une place pour nous garer après plus de deux heures de route, dont une bonne partie coincée dans les bouchons. Nos ventres nous crient famine, mais nous ne tentons pas le diable, je laisse Bastien aller nous acheter des sandwichs dans une supérette, que nous dégustons dans la voiture.

— Pourquoi tu as pris une voiture bleue électrique, sérieux ?

— Parce que c'est ma couleur préférée.

— Tu ne peux pas mettre ta couleur préférée sur ta voiture quand t'es une star…

Sa taquinerie me fait doucement rire. C'est vrai que je n'ai pas été le plus malin sur ce coup-là.

— Il commence à y en avoir beaucoup sur Bordeaux. Dans quelques semaines, je passerais inaperçu.

— J'espère pour toi.

Bastien termine son sandwich en observant l'intérieur de mon petit bijou.

— Elle est quand même super classe.

J'acquiesce dans un sourire, pas peu fier.

Nous terminons notre déjeuner et quittons l'habitacle. Lunettes de soleil sur le nez, casquette pour moi, nous nous fondons dans la masse.

Je connais cette plage par cœur, je sais les coins où nous pouvons aller afin d'être tranquilles et j'y emmène Bastien, glissant ma main dans la sienne. Les extrémités sont souvent oubliées par les touristes, car moins facile d'accès.

— Là, ce sera parfait.

Nous trouvons une place près de l'eau et j'étale les deux serviettes que j'ai prises à l'appartement. Nos vêtements mis dans le sac, Bastien s'approche de moi avec la crème solaire.

Je souris et le laisse m'en appliquer sur tout le corps avant que je ne fasse de même.

— T'es prêt à avoir la peau cramée ?

— Ma mère deviendrait folle, elle crierait que je vais choper un cancer de la peau.

Je m'allonge, profitant des rayons sur mon épiderme.

— Ta mère est du genre protectrice ?

— Si tu savais, je lui réponds en pouffant.

En parler me fait réaliser que je ne l'ai pas vu depuis plusieurs jours. Heureusement qu'ils seront présents au mariage. Je sais que nous y allons en tant qu'amis avec Bastien, mais peut-être qu'il voudrait bien que je le présente à mes parents.

— Tu la verras demain et tu te feras ton propre avis.

— Ouais…

J'attrape sa main et lie nos doigts dans le sable chaud

À partir de cet instant, je perds la notion du temps. J'entends les vagues, les personnes autour de nous, je sens la chaleur sur ma peau, le sel de la mer. Et la main de mon copain dans la mienne.

C'est lui qui se redresse finalement en tirant sur mon bras.

— Je suis en train de me liquéfier, viens on va se baigner !

Je grogne pour la forme avant de le suivre vers l'eau. Les vagues nous lèchent les pieds, mon corps en frissonne. Elle est chaude, la température parfaite. Nous avançons peu à peu jusqu'à être encerclés par cette étendue bleue.

Bastien se colle contre moi, ses jambes s'enroulent autour de mes hanches. Je jette un coup d'œil vers la plage. Nous sommes assez loin.

— Tu es bien là ?

— Très bien installé, oui.

Sa bouche se pose sur ma mâchoire, je lâche un soupir.

— Tu ne crois pas qu'il fait déjà assez chaud ?

— L'eau nous rafraîchit.

Mes mains effleurent ses hanches, son dos, ses fesses que j'agrippe. Il se cambre d'instinct contre moi et j'étouffe un grognement.

— Je ne te savais pas exhibitionniste.

Il éclate de rire à mon oreille et nos regards se croisent. Brûlants de désir. Il m'en faudrait peu pour me faire perdre la tête.

— Je ne le suis pas, il murmure.

Bastien se détache de moi en une fraction de seconde et se met à nager loin de moi. Je souris sans le suivre. Il n'a pas encore compris que je me vengeais toujours ?

Nous nageons chacun de notre côté, nous nous lançons des regards, nous nous effleurons. Nous cherchons tous les deux à faire grimper la pression et ça marche très bien. Est-ce qu'il a compris que j'aimais lorsqu'il jouait avec moi ?

La lueur dans ses yeux m'indique que oui.

— Viens par là.

Bastien secoue la tête en gardant une distance entre nous.

— Nan. Je suis très bien où je suis.

— Si tu continues, tu vas t'enfoncer dans l'eau et te noyer.

— Pourquoi tu casses l'ambiance d'un coup ? râle-t-il.

— Parce que je veux que tu t'approches et que tu m'embrasses.

Je ne le lâche pas du regard, esquisse un mouvement dans sa direction. Ses yeux glissent sur ma bouche, je passe ma langue sur ma lèvre inférieure.

— Arrête ça, il m'ordonne sans bouger.

— Arrêter quoi ?

Je prends un air innocent alors que j'ai envie de rire et de l'attirer dans mes bras. Je crois que je suis fou de ce mec qui finit par s'approcher pour plaquer sa bouche contre la mienne. Je m'agrippe à ses hanches, réponds à ce baiser enflammé qu'il me donne.

— La mer n'est pas faite pour ça !

La voix d'une vieille dame se fait entendre, elle

nous dévisage un instant et repart nager un peu plus loin. Bastien rigole et son visage s'échoue sur mon cou où il pose ses lèvres.

— Les gens aiment bien nous interrompre…

— Parce qu'on leur en donne l'occasion. On devrait rentrer.

Mon copain acquiesce et, après un dernier baiser salé par l'eau de la mer, nous regagnons ma voiture.

44 | BASTIEN

Vendredi 5 juillet

« *You'll never feel like you're alone
I'll make this feel like home* »[45]

One Direction

Depuis le moment échangé dans l'eau, la tension n'a pas quitté mon corps. J'ai l'impression de chercher le moindre contact, la moindre occasion de laisser mes yeux traîner sur sa peau. De retour à l'appartement, il est resté torse nu, avec un simple pantacourt couvrant ses cuisses. Lorsqu'il a voulu me

---

[45]*Tu ne te sentiras plus jamais seul / Je te ferai te sentir comme chez toi*

cuisiner un plat, j'ai observé les muscles de son dos se mouvoir et ça ne m'a pas aidé. Maintenant, je me trouve dans un état frôlant l'indécence. Impossible de me concentrer plus de deux minutes sur ce qu'il me dit, la boule installée dans ma gorge est trop imposante.

C'est nouveau. Tellement… puissant. Ouais, c'est mille fois plus puissant que tout ce que j'ai pu connaître, jamais je n'ai laissé le désir occuper une telle place et contrôler mon corps de cette manière. Si j'étais courageux, capable d'accepter ce nouveau besoin qui prend possession de moi, je demanderai à Eli d'abandonner sa vaisselle et de me faire l'amour dans sa chambre, sans attendre une seule seconde de plus.

Ma peau se couvre de frissons à cette pensée, je fixe le mur devant moi, installé par terre sur son balcon. La cigarette que je tiens tremble au rythme de mes doigts. J'ai la trouille. Ressentir tout ça avec un seul homme alors que j'ai enchaîné pendant des années des relations qui ne parvenaient pas à me satisfaire est putain de flippant. Et si j'en parlais à Eli, est-ce qu'il me jugerait ? Est-ce qu'il penserait que je ne suis pas normal ? Que, comme la plupart des personnes actuellement, je devrais prendre mon pied au lit ? Bordel, non. Ce serait un cauchemar.

Mais d'un autre côté, je veux construire une relation saine. Je refuse les non-dits, les mensonges. Je ne veux pas reproduire ma liaison avec Louis. Je désire être moi-même avec l'homme qui a accepté de devenir mon petit-ami.

J'écrase ma clope dans le cendrier qu'Eli a acheté

spécialement pour moi. J'enfouis mon visage contre mes genoux que je serre entre mes bras. Je pourrais presque en pleurer, me maudire de ne pas être comme tout le monde. De ne pas adorer le sexe depuis que je suis en âge de le pratiquer.

— Bébé ?

Le surnom m'oblige à relever la tête. Eli se tient contre le cadran de la baie vitrée, les sourcils froncés. Je ne l'ai même pas entendu arriver, foutues pensées.

— Tout va bien ?

Ma bouche s'entrouvre, sans qu'aucun son n'en sorte. Je suis incapable de prononcer le moindre mot et, merde, je m'en veux ! On passait une si bonne soirée. Pourquoi je ne me suis pas contenté de me laisser aller dans ses bras ? De profiter ? Pourquoi est-ce qu'il faut que je gâche ça ? Eli semble remarquer les traits tirés de mon visage puisqu'il ouvre suffisamment la porte afin de se glisser en face de moi. Ses mains attrapent les miennes, il lie nos doigts.

— Bastien... J'ai fait quelque chose de mal ?

Un rire nerveux m'échappe. Bordel, non, je suis le seul fautif dans cette histoire.

— Non, non. T'es parfait. C'est moi le problème.

— Je ne comprends pas, me murmure-t-il sans cesser ses caresses sur ma peau.

Forcément. Je change du tout au tout, comme ça, sans élément déclencheur, à part le désir que je refoule depuis des heures. Après une profonde inspiration, je lui avoue :

— Il y a une chose dont je ne t'ai pas parlé. Mais

ça fait en quelque sorte partie de moi, alors tu dois le savoir.

Je déteste son regard inquiet. Ce n'est rien de grave en soi. Peut-être que j'en fais une montagne pour rien du tout, au final.

— Tu peux tout me dire.

— Pas ici, je souffle doucement.

Eli le comprend et m'amène dans le salon. Je n'ai même pas besoin de lui demander, il doit voir que je fixe la bouteille de vin posée sur le comptoir. Il remplit deux verres et me tend le mien, que je vide d'une traite.

— Tu me fais peur Bastien.

— Tu vas me trouver ridicule.

— Non, jamais.

Je ferme les yeux au contact de ses doigts sur ma joue. Il l'effleure, la caresse. Je ne le sens même pas s'approcher, je n'ai que le contact de ses lèvres sur les miennes. Il m'offre un long baiser qui suffit à m'insuffler un peu de courage :

— Je n'ai jamais aimé le sexe. Enfin, je m'étais fait une mauvaise idée en regardant des pornos. Je pensais que j'allais être comme les acteurs, à crier mon plaisir, à me perdre dans un orgasme puissant. Puis j'ai eu mon premier copain, l'angoisse de la première fois, c'était plus gênant qu'autre chose. J'ai eu affreusement mal et pendant des mois, j'ai été incapable de coucher avec lui, si bien qu'il a fini par me quitter. Après ça, j'ai eu plusieurs mecs. Il fallait énormément me chauffer pour que je réussisse à bander, les préliminaires m'excitaient, mais lorsque venait le moment de la pénétration… Tout disparaissait. Alors je me laissais faire pour qu'au moins, l'autre prenne son pied. Pendant un temps, j'ai même pensé que j'étais asexuel, ce qui n'était pas possible puisque ces garçons m'attiraient et me donnaient envie de plus.

J'ignore comment prendre la grimace qu'affiche Eli. Je le dégoûte ? Ou mes derniers mots le choquent ? Je n'attends pas de réponse pour continuer :

— Avant de te rencontrer, j'ai longtemps couché avec un homme marié. Il était le premier avec qui je pouvais subir la pénétration sans être dénué de plaisir, j'aimais, sans pour autant prendre un pied total. Mais au final, plus j'ai découvert sa personne, plus je me suis attaché à lui sans ressentir les étincelles, les papillons dont tout le monde parle. Les sentiments que je commençais à éprouver ne rendaient pas nos baises meilleures. J'ai fini par le quitter, même si le sexe n'était pas la raison principale. Maintenant, j'ignore toujours si c'est moi le problème, ou les autres. Si c'est moi l'homme étrange, ou si ce sont les autres qui ne m'attirent pas assez pour que j'abaisse toutes mes barrières. Parce que, peut-être que c'est ça l'origine de ce merdier. Peut-être qu'il faut que je me sente en totale confiance avec quelqu'un pour accéder à l'extase ?

— Si tu m'en parles, c'est que c'est différent avec moi ?

Les premiers mots qu'il prononce. Je lui ai avoué avoir entretenu une liaison avec un homme marié, être dysfonctionnel concernant le sexe, mais c'est tout ce qu'il me demande.

— Je n'ai jamais osé en discuter avec quelqu'un. Sam croit que je suis étrange de ne pas adorer coucher et que je ne suis juste pas tombé sur la bonne personne. Et je pensais qu'il avait tort. Seulement avec toi… c'est inexplicable. Un simple baiser de ta part me procure des milliers de fourmillements. Le soir de la fête de la musique… J'ai cru exploser. Tout était fort, intense. Aucun homme avant toi ne m'a fait ressentir autant de choses. Tu es arrivé et j'ai l'impression de mourir de désir avec une caresse. D'être une bombe à retardement qui n'attend qu'une chose, que tu lui fasses l'amour.

Enfin, je me tais. Ma bouche est devenue tellement sèche que je m'empresse de me servir un nouveau verre de fin pour le terminer en trois gorgées. Je n'ose pas affronter Eli. Je n'ose pas lire dans ses yeux quelque chose que je ne pourrais supporter. Putain, j'ai le droit au bonheur qu'il m'offre. Je refuse que ça se finisse par ma faute, parce que je ne suis pas comme tout le monde.

— Pourquoi est-ce que tu tenais à ce point à m'en parler ?

— Parce que tu peux me trouver bizarre et choisir de me quitter.

Eli éclate de rire dans la seconde alors que je le dévisage.

— Qu'est-ce qu'il y a de drôle ?

— Où est le mal à n'avoir jamais su apprécier le sexe Bastien ?

— Tout le monde prend son pied avec ça…

— Et donc ? Le contraire arrive.

— Tu ne trouves pas ça étrange, que tu deviennes le premier à me donner à ce point envie ?

Eli est déjà proche et pourtant, il se colle encore plus contre moi. Son nez frotte le mien, je ferme les yeux.

— Non. J'en suis même plutôt flatté. Je me fiche de ton passé avec le sexe Bastien. Le plus important c'est nous, et ce que je te procure comme sensations.

Ses mots m'arrachent un faible sourire.

— Mais merci de m'en avoir parlé, me murmure-t-il avant de joindre nos lèvres dans un long baiser.

J'étais complètement à côté de la plaque. Eli me désire ainsi, tel que je suis et pour la toute première fois, je m'abandonne. Je me perds dans ses baisers, je caresse ses cheveux, n'émet aucune résistance lorsqu'il me déshabille. Malgré mon envie féroce de sentir sa peau nue contre la mienne, nos gestes sont affreusement lents. Nous prenons le temps de nous découvrir, de mémoriser chaque grain de beauté, chaque aspérité. Mes doigts glissent de ses pectoraux à son ventre, frôlent son entrejambe. Le soupir qu'il pousse contre mes lèvres m'électrise et, sans que je ne le comprenne, Eli se retrouve debout, mes jambes fermement enroulées autour de ses hanches alors qu'il nous amène dans sa chambre.

Mon dos rencontre le matelas, mon amant prend le temps de me détailler, d'admirer mon corps couvert par un simple boxer. Boxer qui devient de plus en plus petit au fil des minutes qui passent. Avec le regard qu'il pose sur moi, je me sens aimé. Désiré. Mon pouls s'accélère.

— Viens, je le supplie presque, impatient d'accéder de nouveau à ses mains sur moi.

Son sourire provoque le même sur mon visage, et je perds la notion de toute réalité. Il retire mon dernier bout de tissu, caresse mes cuisses, remonte sur mon aine, sur mon membre tendu qu'il enserre. J'étouffe un gémissement, écarte les jambes sans attendre. Je cherche ses yeux. Je veux qu'il remarque à quel point il me fait du bien, à quel point je suis bien loin de simuler.

Nos regards s'accrochent alors qu'il commence de lents vas et viens. Sa bouche embrasse ma peau nue, ses doigts me torturent de la plus délicieuse des façons. Je deviens un amas de gémissement, incapable de me contrôler. Je pourrais presque en pleurer. C'est donc ça, ce qu'on ressent ? Cette explosion, cette façon d'être amené si vite et si fort au précipice ?

— Eli, je souffle, rouge de plaisir, déjà proche d'un orgasme dévastateur.

— Ah oui... Tu ne m'as pas menti...

Je me fige, mais Eli remonte bien vite pour m'embrasser.

— Hey, c'était une blague. Désolé.

Il ne lâche plus mes lèvres, comme pour me faire comprendre que ses mots n'étaient pas prononcés dans le but de me blesser. J'enroule mes bras autour de sa nuque, ne désirant pas attendre plus longtemps.

— Dis-moi que tu as une capote et du lubrifiant...

— J'ai tout ce qu'il faut.

— J'ignore comment prendre cette information.

Nous échangeons un rire, Eli caresse ma joue.

— C'est juste au cas où.

Je ris encore plus, et alors que je me trouve nu face à mon petit-ami, je n'éprouve aucune gêne. Au contraire. Je me sens bien, apaisé. J'aime voir son corps se pencher vers sa table de chevet et récupérer ce dont nous avons besoin. J'aime réaliser que, malgré ce que nous nous apprêtons à partager, c'est le même Eli. Il n'est pas devenu un autre homme, il est toujours celui qui partage mes journées.

En revanche, il semble plus expérimenté que moi. Le préservatif se retrouve déjà enroulé autour de son sexe imposant que je ne quitte pas des yeux. Putain. Il est magnifique. Sexy. Cette fois, je suis incapable d'être lent. J'ai besoin de lui sur moi, en moi, c'est urgent. Il n'émet aucune résistance quand je l'amène contre moi, accède à ma requête de jouer avec sa langue, de malmener ses lèvres. Lui aussi semble perdre patience.

Il n'y a plus que le désir à présent.

Mais Eli prend le temps de me préparer, de bouger ses doigts en moi de sorte à ce que je puisse l'accueillir le mieux possible. Quand ce n'est plus suffisant, j'attrape son poignet et l'oblige à se retirer. Il pose ses yeux sur moi.

— Tu es prêt ?

— Oui, je murmure.

— Si ça ne te plaît pas, si je te fais mal, tu me le dis, d'accord ? Tu ne te tais pas Bastien.

— Promis.

Il hoche légèrement la tête, j'ai compris qu'il attendrait de le voir de ses propres yeux, parce que moi-même je suis terrifié à l'idée que, finalement, ce soit comme avec les autres. Que la pénétration enlève toute excitation. Nous ne nous lâchons pas du regard, Eli ne cesse de caresser mon visage et quand je sens enfin son gland se presser contre mon entrée, je me cambre. Mes yeux se ferment sous l'intensité du moment alors que centimètre après centimètre, mon amant se loge entre mes fesses. Putain. C'est tellement différent. Tellement… étrange ? Nos respirations saccadées s'entremêlent et si j'en crois les yeux fermés, les lèvres entrouvertes d'Eli, il ressent la même chose que moi. Du plaisir, rien que du plaisir.

— C'est parfait, je viens chuchoter à son oreille ces quelques syllabes qui lui donnent le signal.

Je ne sais pas combien de temps nous nous perdons dans cette étreinte. J'ai l'impression de le sentir partout sur moi, de vibrer sous ses vas et viens de plus en plus profonds. Eli est loin de me ménager alors je me lâche, je cri son prénom, je cri ce qu'il me fait ressentir. Et lorsque nous approchons tous les deux de l'orgasme, que son corps s'enfonce brutalement contre le mien, que mon prénom est murmuré par ses lèvres, nous chutons ensemble, l'un contre l'autre.

— Putain.

— Je confirme.

Eli relève la tête, effleure mon nez avec ses lèvres avant de m'offrir un réel baiser, rempli de sens. Je suis vidé de toute énergie, il m'a pris tout ce que j'avais pour me réduire en bouillie. Et à présent que je connais le pouvoir d'un orgasme aussi puissant, je suis d'accord pour connaître cette sensation encore et encore. Sans jamais m'arrêter.

45 | Eli

Samedi 6 juillet

« *I've been thinkin' what I'd do when I'm alone with you*
Just say nothin', small talk only gets in the way »[46]

Niall Horan

J'ouvre les yeux, seul et nu dans le lit. J'ai le corps engourdi et marqué par la nuit que Bastien m'a fait vivre : il m'a emmené au paradis et j'aurais aimé recommencer en me réveillant. Je passe une main sur

---

[46]*J'ai pensé à ce que je ferai quand je serai seul avec toi / Ne dis rien, les bavardages se mettent juste en travers du chemin*

mon visage fatigué, me redresse sur mes coudes.

— Bastien ?

J'attends quelques secondes, mais aucune réponse. Je rêve, c'est sa manière à lui de m'obliger à sortir du lit ? Je grogne pour la forme et, avant de quitter la chambre, j'enfile mon boxer échoué par terre.

— Bébé ?

Sa voix me parvient lorsque j'approche de la salle de bain. L'eau de la douche couvre légèrement ce qu'il chante, et je rigole tout seul. Pas mal.

Je décide de nous préparer le petit-déjeuner. Il faut prendre des forces pour la journée qui nous attend. La mairie, l'église, le vin d'honneur. J'ignore si Bastien a déjà assisté à un mariage, mais si ce n'est pas le cas, il verra à quel point c'est barbant.

J'observe le café couleur dans une des deux tasses que j'ai sorties.

— Déjà debout ?

Bastien apparaît à côté de moi et me fait sursauter. Je l'attire dans mes bras pour poser un baiser au coin de ses lèvres. Je savoure encore plus sa présence à mes côtés depuis hier soir et ses révélations. J'ai tout le temps envie de l'avoir contre moi, de le rassurer. De lui montrer que ne pas avoir adoré le sexe avec ses anciens partenaires n'est pas un crime. Au contraire, ça me flatte d'être le premier à produire cet effet sur lui.

— Ouais. Niall Horan alors, t'aimes bien ce mec ? je finis par lui demander, faisant allusion à son concert sous la douche.

Ses joues changent de couleurs et il hausse les épaules.

— Son premier album est cool. Tu le connais ?

— Tu me juges si je te dis que les One Direction ont été ma religion pendant des années ?

— Moi aussi, souffle-t-il et nous éclatons de rire.

Je n'aurais pas pu rêver mieux comme point commun. J'ai du mal à suivre leurs carrières en solo, mais savoir que je peux en parler avec Bastien me plaît énormément. C'est la base d'un couple, en tout cas à mon sens, d'aimer les mêmes choses pour en discuter.

C'est ce que nous faisons d'ailleurs en déjeunant. J'apprends que Niall est son préféré, je lui râle dessus en lui affirmant que Louis est le plus talentueux. Nous parlons tellement que nous ne remarquons pas l'heure défiler, au risque de nous mettre en retard.

— On devrait peut-être se bouger. À quelle heure doit-on y être ?

— La mairie est à quatorze heures, elle est à deux heures de route.

— Deux heures ? Et pour le retour cette nuit ?

— On va sans doute boire beaucoup alors j'ai réservé une chambre d'hôtel qu'on rejoindra en taxi. Ma cousine a prévu d'en mettre à disposition.

Bastien effleure mon pied sous la table.

— Tu te souviens la dernière fois que nous avons dormi à l'hôtel ?

— Bien sûr que je m'en souviens. La première soirée où tu m'as allumé et où j'ai dû faire preuve de beaucoup de calme afin de ne pas t'embrasser.

— C'était un très bon moment.

— Tu comptes refaire la même ?

— Peut-être.

Est-ce possible de zapper tous les trucs chiants et de passer directement au dîner ? Je veux boire avec Bastien, je veux danser avec lui. Ça va être un enfer de devoir garder mes distances, je n'y arriverais jamais.

— On arrête de discuter. Je veux te voir dans ton costume.

— Bien, chef !

Son clin d'œil ne m'échappe pas. Après un passage rapide dans la salle de bain, douché et rasé, je retrouve Bastien dans la chambre. Il termine de boutonner sa chemise et mes yeux dérivent sur le pantalon qu'il a enfilé. Ça lui va beaucoup mieux que ses jeans habituels.

— Je te vois, me dit-il avec un sourire qu'il parvient mal à dissimuler.

— C'est le but.

Bastien lève les yeux au ciel. Lui aussi m'observe mettre mes habits. En nous regardant dans le grand miroir de la chambre, je dois avouer que nous sommes plutôt pas mal. Tous les deux en chemise blanche, pantalon bleu pour lui, camel pour moi.

— On est canon.

Il lit dans mes pensées. Je me tourne vers lui pour lui voler un baiser.

— Ne mets pas ta veste. Tu es magnifique comme ça et en plus, tu vas crever de chaud, je murmure contre sa bouche, mes mains glissant le long de son torse.

Il est l'homme le plus beau que je n'ai jamais vu, je ne peux cacher mon excitation à l'idée d'être celui qui le déshabillera ce soir. À part s'il tombe sous le charme d'un membre de ma famille, ce qui n'arrivera pas. Loin l'idée de me vanter, bien entendu. Bastien acquiesce avant de m'embrasser plus longtemps cette fois.

— On va être en retard, je chuchote.

Il pose un baiser sur ma mâchoire.

— Ta faute.

Nous terminons de nous préparer et nous rejoignons bien vite la voiture. Deux heures de trajet devant nous, ça va me permettre de lui poser la question qui fâche. Je ne l'obligerai jamais à rien, mais nous n'en avons pas encore discuté, et je ne suis pas le genre de mec à le mettre devant le fait accompli en le laissant se débrouiller.

Comme à chaque fois, Bastien a lancé une playlist en route et je baisse un peu le volume pour parler avec lui.

— Qu'est-ce qui se passe ?

— Tu vas rencontrer mes parents tout à l'heure.

— Oui, je sais.

— Comment veux-tu que je te présente ?

Je regrette de ne pouvoir tourner la tête et lire ce qu'il pense sur son visage. Mais sa main qui se pose sur ma cuisse en la pressant d'un geste me rassure.

— Rencontrer les parents de mon copain n'a jamais été quelque chose d'officiel pour moi. Je suis heureux de savoir qu'ils sont là, mais ce n'est pas si important à mes yeux.

Je hoche la tête. Sans doute que je parais vieux jeu, pour moi, c'est tout l'inverse. Le jour où Bastien m'amènera dans sa famille, je vais me liquéfier.

— D'accord, tant mieux.

Je caresse sa main d'un geste avant de reporter mon attention sur la route, soulagé. La musique prend de nouveau place dans l'habitacle et je n'appréhende plus le moment où Bastien va rencontrer les deux personnes les plus chères de ma vie. Bien au contraire.

🎵🎵🎵

— Eli !

Ma mère est rayonnante. Vêtue d'une longue robe jaune pâle épousant ses formes dont elle n'a pas à rougir, elle est accrochée au bras de mon père, habillé de son costume entièrement noir. Ils sont magnifiques. Je sais de qui je tiens ma beauté et j'en suis bien conscient.

Je fais signe à Bastien de me suivre après avoir verrouillé la voiture et nous marchons jusqu'à mes parents. Ma mère, énorme sourire sur les lèvres de me voir accompagné, me serre contre elle. Elle claque un bisou sur ma joue avant de porter son attention sur Bastien.

Je prends le temps d'embrasser mon père et leur

souris.

— Bastien, je te présente Andréa, ma mère, et Édouard, mon père. Papa, maman, je vous présente Bastien.

— Enchanté.

Ma mère me lance un regard complice. Elle l'approuve et ça me fait sourire comme un pauvre idiot.

— Nous sommes ravis de te rencontrer. Tu connais Eli depuis longtemps ?

C'est parti. Elle s'accroche à Bastien, désirant déjà tout apprendre de lui, tout savoir sur notre relation qui débute à peine.

Je reste avec mon père qui me demande des nouvelles, mais je ne peux m'empêcher de garder un œil sur mon copain. Il semble parfaitement à l'aise, répond à ma mère avec un air serein et joyeux sur le visage.

— Tes yeux sont remplis d'amour, mon fils.

— Quoi ?

Mes sourcils se froncent lorsque je reporte mon attention sur mon père. Il commence à avoir chaud, ses joues sont rouges et il se débarrasse de sa veste.

— Je te connais. Tu regardes ce garçon avec beaucoup de bienveillance.

— C'est normal, c'est un ami.

— Ne me la fais pas… Ta mère est déjà en train de le tourner dans tous les sens pour qu'il lui avoue que vous êtes ensemble.

Mes parents me connaissent si bien. Ou peut-être que c'est moi qui suis incapable de prétendre que Bastien n'a pas pris une place considérable dans ma vie ?

Je hausse les épaules comme réponse.

— Nous ne sommes ensemble que depuis quelques jours. Mais avec… ma carrière, nous ne voulons pas nous afficher.

Inutile de l'affoler en lui racontant l'histoire de la photo sur les réseaux sociaux. C'est la seule chose dont mes parents s'inquiètent. Les fans intrusifs, les médias qui vont s'intéresser de plus en plus à ma vie dès que j'attendrais une plus grande popularité. Tout sera bon afin de vendre leurs journaux à lire aux toilettes.

— Tu as raison.

J'acquiesce d'un mouvement de tête et parviens à esquisser un sourire. Mon père est plus sur la réserve, il va attendre de faire plus ample connaissance avec mon petit-ami avant de me donner son ressenti sur lui. Loin de l'attitude de ma mère qui, en un regard, peut deviner si une personne est bonne ou non.

— Allons les rejoindre, elle est partie le présenter à toute la famille.

Effectivement, un coup d'œil à ma droite m'indique que ma mère traîne Bastien dans la foule, et que celui-ci me cherche. Lui qui disait que la rencontre avec ma famille ne l'embêtait pas, il semble bien stressé tout d'un coup.

— Ouais, allons-y.

46 | BASTIEN

Samedi 6 juillet

« *Should be laughing, but there's something wrong
And it hits you when the lights go on* »[47]

Louis Tomlinson

Il y a du monde sur le parvis de la mairie, et heureusement qu'il est grand. Nous formons une foule, tous habillés élégamment, à discuter. Pour ma part, je me contente d'écouter, de découvrir les personnes qui font partie de la vie d'Eli. Lors de notre

---

[47]*Je devrais être en train de rire, mais quelque chose ne tourne pas rond / Et ça me traverse l'esprit quand les lumières s'allument*

premier rendez-vous, il m'avait précisé que seuls ses parents et ses grands-parents comptaient pour lui, mais depuis tout à l'heure, je le vois sociable, à parler avec quelqu'un dès qu'on l'aborde. Même si parfois, je remarque ses lèvres se pincer et son faux sourire lorsqu'on s'extasie sur sa carrière. Si c'est ce qu'il vit à chaque fois qu'il les rencontre, je comprends mieux sa réticence.

— Quand est-ce que ta cousine est censée arriver ? je viens finalement demander à mon petit-ami, ma main effleurant la sienne.

— Ils devraient déjà être là, je ne sais pas ce qu'ils font.

— Tu crois que j'ai le temps d'aller fumer une clope rapidement ?

Son regard m'indique que ça ne lui plaît pas. Nous n'avons jamais discuté de mon addiction à la nicotine, je pensais qu'il s'en fichait. À l'évidence, c'est tout le contraire, mais ce n'est pas le moment d'en parler.

— Ouais, tu peux, souffle-t-il.

Je jette un coup d'œil autour de nous, vérifiant que mon prochain geste ne puisse pas être pris en photo, et embrasse sa joue dans un rapide baiser, avant de m'éclipser. Éloigné des invités et du bruit, j'allume ma cigarette. La fumée s'infiltre dans mes poumons, j'en profite. Mon téléphone dans ma main droite, je tape quelques mots sur mon clavier :

Bastien : Ouvre l'image, ça t'apportera sept ans de bonheur ;)

Avec ce SMS, j'envoie la photo que nous avons prise avec Eli face au miroir de sa chambre. Je l'adore, je nous trouve particulièrement beaux, surtout qu'elle devient notre première photo ensemble, et j'ai envie de la montrer à Isa. Qu'elle puisse voir qu'en ce moment, je suis heureux et qu'elle n'a donc aucun souci à se faire. Je ne lui ai rien dit concernant le mariage, j'avais peur qu'elle trouve ça trop prématuré ou encore trop dangereux. Alors j'espère que ce message parviendra à lui arracher un sourire.

Isa : Wow, mais qui sont ces deux hommes trop sexy ?

J'éclate de rire et écope quelques regards intrigués dans ma direction. Je me racle la gorge, me tourne dos à eux avant de tirer sur ma cigarette.

Bastien : Mon mec et moi-même…

Isa : En quel honneur ?

Bastien : Sa cousine se marie et il m'a invité. Je viens de rencontrer ses parents !

Isa : Genre, rencontrer, rencontrer ?

Bastien : Officiellement, non. Mais Andréa (la mère d'Eli) ne cesse de me cuisiner… Elle sent quelque chose, on dirait ma mère, je te jure !

Isa : La pression, je n'aimerais pas être à ta place…

Bastien : Merci du soutien, ça me touche.

Isa : Toujours présente pour toi mon chéri. Mais qu'est-ce que tu fais là, à discuter avec moi, alors que tu as un mec atrocement canon à ta disposition ?

Bastien : Les mariés se font désirer et la foule commençait à m'oppresser, je me suis échappé pour fumer.

Isa : Tu vas survivre, t'inquiète pas. Mais moi, même le samedi je bosse. Et ma pause est terminée ! Je t'aime mon bouclé.

Bastien : Je t'aime ma lionne (rapport à tes cheveux bouclés, t'as capté ?)

En réponse, je reçois un joli emoji fuck. C'est bien ma Isa !

— Excusez-moi, vous avez du feu ?

Je me tourne face à la personne qui vient de m'aborder. Son visage me dit quelque chose, je suis certain de l'avoir déjà vu, mais impossible de m'en souvenir. Il me dépasse largement d'une tête, il porte un costume beige qui épouse ses formes et ses cheveux noirs sont plaqués en arrière sur le haut de son crâne. Il semble avoir la trentaine passée.

— Ouais bien sûr, je finis par répondre en lui tendant mon briquet.

— Merci.

Je l'observe approcher la flamme de la clope coincée entre ses lèvres. Il doit sentir son regard sur moi puisqu'il relève la tête, sourcils froncés :

— Oui ?

— Désolé, j'ai l'impression de vous avoir déjà vu quelque part.

— Peut-être. Je m'appelle Jason.

Ce prénom, je ne peux pas l'oublier. Il a été prononcé quelques fois par mon ancien amant et d'un coup, tout me revient. La terrasse d'un restaurant. Louis appuyé contre son mari, semblant plus amoureux que jamais. Son mari, auquel je n'ai pratiquement pas porté attention, mais qui m'a tout de même marqué avec son air propre sur lui. Jason est le compagnon de Louis. Je me mets directement à regarder autour de moi, mon cœur s'emballe dans ma poitrine. Est-ce qu'il est là ? Putain, non, ça serait un cauchemar !

— Tout va bien ?

Mon affolement doit se lire sur son visage, mais je suis incapable de lui répondre. Non, la seule chose que je sais faire, c'est m'enfuir. Sans un regard, je l'abandonne ainsi et m'éloigne encore plus. J'espère qu'Eli ne cherche pas après moi, j'ai besoin d'un moment seul. De me remettre les idées en place. Alors j'appelle Sam.

— Bastien ?

Les larmes me montent aux yeux, je masse ma tempe droite.

— Il y a Jason au mariage. S'il est là, Louis l'est aussi. Sam, putain !

— Quoi ? Qui est Jason ?

— Le mari de Louis !

Il y a un blanc, comme s'il cherchait les bons mots, pendant que je me retrouve adossé contre un mur, les jambes tremblantes. Pourquoi, quand je pense en avoir terminé, il revient comme un putain de boomerang ?

— Tu es sûr qu'il est là ?

— Jason n'est pas venu tout seul !

— Tu n'en sais rien ! Tu ne sais même pas à quelle famille il appartient. Et de toute façon, même si tu le vois, ça change quoi ? Tu es avec ton mec, tu dois passer une bonne journée. Si jamais tu le croises, tu l'ignores, c'est aussi simple que ça !

— Et si je ne peux pas l'ignorer ?

— Tu n'as pas le choix. Louis appartient au passé, tu as tiré un trait sur votre histoire. Alors tu prends une grande inspiration, tu te calmes, et tu te concentres uniquement sur Eli parce que lui n'a d'yeux que pour toi. On est d'accord ?

Je ferme les yeux. L'envie de me griller une nouvelle cigarette est forte, mais je me retiens. Les paroles de Sam s'inscrivent dans ma tête tel un mantra.

— Je ne sais pas si je peux y arriver, j'avoue en me sentant con.

— Tu peux. Je sais que Louis avait une place importante pour toi et que tu as eu du mal à t'en défaire. Mais dès que tu penseras à ce connard, pense à Eli. Réalise à quel point tu es chanceux de l'avoir et tout le positif qu'il t'apporte dans ta vie, d'accord ?

— D'accord.

— Retournes-y. Et tu me tiens au courant par message.

— Promis. Merci Sam.

— De rien.

Le vide remplace la voix de mon meilleur ami. Comme il me l'a demandé, j'inspire longuement, je prends sur moi et je fais demi-tour. La foule est toujours présente, j'ai du mal à repérer Eli, mais le remarque finalement un peu isolé, traînant sur son téléphone.

— Hey.

— Enfin, je commençais à me dire que tu m'avais abandonné, me dit-il avec un large sourire lorsque je m'arrête à ses côtés.

Il jette un œil autour de nous et passe une main sur ma hanche, un geste simple qui a tant d'importance en public.

— Désolé, c'était une longue cigarette.

— Heureusement que tu es revenu, les mariés vont bientôt arriver, on va aller s'installer à l'intérieur.

— D'accord.

Le retrouver me fait un bien fou, et je me dis que Sam a raison. J'ai besoin de lui, de tout ce qu'il m'apporte. Si je pouvais, là, maintenant, je l'embrasserais. Une manière de me rassurer, mais aussi de le remercier pour sa présence plus importante que ce qu'il ne pense.

— On y va ?

— Ouais.

Et j'espère qu'avec un long regard, il aura compris à quel point il compte pour moi.

47 | Eli

Samedi 6 juillet

« *Now you were standing there right in front of me
I hold on scared and harder to breath* »[48]

Harry Styles

La mairie, l'église, je pensais que ça allait être barbant, que Bastien et moi passerions notre temps à discuter et à rire afin d'échapper à l'ennui. Au lieu de ça, j'en ai appris encore un peu plus sur mon petit-ami. Comme le fait que les mariages l'émeuvent et qu'il s'est plusieurs fois retrouvé les larmes aux yeux,

---

[48] *À présent tu te tiens là juste devant moi / Je suis effrayé et j'ai du mal à respirer*

à serrer ma main en toute discrétion.

Ce qui n'était pas discret en revanche, c'est le regard que j'ai porté sur lui tout du long. Le voir au bord des larmes lors de l'engagement de personnes qu'il ne connaissait pas m'a attendri. Je n'ai rien suivi de la cérémonie.

L'unique moment où j'ai cessé de l'admirer, c'était pour intercepter le regard de mon cousin Louis sur nous, à quelques bancs derrière nous. Il a manqué la mairie, s'est glissé tout juste dans les rangs quand la cérémonie à l'église a commencée. Il nous a fixés, sans doute curieux de me voir accompagné aujourd'hui, mais je ne compte pas faire les présentations. De toute façon, Bastien l'a déjà remarqué lorsqu'il est arrivé, et la façon dont il a pesté sans que je ne comprenne rien à ce qu'il racontait, montrait certainement son mécontent d'être dérangé durant les paroles du prêtre.

Après avoir jeté du riz sur ma cousine et son désormais mari, nous avons rejoint la voiture et nous suivons maintenant le cortège devant nous qui klaxonne sans discontinuer.

— Où se déroule la soirée ? me demande Bastien, ses doigts traçant des ronds sur ma cuisse.

— De ce que ma mère m'a dit, ils ont loué une sorte de domaine perdu au milieu de nulle part.

— J'ai hâte de voir ça.

— Tu vas pleurer devant le lieu ? je le taquine.

Il m'adresse un grognement et, du coin de l'œil, je remarque ses bras croisés contre son torse.

— Tu vas m'embêter avec ça longtemps ?

— Ouais, une dizaine d'années au moins.

Un nouveau grognement et je glisse ma main sur la sienne afin de l'attirer à moi pour l'embrasser. Je ne pensais pas que nous serions si nombreux aujourd'hui. Nous avons une grande famille, mais celle du mari est dix fois plus nombreuse. Ça crée un beau bordel.

Et ça me donne de l'espoir : celui de pouvoir agir naturellement avec Bastien, sans devoir m'inquiéter qu'on nous observe et qu'on capture ma vie privée. Pour l'instant, personne n'est venu m'embêter à me demander une photo ou que sais-je encore. Les invités ne me connaissent pas ou alors, ils n'en ont rien à faire. Il n'y a que la plus proche famille qui m'a fait chier, comme d'habitude.

Il nous faut une demi-heure pour gagner le domaine. Je trouve une place facilement parmi les voitures déjà garées et nous rejoignons mes parents. Ma main dans le bas du dos de Bastien, nous observons la façade du bâtiment, tout en pierres blanches.

— Apparemment, la salle est magnifique. Et l'extérieur aussi !

Ma mère est tout excitée. Ce qu'elle adore dans les mariages, ce sont les salles de réception. Elle est toujours en train de s'extasier et c'est elle qui part la première, suivant la foule qui commence à s'amasser afin de rejoindre l'autre côté, là où le vin d'honneur va se dérouler.

Mon père lui emboîte le pas et nous faisons de même.

— Si je me marie un jour, je veux que ce soit ici, j'entends Bastien murmurer contre moi.

J'avoue que j'en ai le souffle coupé. Nous traversons une allée faite de cailloux pour tomber sur l'arrière du bâtiment en forme de U. Une fontaine au milieu, des petits chemins menant à l'entrée de la salle de réception.

C'est immense, rempli de verdure avec des arbustes taillés à la perfection, une herbe tondue au millimètre près. Ils ont fait fort. Le lieu est magnifique pour s'unir avec l'homme que l'on aime.

Bastien cesse d'observer devant nous pour regarder derrière. Des champs à perte de vue, des arbres centenaires.

— C'est tellement beau, souffle-t-il.

J'acquiesce et me retourne de nouveau. Mes parents nous ont abandonnés pour aller se servir en petits fours et en boissons. Moi, j'ai envie de prendre Bastien dans mes bras et de continuer à admirer ce cadre idyllique. Je nous verrais bien, ici. Avec nos familles.

Je commence à délirer, l'ambiance me montre trop à la tête.

— J'ai soif, tu viens ?

Bastien me fait un signe de tête vers le buffet, je le suis et nous récupérons deux coupes de champagne. Les mariés en profitent pour faire un petit discours. Ils nous remercient de longues minutes tout en se bouffant du regard. Ça promet une nuit endiablée pour eux.

Les invités qui se sont amassés applaudissent et le

DJ, sans doute installé à l'intérieur, lance la musique. Heureusement que ma cousine n'a que cinq ans de plus que moi, il devrait y avoir une bonne playlist.

— Je suis content d'être venu avec toi.

Le sourire que m'offre Bastien, ses yeux qui pétillent font de moi l'homme le plus heureux.

— C'est vrai ? Tu ne regrettes pas ?

— Pas un seul instant. Et tes parents sont vraiment gentils.

— Mon père l'est. Ma mère va vouloir connaître chaque détail de notre histoire, attend un peu qu'elle ait quelques verres dans le nez.

Mon copain rigole et secoue la tête.

— Tu n'es pas cool avec elle.

— Je t'ai prévenu, lui dis-je en haussant les épaules.

Il me surprend en posant un baiser au coin de mes lèvres. Lui par contre, n'a bu qu'une unique gorgée de champagne. Il ne devrait pas se montrer aussi audacieux. Quand il voit mon regard surpris, il lève un sourcil.

— Quoi ?

— Tu viens presque de m'embrasser.

— Je suis sûr que nous sommes tranquilles ici. Il n'y a pas beaucoup de gens de notre âge. Et s'il y avait un fan comme moi, crois-moi qu'il serait déjà venu.

Il cale sa main sur ma hanche afin de me coller un peu plus contre lui. J'en oublie l'espace d'un moment le nombre de personnes autour de nous, le nombre de potentiels paparazzis amateurs. Ce n'est pas l'alcool.

C'est simplement l'effet qu'il a sur moi.

— Je veux être prudent.

— Et moi, j'ai envie de t'embrasser.

— Fais-le.

Moi, difficile à convaincre ? Pas du tout. Mais ça m'est égal quand sa bouche se pose sur la mienne et que tout disparaît en une seconde. Il n'y a plus que lui. Que le baiser puissant qu'il m'offre et qui me retourne. Notre premier baiser en public. J'ai bien envie d'en pleurer.

♫♫♫

C'est la meilleure soirée que je passe depuis bien longtemps. Et je crois que Bastien a le même ressenti. Il est toujours collé à moi, prend n'importe quel prétexte pour effleurer ma cuisse, ma hanche, me voler un baiser qui me laisse pantois. Le repas est bien entamé, les plats vont être amenés et je n'attends qu'une chose, que ce mariage devienne une boîte de nuit afin que je puisse danser contre mon petit-ami jusqu'au petit matin.

En attendant, comme je l'avais prédit, ma mère pose des dizaines de questions à Bastien. Ses études, où il vit, ses passions. La seule information sur laquelle nous ne répondons ni lui, ni moi, c'est notre rencontre. Je préfère qu'ils apprennent plus tard que j'ai craqué pour un fan.

— Raconte-moi. Est-ce qu'il y a des gens spéciaux dans ta famille ? me murmure-t-il à l'oreille, sa main traînant sur ma cuisse.

La musique a légèrement baissé pendant que les serveurs apportent le plat, mais j'aime la sensation de son souffle sur ma peau. Il peut continuer à me parler ainsi.

Je réfléchis en observant la salle. J'ai une famille banale, aucune personne ne sort du lot. Il y a bien une tante du côté de mon père qui a été stripteaseuse pendant des années, mais rien de bien extraordinaire.

— Une des sœurs de mon père a gagné sa vie en dansant nue.

— Sympa. Autre chose ?

— J'ai un cousin phobique de l'engagement qui passe son temps à se plaindre. Il a toujours vogué de mec en mec avant de se marier et je deviens sa meilleure copine confidente à chaque fois qu'il me voit.

— Tu ne l'aimes pas ?

— Ce n'est pas ça. C'est juste qu'il ne s'est jamais intéressé à moi. Il passe son temps à se plaindre et même si on le conseille, il réitère les mêmes erreurs.

— C'est un gars paumé, rien de plus.

— Ouais, sans doute.

Bastien me sourit et glisse ses doigts entre mes mèches de cheveux. Ce geste n'échappe pas à ma mère qui m'offre un clin d'œil.

— Montre-moi. Je veux voir s'il a une tête de mec paumé.

Je grogne, parce que Louis ne mérite pas qu'on s'intéresse à lui. Pourtant, je le cherche du regard dans la salle. Il n'est qu'à quelques tables de nous :

— C'est celui qui est arrivé en retard à l'église tout à l'heure, le blond collé à son mari, à côté de la table des mariés. Tu le vois ?

Je cesse d'observer Louis et vérifie que mon copain l'ait bien vu. D'un coup, son visage se ferme et une lueur inconnue traverse son regard.

— Bébé ?

Il ne m'entend pas. Il fixe mon cousin et je rigole légèrement.

— Ouais, d'accord, il est pas vraiment moche comme garçon, mais rappelle-toi ce que je t'ai dit, il y a encore quelques semaines il trompait son mec. Peut-être même qu'il le trompe toujours alors ne me quitte pas pour lui.

Je ramène Bastien à moi en prenant son visage entre ses mains. J'embrasse ses lèvres d'une pression. J'ai retenu sa liaison avec un homme marié, alors j'espère qu'il ne prend pas ça pour lui. Je me fiche de ce qui s'est passé avant moi.

— Désolé, murmure-t-il contre moi avant de se reculer. Je vais fumer, je reviens.

— Les plats sont servis bébé.

Bastien baisse les yeux vers les assiettes qui viennent tout juste d'être posées devant nous. Il semble hésiter un instant avant d'acquiescer.

— J'irais après.

Mes parents réintègrent la conversation quand

nous commençons le repas, mais je le sens ailleurs. Il ne blague plus, évite mon regard. Ça me coupe l'appétit parce que je ne comprends pas ce qui lui arrive. Je mange tout de même pour ne pas vexer ma cousine et dès que Bastien a terminé son assiette, il se lève et s'éclipse à l'extérieur. Sans aucune attention vers moi.

Ma mère remarque directement mon air dépité.

— Eli ? Tout va bien ?

— Oui, je souffle en fixant la porte où a disparu Bastien.

Je décide de lui laisser un peu d'espace. S'il a besoin d'être seul, c'est tout à fait son droit.

Sauf que les minutes passent et qu'il ne revient pas. Au bout d'une demi-heure, je commence à m'inquiéter et me lève pour aller voir à l'extérieur. Je maudis à cet instant la foule présente. Il y a des dizaines de fumeurs, et d'autres qui profitent de l'air frais de ce début de nuit.

Les lumières éclairent du côté du bâtiment, mais plus je m'enfonce vers les jardins, plus la pénombre me gagne. Je sors le téléphone de ma poche, pour allumer la lampe torche. Aucune silhouette à l'horizon.

— Bastien ?

Je tends une oreille. Pas de réponse. Je commence vraiment à m'inquiéter. Je décide d'aller voir côté parking, au cas où il aurait préféré s'éloigner des invités. J'augmente la luminosité et grimace en apercevant plus loin deux personnes en train de s'embrasser fiévreusement contre le mur.

Super, je n'ai pas envie d'interrompre ce genre de moment. Je dois tout de même passer à côté d'eux afin d'aller plus loin, mais, lorsque je lève un peu mon téléphone et que je reconnais les deux silhouettes, je me fige.

Une bouffée de chaleur me surprend, mes yeux s'habituent à la nuit noire pour me laisser discerner ce spectacle qui me broie en mille morceaux. Les deux hommes remarquent enfin ma présence et, alors qu'eux ne peuvent pas me reconnaître, moi, j'ai tout le loisir de les observer.

Louis, les lèvres gonflées, la chemise débraillée, dans le même état que l'est la seconde personne à ses côtés.

Bastien.

L'homme dont je suis tombé amoureux sans le voir.

À suivre...

Note de l'auteure

J'avoue que ce n'est pas la meilleure des façons de finir un roman… Est-ce que vous m'en voulez ? Promis, Bastien et Eli vont revenir très bientôt, je ne vous laisserais pas attendre trop longtemps !

Maintenant que vous avez terminé ce premier tome, je peux vous l'avouer, j'étais très stressée. Je n'ai jamais mis autant de mon cœur dans un roman, alors j'espère que vous saurez l'apprécier. L'histoire de ce chanteur et de ce fan m'a été inspirée par une seule chanson. *Falling* de Harry Styles. Une magnifique et à la fois douloureuse balade, que vous devez aller écouter, absolument.

Toutes les citations au début des chapitres proviennent des chansons des One Direction, et des cinq garçons avec leurs carrières solos, dont Zayn. J'en ai fait une playlist sur Deezer, que vous retrouverez en tapant le titre du roman !

Remerciement

Un grand merci à Morgane qui a accepté d'être ma bêta-lectrice pour ce premier tome. Tes retours ont été si importants, intéressants et constructifs. J'espère que j'aurais su appliquer tes conseils. Merci d'avoir aidé à améliorer cette histoire.

Merci à ma petite amie, Marion, qui supporte mes nombreuses heures à travailler, et qui prend le temps de lire et de me donner son avis même avec des études prenantes.

Merci à ma famille, mes amis, qui sont toujours les premiers à me soutenir, à être présent. Ce roman est également un petit clin d'œil à ma maman, puisqu'il sort le jour de son anniversaire. J'espère que tu l'aimeras autant que les autres.

Enfin, merci à vous. Merci de me soutenir, merci de vous êtes procuré ce livre. Merci pour vos retours, merci de me lire. Vous êtes ceux qui font vivre l'histoire, en la partageant, en l'aimant. J'ai tellement hâte de connaître vos retours !

Et si vous avez aimé, si vous désirez que l'histoire de Bastien et Eli touche plus de monde, n'hésitez pas à laisser un commentaire sur Amazon, Booknode, ma boutique et d'autres plateformes encore. C'est tellement important !

Encore une fois, merci, merci, merci.

CITATIONS

Prologue : *To Be So Lonely,* Harry Styles.
Chapitre un : *Lights Up,* Harry Styles.
Chapitre deux : *Habit,* Louis Tomlinson.
Chapitre trois : *San Francisco,* Niall Horan.
Chapitre quatre : *Small Talk,* Niall Horan.
Chapitre cinq : *Just Like You,* Louis Tomlinson.
Chapitre six : *Golden,* Harry Styles.
Chapitre sept : *Loved You First,* One Direction.
Chapitre huit : *New Angel,* Niall Horan.
Chapitre neuf : *Paper Houses,* Niall Horan.
Chapitre dix : *Through The Dark,* One Direction.
Chapitre onze : *Sweet Creature,* Harry Styles.
Chapitre douze : *Fire Away,* Niall Horan.
Chapitre treize : *Where Do Broken Hearts Go,* One Direction.
Chapitre quatorze : *Two Of Us,* Louis Tomlinson.
Chapitre quinze : *History,* One Direction.
Chapitre seize : *Heart Meet Break,* Liam Payne.
Chapitre dix-sept : *Get Low,* Liam Payne.
Chapitre dix-huit : *Home With You,* Liam Payne.

Chapitre dix-neuf : *dRuNk*, Zayn.

Chapitre vingt : *Don't Let It Break Your Heart*, Louis Tomlinson.

Chapitre vingt-et-un : *Perfect Now*, Louis Tomlinson.

Chapitre vingt-deux : *What A Time*, Niall Horan feat Julia Michaels.

Chapitre vingt-trois : *Kill My Mind*, Louis Tomlinson.

Chapitre vingt-quatre : *Medecine*, Harry Styles.

Chapitre vingt-cinq : *Remember*, Liam Payne.

Chapitre vingt-six : *Spaces*, One Direction.

Chapitre vingt-sept : *Common*, Zayn.

Chapitre vingt-huit : *Sunflower Vol 6*, Harry Styles.

Chapitre vingt-neuf : *San Francisco*, Niall Horan.

Chapitre trente : *Don't Forget Where You Belong*, One Direction.

Chapitre trente-et-un : *Ready To Run*, One Direction.

Chapitre trente-deux : *Only For The Brave*, Louis Tomlinson.

Chapitre trente-trois : *Treat People With Kindness*, Harry Styles.

Chapitre trente-quatre : *Midnight*, Liam Payne feat Alesso.

Chapitre trente-cinq : *Tonight*, Zayn.

Chapitre trente-six : *Medecine*, Harry Styles.

Chapitre trente-sept : *Wolves*, One Direction.

Chapitre trente-huit : *Heartbreak Weather*, Niall Horan.

Chapitre trente-neuf : *Fireproof*, One Direction.

Chapitre quarante : *Home With You*, Liam Payne.

Chapitre quarante-et-un : *Defenceless*, Louis Tomlinson.

Chapitre quarante-deux : *History*, One Direction.

Chapitre quarante-trois : *Watermelon Sugar*, Harry Styles.

Chapitre quarante-quatre : *Home*, One Direction.

Chapitre quarante-cinq : *Small Talk*, Niall Horan.

Chapitre quarante-six : *Miss You*, Louis Tomlinson.

Chapitre quarante-sept : *Don't Let Me Go*, Harry Styles.

Mes autres romans

Change my mind, tome 1, sorti en autoédition le 25 octobre 2019.

Change my life, tome 2, sorti en autoédition le 22 mars 2020.

Noël à tes côtés, sorti en autoédition le 15 décembre 2019.

Mes réseaux sociaux

Twitter : Léa Spreux
Facebook : Léa Spreux Auteure
Instagram : leabouquine
Booknode : leabouquine

Printed in Great Britain
by Amazon